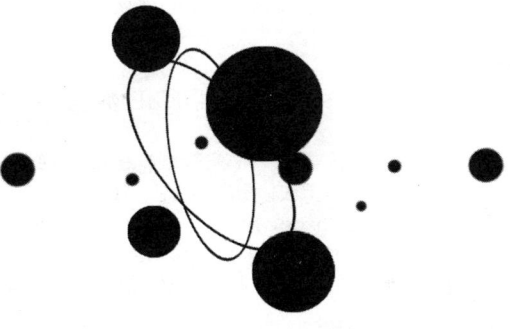

Shades of Magic
A Darker Shade of Magic

伦敦魔法师（卷一）
暗黑魔法

[美] 维多利亚·舒瓦/ 著

露可小溪/ 译

A DARKER SHADE OF MAGIC
Copyright ©2015 by Victoria Schwab
Published by agreement with Baror International,Inc., Armonk , New York, U.S.A.
through The Grayhawk Agency
Simplified Chinese translation copyright © 2018 by Chongqing Publishing House Co., Ltd.
All rights reserved.
版贸核渝字（2015）第213号

图书在版编目(CIP)数据

伦敦魔法师.卷一，暗黑魔法／（美）维多利亚·舒瓦著；露可小溪译.
—重庆：重庆出版社，2018.8
书名原文：A Darker Shade of Magic: A Novel（Shades of Magic）
ISBN 978-7-229-13339-9

Ⅰ.①伦… Ⅱ.①维… ②露… Ⅲ.①长篇小说-美国-现代 Ⅳ.①I712.45

中国版本图书馆CIP数据核字（2018）第141166号

伦敦魔法师（卷一）：暗黑魔法
LUNDUN MOFASHI（JUAN YI）：ANHEI MOFA

［美］维多利亚·舒瓦 著　露可小溪 译
责任编辑：邹 禾 许 宁 唐 凌
装帧设计：不绿不蓝
责任校对：刘小燕

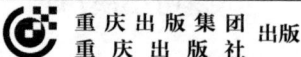
重庆出版集团 出版
重庆出版社

重庆市南岸区南滨路162号1幢 邮政编码：400061 http://www.cqph.com
重庆出版社艺术设计有限公司 制版
重庆鹏程印务有限公司 印刷
重庆出版集团图书发行有限责任公司 发行
E-mail:fxchu@cqph.com
全国新华书店经销

开本：890mm×1230mm 1/32 印张：11.75 字数：280千
2018年8月第1版　2018年8月第1次印刷
ISBN 978-7-229-13339-9
定价：50.80元

如有印装问题，请向本集团图书发行有限公司调换：023-61520678

版权所有　侵权必究

献给向往奇异世界的人们

魔法最折磨人的一点不是威力大小,而是平衡与否。
力量太弱,我们不堪一击。
力量过强,我们就变成了另一种存在。

——提伦·西伦斯
伦敦圣堂首席牧师

Part one

Shades of Magic

旅者

I

凯尔的外套殊为罕见。

既不是寻常的单面，也不是出人意料的双面，而是**好几面**——确实，这太不可思议了。

每次他离开一个伦敦，走进另一个伦敦，第一件事就是脱下外套，翻个一两次（甚至三次），找到他需要的那一面。不是**每一面**的样式都称得上新潮，但它们各有用途。有的使他平凡无奇，有的令他脱颖而出，有一面则没有什么功能，却特别讨他喜欢。

当凯尔穿过宫墙，来到候见室，他休息了好一会儿——在不同世界之间移动是有代价的——然后抖下身上那件红色高领外套，从里到外、从右往左地翻过来，使其变成一件纯黑上衣。好吧，是一件绣着银线以及两排锃亮银扣的纯黑上衣。他每次外出都选用低调的服色（既不愿意冒犯当地贵族，也不想引人注目），但并不意味着连品味也要舍弃。

噢，国王们，凯尔一边扣上扣子，一边想着。他和莱的想法越来

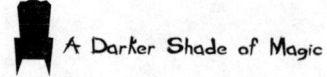

越像了。

他穿墙的痕迹朦朦胧胧，依稀可见。如同沙地上的足印，正在慢慢消退。

他从来不在这边的门上作记号，因为他不会原路返回。温莎与伦敦相距甚远，着实不方便，而凯尔只能在不同世界的同一个地点穿梭。所以问题来了，红伦敦的一天路程之内压根就没有温莎城堡。实际上，凯尔刚刚是从一位富绅的院子里穿过来的，那儿是一座名叫迪杉的镇子。话说回来，迪杉是个舒适宜人的地方。

温莎则不是。

金碧辉煌是事实。但并不舒适。

靠墙有一方大理石台子，盛着一盆水供他使用，一如既往。他洗净了手上的血，以及过路所用的银币，然后把绳子挂在脖子上，又把银币塞进领子里。他听见前面的厅堂传来杂乱的脚步声，还有仆人和侍卫的低语。他选择候见室就是为了避开他们。他非常清楚摄政王很不喜欢他来这里，凯尔也不希望被人看见，让一大堆耳目把他来访的细节汇报上去。

台盆的上方挂着一面金框镜子，凯尔迅速检查了一番自己的仪表——红棕色的头发搭下来，遮住一只眼睛，但他并未费心打理，而是仔细地整平了肩部的衣褶——然后推开房门，去见这里的主人。

房间异常闷热，尽管这是一个风和日丽的十月天，门窗依然紧闭，壁炉里的火烧得正旺。

乔治三世坐在炉火边，长袍裹着枯瘦的身子，茶盘搁在他膝前，却不曾动过。凯尔进来时，国王抓紧了扶手。

"谁在那里？"他头也不回地喊，"强盗还是鬼魂？"

"鬼魂怕是不会回答您的，陛下。"凯尔应道。

病恹恹的国王森然一笑。"凯尔大师,"他说,"你害我等得好苦。"

"还不到一个月。"他说着,走上前去。

乔治国王眯起了失明的双眼。"不止,我敢肯定。"

"我保证没到。"

"也许对你来说没到,"国王说,"但时间对于既疯又瞎的人而言是不一样的。"

凯尔笑了。国王今天的状态不错。这种情况并非经常能遇到。对于面见时国王处于哪种状态,凯尔根本没谱。也许使他感觉不止一个月的原因是,上次凯尔来访时,国王的狂躁情绪着实难以平复,导致凯尔没能完成带信的任务。

"也许年份变了,"国王接着说,"月份没变。"

"啊,但年份是一样的。"

"是哪一年啊?"

凯尔皱起眉头。"一八一九年,"他说。

乔治王脸色一沉,摇了摇头说了声"时间",仿佛这个词是万恶之首。"坐,坐吧,"他挥挥手,又说,"应该还有一把椅子吧。"

其实没有。房间里空空荡荡,而且凯尔相信房门只能从外面开关,里面是做不到的。

国王伸出一只粗糙的手。戒指已摘下,避免他伤到自己,指甲剪得极短。

"我的信,"他说。一瞬间,凯尔仿佛看到了曾经的乔治,那个威严的君王。

凯尔拍了拍外套口袋,这才发现在翻面之前忘了掏出信来。他脱下上衣,又换回红色,在里头摸索了一番。他把信递到对方手里,国王爱不释手地摩挲着封蜡——那是红王室的纹章,圣杯和旭日——然

后将信举在鼻子前嗅了嗅。

"玫瑰。"他恋恋不舍地叹道。

他说的是魔法。凯尔从未注意过衣服上沾有红伦敦的淡淡芳香,但每一次穿梭都有人告诉他,他闻起来就像刚摘下来的鲜花。有人说是郁金香,有的说是葵百合。菊花。牡丹。在英格兰国王的鼻子里,永远是玫瑰味。尽管凯尔自己闻不到,但他很高兴这是令人愉悦的气味。他可以闻到灰伦敦(烟味)和白伦敦(血味),但红伦敦对他来说就是家的味道。

"替我打开,"国王命令道,"不要弄坏封蜡。"

凯尔照做了,把信纸抽了出来。这一次他深感庆幸,国王看不见,也就不知道信有多么简短。仅仅三行。只是写给一位名存实亡、病入膏肓的统治者的几句客套话。

"是王后写的,"凯尔说。

国王点点头。"继续,"他强撑着病躯,摆出一副威仪堂堂的派头,声音却颤颤巍巍。"继续。"

凯尔吞了吞口水。"邻近的王室,"他读道,"向乔治三世国王陛下致意。"

王后没有提及红王室,也不说是来自红伦敦的问候(其实那座城市真的很红,因为河流的光璀璨夺目,无处不在),因为她从来不会那样思考。对于她,以及任何一个只在某个伦敦居住的人来说,区分它们是完全没有必要的。当其中一个世界的统治者谈起别的世界时,他们就说别的,或者邻居,偶尔(尤其是涉及白伦敦)采用不那么讨喜的叫法。

唯有那些为数不多的、能在几个伦敦之间穿梭的人,需要想办法区分它们。于是凯尔——众所周知那个消失的城市被称为黑伦敦,他受到了启发——为每一个尚存于世的首府赋予颜色。

灰色是没有魔法的城市。

红色，健康的帝国。

白色，饥饿的世界。

实际上，城市之间差异巨大（周围乃至更远的地方就更无相似之处了）。名字都叫伦敦是一个未解之谜，传说其中一座城市很久之前就使用了这个名字，那时候门尚未关闭，国王和王后们通信还不是唯一被允准的交流方式。至于哪座城市最先起名伦敦，众说纷纭。

"我们希望获悉您一切安好，"王后在信中写道，"希望贵城的季节与敝城的一样美妙。"

凯尔停了下来。没有更多内容了，只剩一个签名。乔治国王的双手拧在一起。

"只有这些吗？"他问。

凯尔略一犹豫。"不，"他折起信纸，说道。"这只是开头。"

他清了清嗓子，一边踱步，一边遣词造句，以王后的语气念出来。"感谢您问候我们的家人，她说。国王和我都很好。不过，莱王子还是老样子，让人既怜爱又恼火，好在过去的一个月里，他没有弄断自己的脖子，或是娶一个门不当户不对的新娘。要不是凯尔，他起码会惹一个乱子，甚至两个一起来。"

凯尔很想让王后继续夸耀自己的功绩，但墙上的钟报了五点，凯尔暗自咒骂。他迟到了。

"下一封信再叙，"他仓促收尾，"祝笑颜常在，身体康健。敬上。阿恩的艾迈娜王后。"

凯尔等着国王说点什么，但见他睁着盲眼，怔怔地遥望远方，凯尔担心他失了神。他将折好的信纸搁在茶盘上，朝墙边走去，刚走了

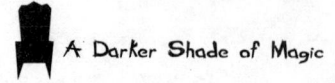

一半，国王说话了。

"我还没有写回信。"他喃喃道。

"没关系。"凯尔柔声说。国王好些年都不能写信了。他尝试过几个月，攥着鹅毛笔在羊皮纸上胡乱涂画，也曾坚持让凯尔代笔，但通常就是请凯尔传达口信，凯尔答应逐字逐句地记牢。

"你知道，我没有时间。"国王又说，试图挽回一点所剩无几的尊严。凯尔也予以配合。

"我明白，"他说，"我会转达您对王室的问候。"

凯尔正要走开，老国王又叫住了他。

"等等，等等，"他说，"回来。"

凯尔站住了。他抬头看钟。已经晚了，越来越晚。他想象着圣詹姆斯宫里的摄政王坐在桌边，抓着椅子扶手，一声不吭地生着闷气。凯尔情不自禁地笑了，于是他转身面对国王，看见对方颤颤巍巍地从长袍里摸出一样东西。

是一枚硬币。

"没了，"国王皱巴巴的双手捧着硬币，仿佛那是什么易碎的宝贝，"我感觉不到魔法了。闻不到了。"

"硬币就是硬币，陛下。"

"并非如此，你也知道，"老国王咕哝着，"翻开你的口袋。"

凯尔叹息一声。"您会害我惹上麻烦。"

"来吧，来吧，"国王说，"我们的小秘密。"

凯尔把手伸进口袋。他第一次见到英格兰国王时，交上了一枚硬币，以证明自己的身份和来头。君王保守着其他伦敦的秘密，由继承人一代一代地传下去，但旅者已有多年不来。乔治王一看到少年手里的玩意儿，就眯起眼睛，摊开肉乎乎的手掌，于是凯尔把硬币放在他掌心。只是一枚普通的令币，与灰伦敦的先令极为相似，不过上面刻的不是君王的肖像，而是一颗红星。国王握住令币，放到鼻子底下嗅了嗅。他笑了，把令币塞进口袋里，然后请凯尔进去。

从那天起，凯尔每次面见国王，他都说令币上的魔法消失了，要求换一枚新的、带着体温的。凯尔每次都会说这是禁忌（确实如此，白纸黑字的规定），但国王永远说是他们之间的小秘密，凯尔只能叹息着掏出一枚新的来。

此时，他从国王的掌中取回旧的令币，换上一枚新的，然后温柔地合上乔治的枯瘦手指。

"好，好。"病恹恹的国王对着掌中的令币轻声念叨。

"保重。"凯尔说完，转身离开。

"好，好。"国王的注意力逐渐涣散，不再留心周遭的世界和他的客人。

窗帘拢在房间的一处角落，凯尔把沉重的布料拉到一边，露出墙纸上的一个记号。就是一个简单的圆圈，当中的直线将其一分为二，那还是一个月前，他蘸着血画下的。在另一座宫殿的另一个房间的另一面墙上，也有着同样的记号。它们犹如同一扇门的把手。

凯尔的血与信物匹配，即可使他在不同世界之间穿行。他无需指定地点，因为他当时的所在即是他将来的所在。但在同一个世界里打开一扇门，两边就需要完全一样的记号。大致相同也不行。凯尔吃过沉痛的教训。

他上次来访时墙上的记号依然清晰，只是边缘稍有模糊，但无关紧要，反正要重画。

他挽起袖子，取下绑在前臂内侧的小刀。小刀相当漂亮，堪称艺术品，从刀尖到刀柄均为白银打造，刻着花体字母 K 和 L。

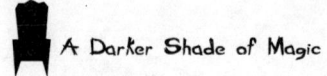

那是他入宫之前唯一的纪念物。

他对那段日子一无所知。应该说是毫无记忆。

凯尔把刀刃抵在前臂外侧。今天他已经割过一次，为了打开过来的门。现在他又割下第二刀。浓稠的、红宝石色的鲜血涌了出来，他收刀回鞘，用指头摸了摸伤口，然后抬手在墙上重新画圆，以及横贯其中的直线。凯尔放下袖子，遮住伤口——等他回家再处理身上的伤——回头看了一眼胡言乱语的国王，然后将手掌按在墙壁的记号上。

墙上的记号在魔法的作用下发出嗡鸣声。

"As Tascen。"他说。*转移*。

墙纸的图案开始波动、软化，在他的触碰下退让，凯尔走上前，穿了过去。

II

他刚跨出第一步,还没等第二步落地,乏味的温莎城堡就变成了优雅的圣詹姆斯宫。闷热的牢房消失在身后,满眼都是鲜艳的挂毯和锃亮的银器,疯国王的喃喃自语也淹没在凝重的寂静氛围里,有个人坐在奢华的书桌前,手里握着一杯酒,表情相当难看。

"你迟到了。"摄政王说。

"抱歉,"凯尔略鞠一躬,应道,"我有差事在身。"

摄政王放下酒杯。"我以为你的差事就是见我,凯尔大师。"

凯尔挺起胸膛。"我的顺序,殿下,是先见国王。"

"我希望你没太过纵容他,"摄政王的名字也是乔治(凯尔发现灰伦敦有这种习惯,儿子承袭父亲的名字,导致重复太多,也容易混淆),他说着,轻蔑地一摆手,"否则他会精神亢奋。"

"这样不好吗?"凯尔问。

"对他而言,不好。他很快就会发癫,爬上桌子跳舞,讲些魔法和别的伦敦的疯话。这次你对他耍了什么把戏?让他相信自己能飞?"

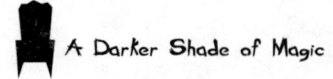

凯尔只犯过一次错。他在随后的拜访中得知，英格兰国王差点走到窗外。那是三楼。"我向您保证我没有做过这种示范。"

乔治亲王捏了捏鼻梁。"他没法像过去那样守口如瓶了。因此他不能离开房间。"

"那就是监禁了？"

乔治亲王抚弄着桌子的金边。"温莎城堡是非常体面的地方。"

体面的监狱说到底还是监狱，凯尔心里想着，从外套口袋里掏出第二封信。"您的信。"

凯尔被迫站在原地干等，亲王读完了来信（他从未说过信件带有花香），又从外衣的内口袋里抽出一张未完成的回信，接着写了起来，而且不慌不忙，显然是有意刁难凯尔。但凯尔并不介意，他的手指轻叩书桌的金边，从小指至食指，每一个来回都会让房间里的无数蜡烛熄灭一根。

"肯定有风。"看见摄政王攥紧了手中的鹅毛笔，他随口解释。等摄政王写完信，两支鹅毛笔都被捏断了，情绪也糟糕到了极点，凯尔却心情大好。

他伸手要信，但摄政王没有给他，反而起身离开桌子。"坐得我腰酸背疼。陪我走走。"

凯尔不喜欢这样，可也不能空手回去，所以只好勉强顺从。他从桌上捡起亲王刚刚用完、尚未折断的一支鹅毛笔，装进口袋里。

"你打算直接回去吗？"乔治亲王问。他领着凯尔穿过走廊，尽头是一扇不起眼的门，被帘布遮了一半。

"还有一会儿。"凯尔应道，落在半步之后。守在走廊里的两名皇家卫兵也跟了上来，如影随形。凯尔感到了他们的目光，猜度着他们对于这位客人的情况了解多少。王室成员应该是知道的，至于侍奉他们的人知道多少,就全凭王室成员的慎重程度了。

"我以为你只是来找我的。"亲王说。

"我喜欢您的城市,"凯尔轻声回答,"而且我的任务特别消耗精力。我要走一走,换换气,然后再回家。"

亲王抿着嘴唇,神色漠然。"恐怕城里的空气不如乡下那么新鲜。你怎么称呼我们来着……**灰伦敦**?就最近来说真是再贴切不过了。留下来吃晚饭。"亲王说的每句话几乎都是陈述的语气。就连提问也不例外。莱也是这样,凯尔认为可能是他们从未被**拒绝**过,所以养成了习惯。

"你在这儿会很有口福,"亲王咄咄逼人,"我陪你喝点酒,好让你恢复精神。"

听起来是好心邀请,但摄政王的所作所为向来可不安好心。

"我不能久留。"凯尔说。

"我坚持,"亲王说,"饭菜已经备好。"

有人要来吗?凯尔心想。亲王到底想干什么?把他展示给外人?凯尔时常怀疑亲王有这种想法,不知道有没有别的原因,至少年轻的乔治不喜欢保守秘密,钟情于热闹的场面。但不管亲王有多少缺点,他并不傻,而只有傻瓜才会将凯尔这样的人公之于众。灰伦敦早就遗忘了魔法。轮不到凯尔来提醒他们。

"您太慷慨了,殿下,但我最好神不知鬼不觉地离开,而不是抛头露面。"凯尔一歪脑袋,甩开一绺红铜色的头发,除了湛蓝的左眼,又露出深黑的右眼。整个眼睛都是黑色的,包括眼白和虹膜。这种眼睛可不属于普通人类。那是纯粹的魔法。是血魔法师的记号。**安塔芮**的标志。

摄政王注视着凯尔的眼睛,凯尔对他的反应颇为享受。谨慎,不

安……还有恐惧。

"您知道我们的世界为何相互隔离吗,殿下?"他不等亲王回答,接着说道,"是为了保护你们。您也知道,很久很久以前,世界曾经是相通的。您的世界和我的世界,以及其他世界之间,有门可以出入,任何拥有一丝力量的人都能够通行。包括魔法本身。但魔法那个东西,"凯尔又说,"捕食心灵强健者和意志薄弱者,其中一个世界无法阻止它。人吃魔法,魔法吃人,吞噬他们的肉体、精神,然后是他们的灵魂。"

"黑伦敦。"摄政王低声说。

凯尔点点头。那座城市的颜色并不是他赋予的。每一个人——至少是红白伦敦的每一个人,还有灰伦敦的少数知情人——都知道黑伦敦的传说。那是睡前故事。童话。也是**警告**。关于消失的城市,以及世界。

"您知道黑伦敦和您的伦敦有何共同之处吗,殿下?"摄政王眯起眼睛,但并未插嘴。"缺乏克制,"凯尔说,"渴望力量。您的伦敦之所以得以幸存,唯一的原因是它遗世独立。学会了遗忘。您一定不会希望它恢复记忆。"凯尔没有说出来的是,黑伦敦的血脉里充满了魔法,而灰伦敦几乎没有,他希望强调自己的论点。看情形,他确实做到了。这一次他伸手要信,亲王没有拒绝,甚至毫不犹豫。凯尔把羊皮纸塞进口袋,与偷来的鹅毛笔放在一起。

"一如既往,感谢您的款待。"他说着,夸张地鞠了一躬。

摄政王打了个响指,召来一名皇家卫兵。"护送凯尔大师到他要去的地方。"他不再多说,转身走开。

皇家卫兵把凯尔送到公园边上就离开了。圣詹姆斯宫伫立在身后。眼前就是灰伦敦。他深吸一口气,尝到了空气中的烟味。他很想回家，但还有事要办，而且跟患病的国王和摄政王打了一番交道，凯尔需要喝上一杯。他挽起袖子，竖起领子，走向城中央。

他迈步穿过圣詹姆斯公园，走上一条沿河的泥土步道。太阳将要落山，空气虽不清新，但算得上凉爽，秋风轻轻拂动黑色外套的下摆。他踏上一座跨河而架的人行木桥，靴子踩出了轻柔的声响。凯尔在拱桥上驻足，身后是灯火辉煌的白金汉宫，前面是泰晤士河。河水在木板底下哗哗流淌，他撑在栏杆上，低头俯视。他心不在焉地弯曲手指，流动立刻停止，脚下的河水平静无波，犹如一面光滑的镜子。

他端详着自己的倒影。

"你又不帅。"每次莱看到凯尔照镜子，就会这么说。

"我百看不厌。"凯尔如是回答，虽然他从未看过自己——完整的自己——只是观察眼睛。他的右眼。即便在红伦敦，魔法盛行之地，这只眼睛也令他与众不同。永远**格格不入**。

凯尔的右侧传来清脆的欢笑，接着是嗯哼声，然后就听不大明白了。凯尔松开手指，河水又在他脚下奔流如初。他继续前行，离开公园，来到伦敦的街道，威斯敏斯特大教堂依稀可见。凯尔对教堂颇有好感，于是冲着它点点头，好似老友相遇。尽管这座城市到处都脏兮兮、灰扑扑的，且杂乱无章，贫困潦倒，但也有红伦敦所缺乏的东西：拒绝改变。不为所动的心态，持之以恒的努力。

修建大教堂花了多少年？它将要伫立多少年？在红伦敦，品味的变化如同季节交替，因此，建筑每每起而又拆，再以不同的模样重现。魔法让事情变得简单。**甚至可以说**，凯尔心想，**让事情太过简单**。

有时候在家过夜，他觉得睡前和醒来时身处两个不同的地方。

但在这里，威斯敏斯特大教堂永远静静地等候他的到来。

他经过高大的石头建筑，穿过车水马龙的喧嚣街道，走上一条环

绕着教长庭院的小路,院墙上爬满了青苔。小路越来越窄,延伸到一家酒馆门前为止。

凯尔也止住脚步,脱下外套。他从左往右翻了一面,把带有银纽扣的黑衣换成更加低调和陈旧的街头常服:一件棕色高领上衣,边缘和肘部磨损得厉害。他拍拍口袋,胸有成竹地走了进去。

III

"比邻"是一家古怪的小酒馆。

店里墙壁肮脏，地板污秽，凯尔也知道老板巴伦在酒里兑水，尽管如此，他还是每每登门。

虽然环境低劣，客人也邋遢，但这个地方却始终吸引着他，因为不知是巧合还是人为安排的缘故，比邻酒馆的地点**不曾改变**。当然了，店名不一样，提供的酒水也有差异，但就在这个位置，无论灰、红还是白伦敦，都坐落着一家酒馆。实际上，这里不是*源头*，不像泰晤士河，或巨石阵，或数十个鲜为人知的魔法标地，但又确确实实地*存在着*。一种现象。一个定点。

因为凯尔在酒馆里做生意（不管招牌上写的是"比邻"、"落日"，还是"焦骨"），他自己也成了定点的一部分。

少有人能领会到这种浪漫。霍兰德也许能。如果霍兰德有这份心思的话。

撇开浪漫不说，酒馆是做买卖的好地方。在灰伦敦，极少数信仰魔法的人——他们满脑子都是对魔法的幻想，常常听风就是雨——受到怪力乱神的吸引，趋之若鹜地来到这里。凯尔也受到了吸引。唯一的区别就在于，他知道是什么在召唤他们。

当然，吸引那些对魔法如痴如醉的酒馆客人的，不仅是那种透彻骨髓的神秘力量，或怪力乱神的流言，还在于他。或者说，有关他的传闻。小道消息自有其魔力，在比邻酒馆这里，魔法师的事迹口耳相传，如同稀释的麦酒一样在人们嘴里流动。

他端详着酒杯里的琥珀色液体。

"晚上好，凯尔。"巴伦说着，加满了他的酒杯。

"晚上好，巴伦。"凯尔应道。

他俩几乎每次都这样相互问候。

店老板的身子骨结实得像一堵墙——长了胡子的墙——高大魁梧，稳如泰山。巴伦绝对见识过他怪异的一面，但似乎从不为此困扰。

或者即便是心里有什么想法，他也掩饰得很好。

吧台后墙上的挂钟敲响了七点，凯尔从破旧的棕色上衣里摸出一件小东西。那是一只木头盒子，手掌大小，有个铁搭扣将其锁住。他掰开搭扣，用拇指推开盖子，盒子展开成一方游戏盘，上面有五个凹槽，各装着一种元素。

第一个凹槽里是一块土。

第二个，是一勺水。

第三个，即空气所在之处，是一堆散沙。

第四个，一滴油，容易着火。

第五个，也就是最后一个凹槽里，是一小块骨头。

在凯尔的世界，这只盒子及其内容不仅是玩物，而且是一种测试工具，用来发现孩子们受哪些元素吸引，以及能够吸引哪些元素。大多数人很快就用不着玩这个游戏了，他们转而研习咒语，或者投向更大更复杂的版本，以磨炼技艺。在红伦敦，这套既灵验又有局限的元素游戏，几乎每家每户都有，周边的村子可能也有（但是凯尔并不确定）。而在这里，这座没有魔法的城市，它实属罕见，凯尔相信他的客户也同意这一点。毕竟，对方是收藏家。

在灰伦敦，来找凯尔的只有两种人。

收藏家和魔法迷。

收藏家富有且无趣，通常对魔法本身不感兴趣——他们不知道治疗符文和束缚咒语之间的区别——凯尔特别喜欢他们的光顾。

魔法迷就麻烦得多。他们幻想自己是真正的魔法师，希望购买一些小玩意儿，为的不是单纯的拥有它们，或者展示和炫耀，而是使用。凯尔不喜欢魔法迷——一方面，他觉得他们是白费心思，另一方面，为他们服务有点叛徒的意味——所以，当一个年轻人走过来坐到凯尔身边，而当他抬起头来，本以为对方是收藏家，结果却发现是一个陌生的魔法迷时，凯尔情绪一落千丈。

"这儿有人吗？"魔法迷不等回答就坐了下来。

"走开。"凯尔淡淡地说。

但魔法迷不为所动。

卡尔知道对方是魔法迷——他瘦高个儿，举止拘谨，对他的身材而言上衣略短，当那双长长的胳膊搁在吧台上时，袖子缩了一英寸，凯尔得以瞥见部分文身。一个画得很烂的力量符文，意思是将魔法加持在某人身上。

"是真的吗？"魔法迷又问，"他们说的是真的？"

"要看是谁说的，"凯尔关上盒子，把盖子扣回原位，"以及说了什么。"这套把戏他耍了上百次。他用蓝眼睛的余光观察对方的嘴

唇,为接下来的应对做安排。如果是收藏家,凯尔就通融一下,但如果落水的人自称会游泳,就不用提供救生筏了。

"说你带**东西**过来,"魔法迷扫视着酒馆,说道,"其他地方的**东西**。"

凯尔抿了一口酒,魔法迷视其为默认。

"我想我需要自我介绍一下,"对方接着说,"爱德华·阿奇博尔德·塔特尔,三世。不过别人都叫我内德。"凯尔扬起眉毛。年轻的魔法迷显然在等他自我介绍,不过既然此人已经清楚他的身份,凯尔就免去了礼节。"你想要什么?"

爱德华·阿奇博尔德——也就是**内德**——在凳子上扭了扭身子,凑过来悄声说:"我在找一点土。"

凯尔斜过玻璃杯,杯口冲着店门。"去公园看看。"

年轻人沉声一笑,令人不快。凯尔喝完了杯里的酒。**一点土**。听上去是很简单的要求。实则不然。大多数魔法迷都知道,在他们自己的世界里,力量极其有限,而有不少人相信,拥有**异世界**的一部分实物,他们就能够使用魔法。

曾经,他们这种想法是对的。那时候源头的大门敞开着,力量在不同世界之间流动,只要血脉里存在一点魔法,或者拥有一件来自异世界的信物,任何人不仅可以使用力量,还能利用其从一个伦敦穿梭到另一个伦敦。

但那段时光已经一去不返。

大门消失了。是数百年前毁掉的,就在黑伦敦沦落之后,它所属的世界也随之泯灭,除了传说,什么也没留下。如今只剩**安塔芮**拥有足够的力量创造新门,也唯有他们可以通过。但**安塔芮**的人数向来不多,直到大门封闭时,他们的**稀少数量**才为人所知,而且仍在日益减少。**安塔芮**力量的源头一直都是个谜（不靠血脉延续），但有一点很明确：世界分离得越久，**安塔芮**也就越少。

如今，凯尔和霍兰德似乎是这支濒危族群的最后幸存者。

"怎么样？"内德催促道，"你愿不愿意带土来？"

凯尔瞟向魔法迷手腕上的文身。灰世界的居民从来都不明白，咒语的威力大小，取决于施展的人强大与否。此人强大吗？

凯尔扯动嘴角，微微一笑，把游戏盒子推到他面前。"知道这是什么吗？"

内德小心翼翼地拈起儿童玩具，似乎担心它随时可能着火（凯尔的脑子里闪过了点燃它的念头，但还是打消了）。摆弄一番后，他的指头终于摸到搭扣，游戏盘在吧台上摊开了。几种元素在摇曳的灯火中闪着微光。

"听着，"凯尔说，"挑一种元素，让它离开凹槽——当然你不能用手触碰——如果做到了，我就给你带土来。"

内德皱起眉头。他思考片刻，抬手指着水。"这个。"

他至少不蠢，没有选骨头，凯尔心想。空气、土和水是最容易操纵的——即便是莱那种与任何元素都不存在吸引力的人，也可以做到。火需要一点技巧，不过，最难操纵的是那一小块骨头。原因不难理解。谁能移动骨头，就能移动尸体。这是强大的魔法，在红伦敦也是。

凯尔看着内德把手悬在游戏盘上。他对着水低声念叨，可能是拉丁语，也可能是胡言乱语，总之不是正宗的英语。凯尔扬起嘴角。元素没有语言，换句话说，使用任何语言都可以。语言本身并不重要，开口说话是为了集中心智、建立联系、获取**力量**。简而言之，语言不是关键，**意图**才是。魔法迷直接用英语对着水说话也行（对他来说最

好不过了),但他咕哝着自己创造的语言,手还在游戏盘上空顺时针打转。

凯尔叹了口气,将胳膊肘立在吧台上,用手撑着脑袋。与此同时,内德仍在满脸通红地坚持。

过了好一阵子,水微微抖动(可能是因为凯尔打哈欠,又或是因那人抓着吧台导致的),然后静止无波。

内德低头瞪着游戏盘,额头青筋隆起。他握手成拳,凯尔甚至担心他会砸碎游戏盘,好在他的拳头落在了旁边,很重。

"行了。"凯尔说。

"肯定有诈。"内德咆哮道。

凯尔抬起脑袋。"是吗?"他问。他的手指微微弯曲,那一小块土从凹槽里飘了起来,正巧落进他的掌心。"你确定吗?"他再次反问,一小股风卷着沙子在空中盘旋,绕着他的手腕转动。"也许是的……"水珠凌空飞起,滴在他的手掌上,凝成一块冰。"……也许不是……"他又说,油在凹槽里燃起了火焰。

"*也许*……"凯尔说话时,那块骨头也浮在空中,"……只是因为你连一点力量的皮毛也不曾拥有。"

内德目瞪口呆地看着五种元素在凯尔的指间各自舞动。他的耳畔响起了莱的责骂。*卖弄*。然后,与先前一样,他又漫不经心地让它们落下。土和冰砸在凹槽里,发出一声闷响,沙子悄然落在碗中,油上跳跃的火焰熄灭了。只有骨头尚未归位,悬在他俩之间。凯尔一边思考,一边感受着魔法迷渴求的目光。

"这个多少钱?"他问。

"不卖,"凯尔回答,继而纠正道,"不卖给你。"内德立即起身,抬脚就走,但凯尔还没打算放对方走。

"如果我给你带土来，"他说，"你能给我什么呢？"

魔法迷站住了。"你报个价。"

"报价？"凯尔从不为金钱而走私。金钱变化无常。他拿着先令在红伦敦有什么用？还有英镑？与其带到白巷买东西，还不如将其烧掉为好。他或许能在这里花钱，但到底花在什么事情上呢？不，凯尔玩的是另一种游戏。"我不要你的钱，"他说，"我要真正贵重的东西。你不愿失去的东西。"

内德匆匆点头。"好的。你别走，我——"

"不是今晚。"凯尔说。

"那什么时候？"

凯尔耸耸肩。"这个月内。"

"你指望我坐在这里干等？"

"我没指望你做任何事。"凯尔又一耸肩。这样说很残忍，他知道，但他想看看魔法迷的愿望有多么强烈。如果此人真有决心，能等到下个月，凯尔决定带一袋土送给对方。"你走吧。"

内德的嘴巴张开又合上，然后恨恨地吐了一口气，拖着脚步走了，半路上差点撞到一个戴眼镜的小个子。

凯尔摘下悬在空中的那块骨头，放回盒子里，眼镜男走到空着的凳子边。

"刚才怎么回事？"他坐下来问道。

"不用理会。"凯尔说。

"那个是给我的吗？"对方冲着游戏盒子点点头。

凯尔颔首，将其递给收藏家，对方轻轻地接了过去。他任凭这位先生摆弄了一阵子，然后展示了它的用法。收藏家瞪大了眼睛。"棒极了，棒极了。"

　　他把手伸进口袋，掏出一个被方巾裹住的东西，放在吧台上发出沉闷声响。凯尔打开方巾，发现里面是一只银光闪闪的盒子，侧面有一根细细的曲柄。

　　是音乐盒。凯尔暗自一笑。

　　红伦敦有音乐，也有音乐盒，但绝大多数使用魔法演奏，而非齿轮，凯尔对于这种装置的结构甚是着迷。灰世界在很多方面笨拙迟钝，但正因为缺失魔法，使得他们偶有精巧的发明。比如他们的音乐盒。复杂而雅致的设计，无数零件以令人眼花缭乱的方式运转，只为播放一小段曲调。

　　"需要我解释吗？"收藏家问。

　　凯尔摇头。"不用，"他轻声说，"我有好几个。"

　　对方的眉头拧成一团。"那还成吗？"

　　凯尔点点头，又用方巾将其包得严严实实。

　　"你不想听听吗？"

　　凯尔想听，但不想在这家肮脏的小酒馆里听，音乐会失去风味。再者，该回家了。

　　凯尔离开了仍在吧台前摆弄儿童玩具的收藏家——他发现不管怎么摇晃盒子，已经融化的冰水和沙子都不会流出凹槽，正为此惊叹不已——走进酒馆外的夜幕中。凯尔朝泰晤士河的方向行去，一路听着周遭的城市之声，附近的车轮辘辘作响，远处有人在叫喊，有的愉悦，有的痛苦（但无法与响彻白伦敦的哭号声相比）。泰晤士河很快映入眼帘，在夜色中像一条黑色的带子，这时教堂的钟声远远传来，一共八声。

　　该走了。

　　他来到一家临河的店铺，立在砖墙的阴影之中，卷起袖子。因为之前的两道伤口，他的胳膊已经很疼了，但他还是抽出小刀，割了第三次，指头沾着血浆，在墙上涂抹。

挂在颈上的其中一根绳子吊着一枚红色令币，与下午乔治国王还给他的那枚一样，他拿着硬币，按在涂了血的砖墙上。

"好了，"他说，"我们回家。"他经常下意识地与魔法对话。不是命令，只是交谈。魔法是活物——大家都知道——但对于凯尔来说，它不仅是活物，甚至像朋友和家人。毕竟，魔法是他的一部分（远远不止一小部分），他有一种感觉，它知道自己说的是什么、想的是什么，不仅仅在他召唤的时候，而是一种持续不断地感知，在每一次心跳、每一口呼吸之间。

因为他是**安塔芮**。

安塔芮可以与血对话。与生命、与魔法本身对话。第一元素，终极元素，无处不在，无形无影。

他感觉到魔法在掌心悸动，砖墙既热又冷，凯尔犹豫着，想看看如果不作要求，魔法是否回答。但它毫无反应，只等他发声下令。元素魔法或许可以使用任何语言，但**安塔芮**魔法——真正的魔法，血魔法——只有一种语言，绝无仅有。凯尔按在墙上的手指微微弯曲。

"As Travars."他说。*旅行*。

这一次，魔法听见了，服从了。世界泛起涟漪，凯尔抬脚进门，没入黑暗，灰伦敦犹如一件外衣被甩在身后。

Part two

Shades of Magic

红王室

I

"圣徒!"吉恩大喊着扔了一张牌,牌面朝上。那是一个头戴兜帽、垂着脑袋的人,手举符文,仿佛捧着圣杯,吉恩坐在椅子里洋洋得意地笑了起来。

帕里什愁眉苦脸地把所剩的牌扔到桌子上,牌面朝下。他可以指责吉恩作弊,但毫无意义。帕里什也在作弊,可是大半个钟头过去了,他一把牌都没赢。他将自己的硬币推过窄窄的桌子,另一个侍卫面前的硬币已经堆得老高。吉恩收好赢来的钱,又开始洗牌。"接着来吗?"他问。

"我不玩了。"帕里什离开了座位。他起身时,那件斗篷——厚重的红金色布料,散开时犹如太阳的万道光芒——从护肩上垂落,层层叠叠的胸甲和胫甲随着他的动作咣当作响。

"Ir chas era。"吉恩从皇家英语换成了阿恩语,也就是通用语。

"我没生气,"帕里什咕哝道,"输光了。"

"来嘛,"吉恩怂恿他,"第三次准赢。"

A Darker Shade of Magic

"我去尿尿。"帕里什整了整腰间的短剑。

"那就去吧。"

帕里什迟疑片刻，观察着走廊上有没有异常的迹象。走廊上毫无异常——连一点动静也没有——摆满了漂亮的物件：王室画像、战利品、桌子（正如他们用来玩牌的这张），还有，走廊尽头是一扇华丽的大门。门面以樱桃木制成，刻有阿恩王室的纹章，即圣杯和旭日，凹槽里填充的是融化的金水。纹章的上方，泛着金属光泽的凹槽形成了字母R。

门内是莱王子的私人房间，作为莱王子的贴身侍卫，吉恩和帕里什在门外执勤。

帕里什喜欢王子。他固然娇生惯养，但王室成员全都一样——至少帕里什认为是的，他只服侍过这一位——而且他性子温和，对他的侍卫尤其和蔼（老天啊，帕里什那副漂亮的、镀了金边的牌就是他亲赐的）。有时候喝了一宿的酒，不再说那种装腔作势的英语，而是使用通用语跟他们交谈（他的阿恩语非常流利）。甚至，莱似乎对侍卫们无间断的站岗感到愧疚，觉得他们应该做更有意思的事情，而不是守在他门外眼观六路耳听八方（其实，大多数夜班可以灵活应对，不用那么警觉）。

最快活的夜班莫过于跟莱王子和凯尔大师进城，他和吉恩可以不远不近地跟在后面，或者干脆不用承担保护王子的职责，陪伴他们即可（大家都知道，凯尔比任何侍卫更能保护王子的安全）。但凯尔还没回来——从不消停的莱为此情绪低落——所以王子早早地回了房间，帕里什和吉恩开始站岗，然后帕里什口袋里的钱快被吉恩抢光了。

帕里什挽起搁在桌上的头盔，出去散散心；吉恩清点硬币的声响送走了他。帕里什晃荡了好一阵子，他自觉输了那么多令币，应该得到精神上的补偿，等他慢悠悠地回到王子的走廊时，登时惊出一身冷汗——眼前空无一人。吉恩不见踪影。帕里什皱起眉头；宽容也有个限度。赌博可以，但如果王子的房间外无人警戒，他们的队长知道了肯定暴跳如雷。

纸牌仍旧散落在桌上，帕里什正在清理，忽然听见王子的房间里有个男人的声音，于是停止了动作。其实，听到有人说话并不奇怪，莱喜欢找人玩乐，他多变的口味也不是什么秘密，而且轮不到帕里什来质疑他的癖好。

帕里什立刻听出了声音的主人；不是莱的消遣对象。说的是英语，但有口音，比阿恩人更粗俗。

那个声音就像夜晚林间的影子。安静，黑暗，冰冷。

是霍兰德。来自远方的安塔芮。

帕里什的脸色微微发白。他崇拜凯尔大师——吉恩天天拿这件事寻他开心——但霍兰德令他感到害怕。他不知道自己害怕的是那人索然无味的语调，还是暗淡古怪的容貌，抑或鬼魅般的眼睛——一只是正常的黑色，另一只是奶绿色。也许因为他看起来像是用水和石头铸就，而非有血有肉有灵魂的人。不管什么原因，这个异世界的安塔芮总是令帕里什毛骨悚然。

有的侍卫背地里叫他"豁漏"，但帕里什从来不敢。

"怎么了？"吉恩取笑过他，"隔着两个世界之间的墙，他不可能听见。"

"你又不知道，"帕里什低声回答，"也许他可以。"

此时霍兰德就在莱的房间里。他该不该进去？谁放他进去的？

吉恩呢？帕里什站在门边，大惑不解。他无意偷听，但对开的门板中间有一道小缝，他只用稍稍偏着脑袋，谈话内容就钻进了耳朵。

A Darker Shade of Magic

"原谅我突然造访。"是霍兰德的声音，沉稳不惊。

"不碍事，"莱语气轻松，"是什么风把你吹到我这儿，却不去找我父王？"

"我已经见过您父王了，"霍兰德说，"我来找您是有别的事情。"

帕里什脸颊一红，因为霍兰德的语气充满诱惑。也许他应该离开岗位，而不是继续偷听，但他仍在原地，听到莱重重地坐到椅子的软垫上。

"那是什么事呢？"王子同样回以挑逗的口吻。

"您快过生日了，对吧？"

"快了，"莱回答，"你应该来参加庆典，只要你的国王和女王准假。"

"恐怕他们不会，"霍兰德回答，"但正是国王和女王命我前来。他们让我送一份礼物。"

帕里什听出了莱的犹豫。"霍兰德，"他说话时有软垫挪动的声响，说明他身子前倾，"你知道律法。我不能接受——"

"我知道律法，年轻的王子，"霍兰德说，"说回礼物，是我在这里，在您的城市，替我主君挑选的。"

长时间的沉默，然后莱站了起来。"很好。"他说。

帕里什听见包裹交递的窸窣声，继而被打开了。

"这有什么用？"王子又沉默了一会儿，问道。

霍兰德发出了什么声音，介于微笑和大笑之间，无论是哪种，帕里什以前从未听过。"力量。"他说。

莱张嘴说话的同时，一长串钟声忽然响彻王宫，提示了时辰，也淹没了安塔芮和王子的对话。房门打开时，钟声仍在走廊上回荡，霍兰德刚一出来，他的双色眸子立刻投向帕里什。

霍兰德关上房门，若有所思地盯着皇家侍卫，无奈地叹息一声。他摸了摸深灰色的头发。

"打发走了一个卫兵，"他似是自言自语，"结果又来了一个。"

帕里什来不及思考如何回应，安塔芮从口袋里掏出一枚硬币，冲着他弹了过去。

"我没有来过。"霍兰德说话的同时，硬币飞起又落下。等硬币落进帕里什的掌心，走廊里只剩他一个人。他盯着手里的小玩意儿，琢磨着它的来历，他确信自己忘了什么事。他攥紧硬币，仿佛可以抓住溜走的记忆，再也不放手。

但记忆已经消失。

II

即便在夜里，河水也闪耀着红光。

凯尔后脚刚离开一个伦敦的河岸，前脚就踏上了另一个伦敦的河岸，黑丝绸似的泰晤士河变成了温暖且光芒洋溢的艾尔河。它如同珠宝般通体发亮，是一条贯穿红伦敦、长明不灭的光带。它是源头。

是力量的血管。大动脉。

有人认为魔法来自思想，有人认为来自灵魂，或心脏，或意志。

但凯尔知道它来自血液。

血液是魔法的载体。它在血液中繁荣，也在其中破坏。凯尔见过力量在体内争斗的情形，它在腐朽之人的体内黑化，使他们的血管从深红变成乌黑。如果说红色代表处于平衡的魔法——力量与人性的和谐——那么黑色就代表了失去平衡的魔法，没有秩序，亦无约束。

作为安塔芮，凯尔两者兼备，平衡与混乱共存；他血管里的血，一如红伦敦的艾尔河，泛着健康的、深红的光泽，而他的右眼形同泼墨，黑得发亮。

他更愿意相信他的力量完全来自血液，但又无法忽视黑魔法在他脸上的印记。它在每一面镜子里回望着凯尔，也令每一双凡人的眼睛敬畏或恐惧地睁大。无论他何时召唤力量，它都在脑子里嗡嗡作响。

但他的血从未黑化。那是纯正的红色。正如艾尔河的水。

伦敦的血。

一座由玻璃、青铜和石头打造的桥梁横跨艾尔河，桥上坐落着王宫，人称Soner Rast。城市的"搏动之心"。弧形的尖顶犹如光之水珠。

人们不分昼夜地涌向河上王宫，有的找国王和王后请愿，不过大多数是为了靠近在王宫底下流淌的艾尔河。学者们来到河边研究源头，魔法师希望汲取其力量，而来自阿恩乡镇的游客只想瞻仰王宫和河流，献上鲜花——从百合到流星花、杜鹃、月泪草，花团锦簇，布满了河岸。

凯尔在河岸对街的店铺阴影之下停留了片刻，抬头望着王宫，它就像悬在城市上空的一轮旭日。一时间，他与游客们感同身受。叹为观止。

然后，一波疼痛在胳膊里荡漾开，他恢复了知觉。他忍着疼痛，把旅行用的硬币挂回脖子上，朝着生气勃勃的岸边走去。

夜市正是热闹的时候。

河水的光、灯笼的光和月光交相辉映，小贩们在各色帐篷底下叫卖，除了食物就是小饰品，既有加持了魔法的，也有寻常的俗物，买家既有当地人，也有朝圣者。一个年轻女人抱着一大捧星星草，供游客们献在王宫的台阶上。一个老人抬着胳膊，上面挂了几十条项链，全都装饰着一颗锃亮的小石子，据说那是增强元素控制力的护符。

花香若有若无，被炖肉、新鲜切开的水果、浓重的香料和热红酒散发的气味所掩盖。一个身披黑袍的男子在兜售蜜饯李子，旁边的女

A Darker Shade of Magic

人卖的是占卜石。一个小贩将热气腾腾的茶水倒在玻璃矮杯里，对面摆满面具的摊位顾客盈门，还有的售卖小瓶子，瓶里装着仍在微微发光的艾尔河水。每天晚上，集市都充满生机，欣欣向荣。摊位常常变换，但活力永远不减，正如这一带所依存的河水一样。凯尔沿着河边，在夜市里穿行，享受着弥漫在空气里的各种滋味、欢笑和音乐，以及魔法的嗡鸣。

一位街头魔术师正在为周围的孩子们表演火把戏，他双手捧成碗状，一团火蓦地冒出，变成龙的模样，吓得一个小男孩直往后退，眼看就要倒在凯尔的必经之路上。他不等男孩撞到石头街面，一把拉住袖子，将其提了起来。

男孩咕哝了一句谢谢您先生抱歉，话还没说完，抬头看到了遮在凯尔头发底下的乌黑眸子，他那对淡棕色的眼睛大睁。

"马蒂厄。"一个女人呵斥道，男孩挣脱了凯尔的手，跑过去躲在女人的斗篷后。

"抱歉，先生，"她摇着头用阿恩语说，"我不知道怎么——"

她看到凯尔的脸，生生吞下后面的话。她懂得礼数，不像她儿子那样扭头就跑。但是她的行为更加糟糕。女人当众鞠躬，幅度太大，以至于凯尔担心她栽跟头。

"Aven，凯尔。"她连大气也不敢喘。

他只觉胃部抽痛，企图伸手拉她起来，以免引起旁人的注意，但终究还是慢了一拍。

"他没……看到。"她结结巴巴地换成了英语，即王室的语言。凯尔更不自在了。

"是我的错。"他用阿恩语柔声说道，同时抓住对方的胳膊肘，阻止她长拜不起。

"他只是……他只是……他没有认出您，"能说通用语显然令她颇为感激，"……您穿的这身衣服。"

凯尔低头打量自己。他仍然穿着从比邻酒馆出来时的棕色旧外套，与他通常的服饰天差地别。这倒不是忘了换衣服，而是希望好好地逛逛集市，做一个普通的朝圣者或当地人，哪怕只有几分钟也行。结果他的计划泡汤了。他能感觉到消息迅速散开，当夜市上的人们意识到谁在他们当中时，气氛犹如潮汐，瞬间发生了改变。

他放开女人的胳膊，与此同时，人群自动退开，敬畏的低语替代了笑声和叫喊。莱知道如何处理这种情况，如何扭转局势，如何收服他们。

凯尔只想找个地缝钻进去。

他试图强颜欢笑，但那样做必定和扮鬼脸没两样，于是他向女人及其儿子致以晚安的问候，然后快步沿着河岸走去，小贩和客人们的喃喃低语一路相随。他始终没有回头，但那些声音形影不离地跟着他来到摆满鲜花的王宫台阶前。

看到他踏上台阶，卫兵并没有离开岗位，只是微微领首。令他深感庆幸的是，大多数卫兵都不鞠躬——除了莱的那名侍卫，叫帕里什的，似乎身不由己，好在举止从未失当。凯尔一边拾阶而上，一边脱下外套，从里到外、从右向左地翻面。当他再次穿上外套时，已经不是既破又脏的那件了。这件外套精美、华丽，闪着红光，犹如在王宫底下流淌的艾尔河。

那是王室专属的红色。

凯尔在最高一级的台阶上驻足，等扣好了锃亮的金纽扣，便走了进去。

Ⅲ

他来到院子里，发现他们正在低垂的树冠底下喝晚茶，头上是晴朗的夜空。

国王与王后坐在茶桌前，莱四仰八叉地躺在沙发上，又絮絮叨叨地说着自己的生日以及梦想中的各种庆典。

"所谓生日，"马克西姆国王——他蓄着黑须，双目有神，高大挺拔，虎背熊腰——拿着一份报纸，头也不抬地说，"就是出生的那一日，不是那一周。"

"二十岁啊！"莱挥舞着手中的空茶杯，嚷道，"二十岁！多庆祝几天不过分嘛。"他琥珀色的眼睛闪着狡黠的光。"再说了，这样做一方面也是为人民着想。我怎么能让他们扫兴呢？"

"另一方面呢？"艾迈娜王后问，她乌黑的长发里夹杂着金线，在脑后编成粗大的辫子。

莱露出胜利的微笑。"是您要我寻一桩婚事，母亲。"

"没错，"她心不在焉地整理着茶具，"可我不想让你把王宫变成妓院。"

"怎么是妓院呢！"莱捋着浓密的黑发，又摆弄起戴在头上的金圈，"有很多事情需要考察，那就是一种有效的评估方式——啊，凯尔！凯尔肯定赞成我的想法。"

"我觉得这个想法很可怕。"凯尔说着，大步走向他们。

"叛徒！"莱假装受到了冒犯。

"不过，"凯尔走到桌边，接着说，"他无论如何都会这么做的。您不如就在王宫里开宴会，还能避免他惹麻烦。至少不会捅出大乱子。"

莱转怒为喜。"很有道理，很有道理。"他模仿着父亲低沉的嗓音。

国王放下报纸，注视着凯尔。"这一趟如何？"

"比我预计的时间长些，"凯尔摸索着口袋，找出了摄政王的信。

"我们有点担心了。"艾迈娜王后说。

"国王状况不好，亲王更糟糕。"凯尔说着，递上信。马克西姆国王接了过去，看也不看就放到一边。

"坐，"王后催促道，"你脸色不好。"

"没事吧？"国王问。

"没事，先生，"凯尔欣然坐在桌边的一把椅子上，"只是累了。"王后伸手摸了摸凯尔的脸颊。她的肤色比凯尔黑——王室家族都是漂亮的棕色皮肤，衬着淡褐色的眸子和黑发，使得他们看起来像抛光的木头。凯尔皮肤白皙，头发是红铜色，总有一种格格不入的感觉。王后又撩开他眼前的头发。她常常在他的右眼中寻找真相，仿佛那是占卜板，用来观察和审视的窗口。但她从不透露看到了什么。凯尔拉着她的手亲吻。"我很好，陛下。"王后不满地看了他一眼，他纠正道。"母亲。"

仆人送来茶水，掺了薄荷，气味香甜，凯尔贪婪地喝了一大口。在家人的谈话声中，他身心闲适，神思渐渐飘远。

A Darker Shade of Magic

等眼皮子开始打架了,他请求告退。莱也从沙发上起来了。凯尔毫不意外。自从他落座之时起,王子的目光就没离开过他。两人向父母道过晚安,莱仍然摆弄着压在黑色卷发上的金圈,跟随凯尔进了走廊。

"我有没有错过什么?"凯尔问。

"没什么,"莱说,"霍兰德来见过我。他刚走。"

凯尔皱起眉头。红灰伦敦的联系远不如红白伦敦那么紧密,但还是例行互通有无。近一周都轮不到霍兰德来。

"你今晚有什么收获?"莱问。

"头疼,"凯尔揉着眼睛回答。

"你知道我在问什么,"王子追问。"你从门那边带回了什么?"

"除了几枚令币,什么都没有。"凯尔张开胳膊。"不信你搜。"他得意地笑了笑。莱从来搞不定凯尔的多面外套。凯尔以为这件事过去了,转身要走,不料莱做出了惊人的举动。莱没有掏他的口袋,而是抓住他的肩膀,把他按到墙上。很用力。旁边有一幅国王和王后的画像微微抖动了一下,并未掉落。守在走廊里的侍卫抬头张望,但没人离开岗位。

凯尔比莱大一岁,体形却像下午的影子那么细瘦,莱的身材如同雕塑,也和石头一样结实。

"别撒谎,"莱警告他,"别对我撒谎。"

凯尔冷冷地撇着嘴。两年前,莱识破过他的谎言。当然不是抓到现行,而是采取一种不大光明的方式。信任。一个夏夜,两人在王宫的某个阳台上喝酒,脚下是泛着红光的艾尔河,头顶是无尽的苍穹,真心话结结巴巴地从嘴里蹦了出来。凯尔告诉了弟弟,他在灰伦敦、白伦敦,甚至偶尔在红伦敦的交易,走私各种东西的经历。莱盯着他,仔细倾听。等他开口时,并没有教训凯尔这样做不对,也不提违法。他问的是原因。

"我不知道。"凯尔说的是实话。

莱醉眼蒙眬地坐了起来。"我们没有给你吗?"他失望地问道。"你想要什么?"

"没什么想要的。"凯尔回答,是实话,也是谎言。

"你缺少关爱吗?"莱轻声说道,"我们不拿你当家人对待吗?"

"可我不是家人,莱,"凯尔回答,"我不是真正的马雷什,虽然国王和王后赐了我这个姓氏。我觉得自己不像一个王子,而像一种家产。"

然后,莱一拳打在他脸上。

随后的一周,凯尔有了两只黑眼睛,他再也没有说过那样的话,但伤害已经造成。他本希望莱当时醉得厉害,忘了两人之间的谈话,遗憾的是对方记得一清二楚。莱没有告诉国王和王后,凯尔内心反而有亏欠,可如今每一次旅行,都要忍受莱的质疑,还提醒他这种做法是多么愚蠢和错误。

莱松开了凯尔的肩膀。"你为什么非要追求这些东西?"

"觉得好玩。"凯尔掸着身上的灰,说道。

莱摇摇头。"听着,一直以来,我对你这种幼稚的行为都是睁只眼闭只眼,但大门关闭是有原因的,"他告诫道,"夹带私货可是叛国重罪。"

"都是小玩意儿,"凯尔边走边说。"根本没有实质上的危险。"

"有很大的危险,"莱跟了上来,"比如让我们的父母知道之后——"

"你要告诉他们吗?"凯尔问。

莱叹了口气。他好几次欲言又止,最后说道:"我什么都愿意给你。"

凯尔胸口一紧。"我知道。"

"你是我兄弟。我最好的朋友。"

"我知道。"

"那就结束这种愚蠢的行为,不要逼我。"

凯尔挤出一丝疲惫的笑意。"当心点,莱,"他说,"你的口气开始像国王了。"

莱的嘴角微微上扬。"有一天我会成为国王。我需要你在我身边。"

凯尔也笑了。"相信我。我哪儿也不愿意去。"这是实话。

莱拍拍他的肩膀,回房睡觉去了。凯尔把手插进口袋里,目送他走开。伦敦的人民——还有周围乡镇的人民——喜爱他们的王子。为什么不呢?他年轻英俊,心地善良。也许他常常扮演浪荡公子哥的角色,形象太过深入人心,但在他迷人的微笑、轻浮的举止下,是敏锐的头脑和单纯的愿望,他希望周围的每一个人都开心快乐。他没什么魔法天赋——也不怎么上心——但他在力量上的欠缺,全被魅力填补了。而且,要说凯尔在白伦敦之旅中领悟到了什么,那就是统治者有了魔法,只会变坏,不会变好。

他继续向前走去,穿过一扇橡木大门,便是属于他的宽敞套房。艾尔河的红光透过敞开的私人阳台撒了进来,挂毯随风起舞,犹如飘在天花板上的云彩,房内还有一张奢华的蓬床,铺着绫罗绸缎,温软绵柔地等在那里。召唤着他。凯尔竭尽全力才战胜了瘫在床上的渴望。他走过卧房,进了第二间较小的屋子,里头堆放着书籍——各种魔法卷帙,包括罕见的安塔芮及其血令咒的记载,因为极度的恐惧,这类书籍几乎在黑伦敦大清洗时期就销毁殆尽——然后他关上了房门。凯尔随手打了个响指,立在书架边上的一支蜡烛应声燃起火苗。借着烛光,他看清了门背后的一串记号。一个倒三角,一组线条,一个圆圈——非常简单的记号,容易复制,也方便区分。它们是通向红伦敦不同地方的门。他的目光落在最中间的一个,是由两根交叉的线组成的。打X定位,他暗想,指头按着胳膊上的新鲜伤口——血仍未干——然后照着画了一遍。

"As Tascen。"他疲惫地说。

在他的触碰之下，墙壁退开了，他的私人藏书室变成了一间狭小的房间，寝宫的静谧无声被底下酒馆的喧嚣打破，外面的城市比刚才的距离近多了。

酒馆招牌在门上晃荡，Is Kir Ayes——红宝石地——几个字赫然可见。经营这家酒馆的是一个名叫佛娜的老妇人；她有老奶奶的样貌，又有水手的嘴巴和酒鬼的脾气。凯尔年幼的时候找她做了一个交易（那时候她就老了，一直老着），楼梯最顶上的房间归他所有。

这间房破旧不堪，几步即可走到头，却是完全属于他的。咒语——严格地说并不合法——画在窗户和门上，让任何人都找不到这里，或者说，意识不到它的存在。一眼望去，房内空无一物，但仔细观察，可以看到床底的空间，柜子的抽屉内放满了盒子，盒子里装着各个伦敦的宝贝。

凯尔自认为是一个收藏家。

摆在外面的只有一本诗集、一个灌满黑沙的玻璃球和一套地图。诗集的作者名叫布莱克，是一个灰伦敦的收藏家去年送给凯尔的，书脊已经磨光。玻璃球是白伦敦的东西，据说沙子可以展示人的梦境，但凯尔没试过。

地图是一种提醒。

三张地图并排悬挂，是墙上唯一的装饰。远远望去，它们好似一模一样——形状完全吻合的岛国——但凑近细看，只有写在地图上的伦敦二字相同。灰伦敦。红伦敦。白伦敦。左边那张是大不列颠，从英吉利海峡到苏格兰顶端，细节无所不包。相反，右边的地图只有一个大概。马克特是国名，其都城掌握在残忍的孪生戴恩手里，但城外的国土动荡不安。中间的地图是凯尔最熟悉的,因为是他的家乡。阿恩。国名以优雅的字体沿着岛屿排列,其实,伦敦所在的地方不过是整个帝国的一小部分。

三个截然不同的伦敦,属于三个不同的国家,凯尔是当今唯一见识过三个伦敦的人。他认为,最大的讽刺在于,他从未领略过城外的世界。他为国王和王室效力,不能擅自远离,因此他在另外两个伦敦的停留时间从未超出一日之久。

当凯尔张开双臂,脱下外套的时候,倦意如潮水般袭来。他在口袋里摸索着,找到了收藏家的包裹,然后轻轻放在床上,小心翼翼地揭开,露出了小小的银制音乐盒。房间里的灯火忽然变得明亮,他举起音乐盒,仔细欣赏,却牵扯到了胳膊上的伤口。他把音乐盒搁到一边,来到柜子前。

那儿有一盆水和一堆罐子,凯尔卷起黑色罩衫的袖子,开始处理前臂的伤口。他动作娴熟,几分钟就清洗完毕,抹上了一种药膏。有一个血令咒可用于治疗——As Hasari——但并不是用来让安塔芮自我疗伤的,尤其是小伤,产生的治疗效果与消耗的力量相比,得不偿失。与往常一样,胳膊上的割伤开始愈合。安塔芮的恢复速度很快,得益于流淌在他们血管里的巨量魔法,等到早上,浅浅的伤痕就会完全消失,重现光滑的皮肤。他正准备放下袖子,一个小小的、晶亮的伤疤吸引了他的注意。从无例外。它位于手肘背面,线条模糊,难以分辨。

但并非无法分辨。

凯尔从五岁起就生活在王宫里。他头一次注意到这个记号是在十二岁时。他花了数周时间在王宫的图书馆里查找这种符文的类型。记忆符文。

他用拇指摩挲着伤疤。它的作用与名字正好相反,并不是帮助记忆的。它使人遗忘。

遗忘一段时间。一天。一生。但用来束缚人的身体或思想的魔法是禁咒，也是大罪。那些被指控且坐实了罪行的人，将被剥夺力量，而在魔法至上的世界里，这个命运甚至比死亡还悲惨。然而，凯尔身上就有禁咒的记号。更糟糕的是，他怀疑此事经过了国王和王后的批准。

K.L.

小刀上的字母缩写。有很多事情他不理解——永远也不可能理解——关于这件武器，镌刻的字母，以及它所见证的生活。（这两个字母是英语吗？还是阿恩语？两种语言里都有这两个字母。L代表什么？K又代表什么？他对这两个成为他名字的字母一无所知——K.L.变成了凯-艾尔，凯-艾尔又变成了凯尔。）他被带进王宫时还是孩子。小刀一直属于他吗？或者属于他父亲？一个信物，带在他身边，帮他记住以前的身份？他以前是谁？记忆的缺失啃噬着他的心。他常常凝视着墙壁中间的地图，猜测自己来自何方。曾被何人生养。

无论他们是什么人，都不可能是安塔芮。魔法虽然流淌在血液之中，但与血统无关。它不会通过父母遗传给孩子。魔法选择自己的方式。选择自身的形态。强者有时候生下弱者，也可能正好相反。水法师孕育操火者，治疗者诞下移土师。力量不能像庄稼那样栽培，一代一代地提纯。如果可以的话，安塔芮也能播种和收获了。他们是理想的容器，可以操纵任何元素，施展任何咒语，使用自己的血控制周围的世界。他们是工具，在坏人手里则是武器。也许不可遗传是自然的平衡之道，不使秩序受到破坏。

实际上，无人知道安塔芮是如何降生的。有人相信是随机选择，掷出一颗幸运的骰子。有人声称安塔芮具有神性，注定伟大。有些学者，比如提伦，认为安塔芮是不同世界之间的沟通所造成的，各种魔

A Darker Shade of Magic

法交缠汇聚的结果，也正因为如此，他们日渐消亡。不管他们如何出现，大多数人相信安塔芮是神圣的。也许他们被魔法选中，或者受魔法祝福。但有一点是肯定的，他们都被打上了记号。

凯尔下意识地摸了摸右眼。

无论你相信哪种理论，事实就是安塔芮越来越稀少，同时更显珍贵。一直以来，他们的能力为众人垂涎，如今他们又因为人丁冷落，被某些势力搜寻、关押和占有。无论莱愿不愿意承认，凯尔都属于王室的收藏品。

他拿起银制音乐盒，拧动细小的发条。

这是一件值钱的小玩意儿，他想，但终究是小玩意儿。乐曲开始奏响，像鸟儿一样挠得他手心发痒，但他没有放下盒子，反而握紧了。伴着轻柔的乐曲，他倒在硬邦邦的床铺上，注视着这个小巧而精美的装置。

他是如何走到今天这一步的？在他眼睛变黑的时候发生了什么事？他是生来如此，被藏了起来，还是后来才显现魔法记号？五年。他给别人当了五年的儿子。他们送他离开时是否难过？还是他们高高兴兴地把他交给王室？

国王和王后拒绝讲述他的过去，他也学会不再发问，但疲倦解开了心里的桎梏，疑问接二连三地冒了出来。

他忘记的生活究竟是怎样的？

凯尔的手从脸上滑落下来，他备感自责。一个五岁孩子能记住多少事情？无论他被带进王宫之前是什么人，那个人都不重要了。

那个人根本没有存在过。

音乐盒的乐曲颤抖着停止了，凯尔又拧动发条，合上双眼，任灰伦敦的旋律和红伦敦的气息把他拽进梦乡。

Part three

Shades of Magic

灰 贼

I

　　莱拉·巴德有条基本原则：如果某物值得拥有，那就值得拿来。

　　她举起银怀表，对着昏暗的街灯，表身闪闪发光，背面刻有缩写字母——L.L.E.——不知道是什么意思。这块怀表是她从一位先生身上顺来的，他们在狭窄的街角撞了个满怀，她赶紧道歉，用一只手按着对方的肩膀，转移其注意力，另一只手滑进了外套。莱拉的手指不仅动作灵敏，而且悄无声息。她轻抬礼帽，道过晚安，便骄傲地成了怀表的新主人，那位先生继续上路，毫无察觉。

　　她在意的不是物品本身，而是物品能带给她的东西：自由。诚然，这是一个荒唐的理由，但好过监狱或破房子。她用戴着手套的拇指摩挲着水晶表面。

　　"你知道现在几点了吗？"旁边传来一个男人的声音。

　　莱拉瞟了一眼。是一名巡警。

　　她伸手摸向帽檐——礼帽是上周从一个打瞌睡的司机那里偷来的——她希望对方视这个动作为问候，而不是因为过于紧张，企图遮挡脸部的本能反应。

"九点半。"她沉声应道,把怀表收进斗篷底下的马甲口袋里,同时避免让巡警看到里面各种亮晶晶的工具。莱拉是瘦高个儿,体形像男孩,方便女扮男装,但也只能远观。凑近了看,很容易被人识破伪装。

莱拉知道自己应该转身就走,但看见巡警叼着烟斗,在身上摸来摸去,什么也没找到,她就从街上捡起一根小木条,踩着灯柱的底座,轻盈地登上一步,将其点燃。火光照亮了她掩藏在礼帽底下的嘴唇、颧骨、脸颊和下巴的线条。一阵美妙的悸动感涌遍全身,迫近的危险犹如火上浇油,莱拉怀疑——已经不是第一次了——自己的脑子有毛病。巴伦常常这样说,但巴伦这人讨厌得很。

自找麻烦,他会说。你不找到不肯罢休。

麻烦找人,她会说。它永远在找,只为找到你。不妨先找到它。

你为什么想死?

我不想死,她会说。我只想活。

她落在地上,将面孔隐在帽子投下的阴影中,然后把燃烧的木条递过去。巡警喃喃道谢,点燃了烟斗,"啪嗒啪嗒"抽了几口,看样子要走,却又停下脚步。莱拉的心脏剧烈地跳动起来,巡警又打量了她一番,这次更加仔细。"你应该多加小心,先生,"他说道,"一个人走夜路,口袋容易被掏。"

"有强盗吗?"莱拉极力压低嗓音,"伊顿肯定没有吧。"

"有的。"警官点点头,从外套里抽出一张折好的纸。莱拉接了过来,尽管看到它的第一眼就知道是什么了。一张通缉告示。她低头看着画像,发现只有一个半遮半掩的轮廓——有块皱巴巴的布盖住了眼睛——还戴了一顶宽檐帽。"不光掏口袋,甚至公开抢劫了几位先生和一位小姐。案子倒也不稀罕，但没想到发生在这儿。这家伙的胆子可真大。"

莱拉忍住没笑。的确如此。在南岸搞点零钱是一回事，从驶向梅菲尔的马车上偷金银珠宝是另一回事，不过，混迹贫民窟的窃贼都是傻瓜。穷人的警惕性更高。富人大摇大摆，自以为在好城区里安全无虞。但莱拉清楚，这世上可不存在什么好地方。只有聪明的地方和愚蠢的地方，只消稍作思考就知道应该在哪里玩。

莱拉把通缉告示还了回去，冲着巡警抬了抬偷来的礼帽。"好吧，我会看紧口袋。"

"必须的，"警官强烈建议，"不像过去咯。什么都……"他吸着烟斗，缓步走开，一路念叨着"世风日下人心不古"之类的话——脉搏强劲地冲击着莱拉的耳朵，她根本听不清巡警后来说了什么。

等他消失不见，莱拉叹了口气，无力地倚着灯柱，一时间头晕目眩。她拽下礼帽，注视着塞在里面的眼罩和宽檐帽。她暗暗一笑，然后重新戴好礼帽，离开灯柱，吹着口哨走向码头。

II

海王号远不如它的名字那么有气魄。

这条船靠着码头，倾斜得厉害，海盐腐蚀了油漆，船壳上的某些部位已经烂了一半，还有些部位则彻底烂透了。整条船仿佛正以极其缓慢的速度沉入泰晤士河。

看起来它唯一的支撑就是码头了，但码头的状况也好不到哪儿去，莱拉真不知道到时候船壳的侧面和码头的木板会不会一起烂掉，或是四分五裂，然后掉进浑浊的港湾。

鲍威尔声称海王号和以前一样牢固。还能在外海上航行，他发誓。莱拉认为它连伦敦港口的浪头都吃不消。

她前脚踩上踏板，靴子底下的木头立刻开始呻吟，吱嘎声迅速传开，仿佛整条船都在抗议她的到来。她毫不理会，一边解着斗篷的绳结，一边走上甲板。

莱拉的身体极度渴望休息，但还有夜间仪式需要完成。她走过甲板，来到船头，握住舵轮。贴在掌心的木头是冰凉的，脚底的甲板轻轻摇晃，感觉很好。莱拉·巴德打心底觉得自己应该当海盗。她需要的就是一艘能航行的船。只要她有了船……一阵微风掀起她的外套，恍惚间，她看到自己远离伦敦港，远离一切陆地，在外海乘风破浪。她闭上双眼，想象着海风吹透了破烂的衣袖。海浪有节奏地拍打着船身。自由——真正的自由——以及冒险的滋味太刺激了。她扬起下巴，似是在躲开溅起的腥咸海水。她深吸一口气，迎着海风微笑。等她睁开眼睛，发现海王号在原地未动，不禁大吃一惊。它靠着码头，死了。

莱拉离开船舷，走过甲板，当靴子在木板上踏响时，今晚她头一次有了某种安全感。她知道并不安全，城里哪儿都不安全，梅菲尔区的豪华马车里不安全，躲在码头的角落、烂了一半的船上当然也不安全，但这感觉有一些相似。熟悉感……是这样吗？或者根本就是躲藏这件事本身很接近安全感。没人看见她走过甲板。没人看见她顺着高陡的楼梯，钻进了船的内部。没人跟着她穿过潮湿的狭窄过道，来到尽头的舱房。

绳结终于解开了，莱拉从肩上拉下斗篷，扔到靠在舱房墙壁的小床上。斗篷飘然落下，跟着是礼帽，塞在里面的伪装散落在黑布上。角落里搁着一只小煤炉，余火将熄，已经不足以温暖这间舱房。莱拉拨旺了炉火，又用木棍点亮了立在各处的几根油脂蜡烛。接着她脱下手套，也扔在了小床上。最后她抽出腰带，把绑在上面的枪套和匕首取下来。这些不是她全部的武器，只是她挑出来随身携带的。刀子再寻常不过，好在锋利无比——她将其扔到床上的一堆杂物里——但手枪是宝贝，这把燧发枪是她去年从一个死去的富翁手里搞到的。卡斯特——好武器都有名字——堪称枪中美人儿，她轻轻地取出来，几乎是恭恭敬敬地放进了桌子的抽屉里。

A Darker Shade of Magic

当晚的兴奋劲儿在她走向码头的途中已经冷却了，此时化为灰烬，莱拉没精打采地坐在椅子上。与船上的其他物件一样，椅子也在抗议，当她把脚跷到桌子上时发出了响亮的呻吟。磨损的桌面上堆满了地图，大多是卷着的，有一张摊开了，用石头和偷来的小玩意儿压着。那是她最喜欢的地图，因为上面的地点完全没有标注。肯定有人知道地图的含义，及其所指的方位，但莱拉不知道。对她而言，这张地图所展示的可能是任何地方。

一面大镜子搁在桌上，斜靠着舱壁，镀银的边缘早就模糊不清。莱拉盯着镜子，有点难为情。她捋了捋头发。乱蓬蓬的黑发摩擦着下巴。

莱拉十九岁。

十九年，每一年都在她身上刻下了痕迹。她戳了戳眼底的肌肤，捏了捏脸颊，又用一根手指抚过嘴唇。已经很久没人夸她漂亮了。

倒不是莱拉希望有人夸。漂亮对她没什么用处。老天作证，她根本不羡慕那些身着束腰胸衣和蓬裙的*淑女们*，以及那种捏着嗓子的笑声、滑稽不堪的丑态。还有她们晕厥的样子，弱不禁风地靠着男人，以衬托对方的阳刚之气。

*故作软弱*这种行为超出了她的理解范围。

莱拉试图把自己想象成晚上她偷过的一位小姐——裹着那么多布料，手脚不便，很容易摔倒，然后被人扶住——不禁面露微笑。有多少小姐夫人和*她*调情？晕乎乎地靠着她，假装欣赏*她的*男人气概？

莱拉感到口袋里沉甸甸的，都是晚上的收获。

够了。

扮演柔弱的形象让她们尝到了苦头。也许她们以后不会再见到一顶礼帽就晕倒，看到一只伸来的手就抓住。

054

莱拉仰起头，抵着椅背。她听见鲍威尔在另一间舱房里照例喝着夜酒，骂着娘，面对扭曲变形的舱壁讲着故事。讲的是他从未去过的陆地，从未追求的少女，从未染指的财宝。他撒谎成性，嗜酒如命，愚不可及——就莱拉所见，他在荒潮酒馆的每一晚可谓样样俱全——但他有多余的舱房，她正好需要一间，于是两人达成了协议。每晚的收获都要分一杯羹给他，作为回报，他会忘记自己把房间租给了一个通缉犯，而且是女孩。

鲍威尔在舱房里踱步。已经持续了几个小时，好在莱拉习惯了这种噪声，反正它很快就会淹没在老海王号的呻吟、呜咽和低语声中。

她的脑袋刚耷拉下去，有人在房门上敲了三次。好吧，有人敲了两次，因为醉得太厉害，无力再敲第三下，手掌贴着木门滑落。莱拉的双脚离开桌子，重重地砸在地上。

"怎么了？"她喊道。舱门打开的同时，她也站了起来。鲍威尔摇摇晃晃地靠在门口，因为喝酒，而且破船也在轻微摆荡。

"莱——拉，"鲍威尔吟唱着她的名字，"莱——拉——"

"什么事？"

他一手拎着酒瓶，一手伸过来，掌心向上。"我的份儿。"

莱拉从口袋里掏出一把硬币。大多光泽暗淡，但其中混杂着几枚亮晶晶的银币，她挑了出来，丢在鲍威尔的掌中。他握起拳头，钱币叮当作响。

"不够。"当莱拉把铜板放回口袋时，他说道。她感到马甲里的银怀表带着体温贴在肋部，但没掏出来。她也不知道为什么。也许她喜欢上这块怀表了。也许她担心这次交了贵重的物品，鲍威尔就会得寸进尺。

"今晚没什么收获，"她抄起胳膊说，"明天我补上。"

"你是个麻烦。"鲍威尔含糊不清地说。

"是的。"她露齿一笑。嗓音虽然甜美,牙齿却尖利得很。

"也许你给的好处值不上你带来的麻烦,"他又说。"今晚给的肯定值不上。"

"剩下的我明天给你,"她放下胳膊,"你醉了。去睡吧。"她正要转身,鲍威尔一把抓住她的胳膊。

"我今晚就要。"他冷笑一声。

"我说了我没——"

酒瓶突然掉落,鲍威尔一下子把她推到桌上,压得她动弹不得。

"不一定要给钱,"他的目光落在莱拉的胸口,低声说道,"这里面肯定是姑娘的身子。"他开始上下其手,莱拉立马提起膝盖顶在他肚子上,他踉跄着退开了。

"你会后悔的。"鲍威尔摸索着皮带扣,面红耳赤地吼道。莱拉没有犹豫。她企图抓起抽屉里的手枪,但鲍威尔猛地抬头,冲上前攥住她的手腕,一把将她拉了过去。莱拉整个人被甩在床上,压住了帽子、手套和斗篷,还有那把小刀。

鲍威尔猛地扑过来,莱拉摸向匕首。在她的膝盖被擒住时,已经握住了皮套。莱拉被鲍威尔猛地拽了过去,小刀也随之悄然出鞘,当他抓着莱拉的另一只手时,她顺势起身,一刀插进了鲍威尔的肚子。

于是,发生在这逼仄空间里的一场激斗陡然停止了。

鲍威尔低头瞪着插在肚子上的刀,惊讶得双目圆睁,看架势他好像还想动手动脚,但莱拉知道怎么使刀,知道哪里伤人,哪里要命。

鲍威尔的手忽然用力握紧。然后软绵绵地垂下去。他皱着眉头,晃晃悠悠,双膝一软。

"你会后悔的。"莱拉重复了一遍他的话,在他栽倒之前拔出小刀。

鲍威尔的身体摔在地板上，不动了。莱拉低头看了一会儿，对于周遭的寂静深感诧异，耳畔只有她跳动的脉搏，海水拍打船身的声响。她抬起靴子尖，戳了戳对方。

死了。

死了……而且现场一片狼藉。

鲜血在甲板上流淌，渗进裂缝之中，滴到船舱下层。莱拉必须做点什么。**不能犹豫**。

她蹲下来，在鲍威尔的衬衫上擦净了刀刃，又从他口袋里收回了银币。然后，她跨过尸体，打开抽屉，取出手枪，穿好衣服。等腰带重新扣好，斗篷披到肩上，她捡起了地上还未碎裂的威士忌瓶子，用牙齿咬开木塞，把所有的酒都洒在鲍威尔身上，其实他体内的酒精可能够多了，不用浇上酒也能烧起来。

她拿起一支蜡烛，正准备扔过去，忽然想起了地图。那张能去任何地方的地图。她在桌上折好了，塞进斗篷里，又扫了一眼小舱房，然后点燃了死者和船。

莱拉站在码头上，面前的海王号燃起大火。

她抬头望着火焰，脸上热乎乎的，火光在下巴和脸颊上跳跃，就像早先在巡警面前点燃的木条。**真遗憾**，她想。她还挺喜欢这条破船。可惜不属于她。不，她的船一定好很多。

海王号呻吟着，火焰吞噬了肌肤，然后是骨架，莱拉目送死去的船开始下沉。她一直等到远处传来喊叫声和脚步声，实在是太晚了，但终究还是来了。

她叹息一声，动身寻找另一个过夜的地方去了。

Ⅲ

巴伦站在比邻酒馆的台阶上，茫然地望着码头，莱拉慢悠悠地走来，礼帽和地图都夹在腋下。她顺着巴伦的视线看去，屋顶上的大火清晰可见，浓烟弥漫了多云的夜空。

巴伦一开始装作没看见她。莱拉不怪他。两人上次见面差不多是在一年前，巴伦把她踢了出去，因为她偷东西——对象当然不是他，是一位客人——她气急败坏，可劲儿地诅咒巴伦和他的小酒馆。

"你去哪儿？"他低沉的嗓音如同雷鸣，对他而言算是在喊叫了。

"去找刺激。"她吼了一声，再也没有回头。

此时她步履沉重地走过石板路。巴伦吸了一口雪茄。"这么快就回来了？"他头也不抬地说。她爬上台阶，没精打采地靠着酒馆的门。"你找到刺激了吗？还是刺激找到你了？"

莱拉没有回答。她听见门里觥筹交错，醉汉们高声呼喝。她讨厌那些噪声，也顺带着讨厌所有的酒馆，比邻酒馆除外。别的酒馆都排斥她，驱赶她，但这个地方对她有一种吸引力，轻微地、持续地拽着她。即使她没有这个打算,却也总是情不自禁地回到这里。去年她有多少次不知不觉地走到台阶上?有多少次差点推门进去?但这些事情不需要让巴伦知道。莱拉见他仰着头,望着天空,仿佛能透过云层看到什么。

"海王号怎么了?"他问。

"烧了。"她不知从哪儿来的一股狠劲,巴伦的眼睛惊讶地睁大了一点点。她喜欢让巴伦吃惊。那可不是件容易的事。

"现在烧了?"他轻声问。

"你也知道它的状况,"莱拉耸耸肩,"老木头,很容易起火。"

巴伦盯着她看了很长段时间,然后吐出一口烟。"鲍威尔应该管好他那条破船。"

"是啊,"莱拉整理着礼帽的边儿,应道。

"你身上有烟味。"

"我需要租间客房。"言语仿佛哽在她的喉咙里。

"有意思,"巴伦又吸了一口烟,"我记得很清楚,你要我带着我的酒馆和那些——虽然不大——客房滚蛋,说要把它们全都塞进我的——"

"此一时彼一时。"她说着从巴伦嘴里抽走雪茄,吸了一口。

他借着路灯仔细端详莱拉。"你还好吗?"

莱拉盯着从嘴里吐出的烟。"我一直都好。"

她把雪茄递回去,又从马甲口袋里掏出银怀表。它的手感温暖而光滑,她不知道自己为何如此喜欢它,但就是喜欢。也许因为它是一个选择。偷它是选择。带着它也是选择。也许一开始这个选择是随意的决定,但后来有了意义。也许她带着它是有原因的。也许原因就在此时此刻。她把怀表递给了巴伦。"能换几个晚上的住宿吗?"

比邻酒馆的老板看了看怀表,合上莱拉的手掌。

"留着吧,"他漫不经心地说,"我知道你有本事搞到钱。"

莱拉把怀表塞回口袋,它的重量仿佛是在提醒自己再次回归一无所有的生活。好吧,也不是真的一无所有。一顶礼帽,一张能去任何地方——或者哪儿也去不了——的地图,一把小刀,一柄燧发枪,几枚硬币,一块银怀表。

巴伦推开门,但当莱拉准备走进去时,他又挡在路上。"不要动里面的人。明白吗?"

莱拉生硬地点头。"我不会待很久,"她说,"只等浓烟散尽。"

店内传来玻璃碎裂的脆响,巴伦叹息着进去了,路上扭头冲她喊道:"欢迎回来。"

莱拉吁了口气,抬起头来,她看的不是天空,而是小酒馆上层的肮脏窗户。这里不是海盗船,不是自由和冒险的乐园。

只等浓烟散尽。她对自己重复道。

也许没那么糟。毕竟,她不是夹着尾巴回到比邻酒馆的。她的身份不为人知。一个被通缉的男人。她忍不住想笑。

门边的柱子上贴着一张纸,在风中簌簌抖动。正是巡警给她看过的那张告示,她笑着与戴着宽檐帽和眼罩的画像对视,上面写有**通缉**两个字。影贼,他们这样称呼她。画像比她真人更高更瘦,犹如一个披着黑衣的恐怖幽灵。来自童话故事。来自传说。

莱拉冲着黑暗眨眨眼,走了进去。

Part four

Shades of Magic

白王座

I

"也许应该举行一场假面舞会。"

"集中精神。"

"或者化装舞会。要有亮点。"

"好了,莱。注意力集中。"

王子坐在高背椅里,穿着带有金纽扣靴子的双脚搁放在桌上,手里把玩着一颗玻璃球。这种球比凯尔在比邻酒馆交易的那个游戏更大、更复杂。迷你游戏盘上的石子、水坑和沙堆换成了五颗玻璃球,每颗包含一种元素。另外四颗静静地搁在桌上的黑木箱子里,箱底垫着丝绸,以黄金包边。莱手里的那颗玻璃球装的是泥土,随着他的拨弄,泥土翻来覆去。"衣服要多,可以一层层地脱下来……"他接着说。

凯尔叹了口气。

"我们可以在夜里开场的时候盛装出席,等到——"

"你连试一试都不肯。"

莱呻吟了一声。他双脚落地,然后挺直身子,把玻璃球举在两人当中。"好吧,"他说,"瞧瞧我的魔法威力。"莱眯起眼睛,盯着玻璃球里的泥土,试图集中精神,念念有词地轻声说着英语。但泥土纹丝不动。凯尔看到莱眉头微蹙,又聚精会神地低语了几句,神色愈加烦躁。最后,玻璃球里的泥土动了动(尽管有点敷衍)。

"我成功了!"莱高呼。

"是你动了。"凯尔说。

"怎么可能!"

"再试一次。"

莱失望地跌坐在椅子里。"圣徒啊,凯尔。我到底有什么问题?"

"没什么问题。"凯尔断然说道。

"我能说十一种语言,"莱说,"有些国家我从未去过,以后也不大可能踏足,可我竟不能劝说一块泥巴挪挪地儿,也没法让一滴水从池子里飞起来。"他大发脾气。"真叫人恼火!"他吼道,"魔法语言怎么会难到了连我都不能掌握的地步呢?"

"因为你不能使用魅力、微笑和地位控制元素。"凯尔说。

"它们藐视我。"莱干笑一声。

"你脚下的泥土不在乎你以后是不是国王。你杯中的水、你呼吸的空气也不在乎。你必须以平等的姿态和它们对话,甚至低三下四地恳求它们。"

莱叹息着,揉了揉眼睛。"我知道。我知道。我只是希望……"他没有说下去。

凯尔皱起眉头。莱的沮丧是发自真心的。"希望什么?"

莱抬眼与凯尔对视,那对淡金色的眸子闪闪发光,防备的心墙陡然升起。"我希望喝一杯。"他话锋一转,起身离开高背椅,走到房间的另一头，在靠墙的宴会桌上倒了一杯酒。"我试了，凯尔。我也想熟练掌握，至少有所进步。但我们不可能都是……"莱抿了一小口酒，摆手示意凯尔。

他推测莱心里想的是**安塔芮**，说出来的却是："你。"

"我能怎么说呢？"凯尔捋了捋头发，"我是独一无二的。"

"有二。"莱纠正他。

凯尔眉头微蹙。"我一直想问你，霍兰德来干什么？"

莱耸耸肩，慢悠悠地走向装有元素球的木箱。"就是他常干的事。送信。"凯尔端详着王子。不对劲。莱每次撒谎都会局促不安，凯尔发现他左摇右晃，不断地变换重心，指头敲打着敞开的箱盖。但凯尔放过了他，并没有追问下去。莱又从木箱里取出一颗玻璃球，里面装着水。他将其托在掌心，五指张开。

"你太用力了。"凯尔催动玻璃球里的水，水顺从地旋转起来，越来越快，越来越急，最后形成了一个小小的漩涡。

"那是因为**需要用力**，"莱说，"这可不是说**你**施展的时候很容易，就代表真的很容易。"

凯尔不会告诉莱，他移动水是不用说出来的。他只需要回想、感受那些字词，元素自会聆听和响应。流淌在水中——以及沙子、泥土等元素里——的无论是什么，也流淌在他的体内，他可以像控制手脚一样驱动它，按照他的意志移动。唯一的例外就是血。尽管它的流动与别的元素一样自然，但血是不遵循元素规则的——既不能命令其移动，也不能逼迫它静止，完全不可操纵。血有自己的意愿，不是随意使唤的普通物体，而是平等的存在，是对手。**安塔芮**的特殊性就在这里。他们不仅能控制元素，还能操纵血。元素咒语的作用是帮助施法者集中注意力，寻找个人与魔法的和谐状态——那是冥想，相当于召

A Darker Shade of Magic

唤的一种吟唱——安塔芮的血令咒语正如其名。凯尔在开门或治伤时所念的语句是命令。命令需要服从。

"怎么样？"莱没头没脑地问了一句。

凯尔的注意力离开了玻璃球，里面的水仍在旋转。"什么怎么样？"

"旅行的感受。你见识过别的伦敦。它们是什么样子。"

凯尔犹豫了。墙边有一张占卜桌。与城里用来公示信息的光滑黑板不同，占卜桌有特别的用处。桌面不是石头，而是浅浅的水池，加持了魔法，可以将人们头脑里的想法、记忆和图像投射到水中。它供人思考，也用来与他人沟通，在言语不好表述甚至词穷的情况下帮助解释。

凯尔可以使用占卜桌为他展示。让莱一睹自己眼里的伦敦。凯尔萌发了一个自私的念头，如果他的兄弟看了，他就不再孤独，因为除了他，还有别人见到、知道。但凯尔早就发现了一个问题，人们并不是真的想知道。他们以为自己想知道，但知道只能导致他们痛苦。何必在脑袋里塞满你压根用不着的东西呢？何必心心念念你去不了的地方？对于贵为王子、享尽荣华，却永远无法踏足另一个伦敦的莱而言，告诉他又有什么好处呢？

"没什么好说的。"凯尔说着，把玻璃球放回木箱里。他刚刚放开手，漩涡就消散了，水晃荡着静止下来。不等莱提问，凯尔指着王子手中的玻璃球，要他再试一次。

莱又试了一次——仍然失败——还是没能移动玻璃球里的泥土。他挫败地吼了一声，把玻璃球扔到桌子上。"在这件事情上我就是一个废物，你我都清楚。"

在玻璃球滚到桌边，眼看就要掉落的时候，凯尔一把将其抓住。

"勤练——"他一开口就被打断了。

"勤练有个屁用。"

"你的问题,莱,"凯尔责备他,"就是你并非真心愿意学习魔法。你想学习只是因为,你觉得魔法能帮你引诱别人上床。"

莱的嘴角微微上扬。"我不觉得这样想有什么问题,"他说,"而且确实可以。我见过有的姑娘——还有小伙子——迷恋你漂亮的黑眼睛,凯尔。"他站起身来。"别上课了。我现在没心情学习。我们出去吧。"

"为什么?"凯尔问,"你要用*我的*魔法引诱别人上床吗?"

"好主意,"莱说,"但可惜不是。我们必须出去一趟,因为我们有个任务。"

"噢?"凯尔问。

"是的。除非你打算嫁给我——别误解了我的意思,咱们这一对还挺时髦的——否则我必须去找个伴侣。"

"你在城里晃悠一圈就能找到?"

"当然不是,"莱狡黠一笑,"谁知道在寻找的过程中有多少乐子呢?"

凯尔一翻白眼,放下玻璃球。"继续。"他说。

"今天就到这里吧。"莱哀求道。

"只要你操纵一次火焰,"凯尔说,"我们就结束。"

在所有元素之中,火是莱唯一能展现出……好吧,*天赋*这个词太过了,*能力*还差不多。凯尔清理了一下桌面,在王子跟前摆了一个圆底铁盘、一小截白粉笔、一瓶油,以及一个古怪的小装置——两块交叠的黑色木片,中间以铰链相连。莱叹着气,用粉笔沿着铁盘的边画了一个圆,然后把瓶子里的油倒在铁盘上,油滴很快汇集在最中央,不比一枚十令的硬币大。最后他拿起装置,看样子很称手。这是一个点火器。莱将其握在掌中,稍一用力,两块木片合在一起,铰链上火星迸射，掉在油里。

　　一小团蓝色火焰在硬币大小的油面上跃起，莱捏响指关节，活动着脖子，又卷起袖子。

　　"别等火熄了。"凯尔催促。

　　莱瞪了他一眼，双手搁在粉笔圈的两边，掌心相对，开始对火焰喃喃低语，不是英语，而是阿恩语。这种语言更加流畅，有种对魔法循循劝诱的意味。词句轻柔平稳，连绵不断，仿佛填满了周遭的整个空间。

　　两人都没有想到，居然成功了。铁盘里的火焰变成白色，而且越来越旺，不仅吞噬了残余的油，在油烧干净之后仍然势头不减。火焰蔓延开去，覆盖了整个铁盘，在莱的眼前起舞。

　　"瞧啊！"莱冲着火光嚷道，"瞧啊，我做到了！"

　　的确。但是他已经停止念咒，火焰依然汹涌澎湃。

　　"别走神。"凯尔提醒他，只见白火肆虐，舔舐着粉笔圈的边缘。

　　"什么？"莱颇为不满，翻腾的火焰压在粉笔圈上。"不夸奖一句吗？"他的目光离开火焰，投向凯尔，扭头时手指划过桌面。"竟然连——"

　　"莱。"凯尔厉声警告，但已经太迟了。莱的指头一蹭而过，擦掉了粉笔画出的线条。火焰趁机脱逃。

　　火焰在桌上迅速蔓延，一时间热浪滚滚，莱忙不迭地躲避，差点撞翻了椅子。

　　电光石火之间，凯尔拔出小刀，割破手掌，鲜血淋漓地按在桌上。"As Anasae。"他命令道——驱散。魔法火焰当即熄灭，在空中消失得无影无踪。凯尔扭头望去。

　　莱站在后面，吓得屏住呼吸。"对不起，"他内疚地说，"对不起，我不应该……"

　　莱不喜欢让凯尔被迫使用血魔法，因为他会觉得是自己的责任——

他经常这样——导致凯尔付出代价。他曾经让凯尔承受了无比剧烈的疼痛,为此一直没有原谅自己。这时,凯尔抓起一块布,擦了擦手上的伤口。"没事,"他说着把布扔到一边,"我没事。不过今天就到此为止吧。"

莱虚弱地点点头。"我要再来一杯。"他说,"烈酒才行。"

"同意。"凯尔疲惫地笑笑。

"嘿,我们好久没去 Aven Stras 了。"莱说。

"我们不能去那里,"凯尔说。他的意思是,我不会让你去那里。与其名字相反,Aven Stras——圣水——是下三滥货色常年混迹的地方。

"去嘛,"莱又恢复了玩闹的天性,"我们要帕里什和吉恩找两套制服,然后我们就——"

突然有人清了清嗓子,莱和凯尔同时扭头,发现马克西姆国王站在门口。

"先生。"他们异口同声地问候。

"孩子们,"他说,"学习进展得如何?"

莱意味深长地瞟了凯尔一眼,凯尔扬起眉毛,简洁地说,"有起有伏。我们刚刚学完。"

"很好。"国王取出一封信。

看到信封时,凯尔才意识到自己多么渴望和莱一起喝酒,可惜没机会了。他心里一沉,但没在脸上显露出来。

"我需要你跑一趟,"国王说,"给我们强大的邻居送封信。"

凯尔胸口一紧,提到白伦敦,他总有一种无法摆脱的、混杂着恐惧和兴奋的感觉。

"遵命,先生。"他说。

"霍兰德昨天送来一封信,"国王解释,"但他没时间等我回信。"

A Darker Shade of Magic

我告诉他，我会让你送过去。"

凯尔皱起眉头。"但愿一切都好，"他谨慎地说。他并不清楚为王室所送的信件里都写了些什么，但他能察言观色——与灰伦敦的通信成了例行公事，两座城市少有相似之处，而与白伦敦的通信不仅次数多，而且内容复杂，每每在国王的眉间刻下一道深深的沟壑。他们"强大的邻居"（正如国王所称呼）是一个被武力和魔法胡乱撕扯的事非之地，王室信件结尾的署名换得像走马灯。虽说停止与白伦敦的交流，任其独自衰落太简单了，但红王室不能这样做。也不会这样做。

他们自认对那座垂死之城负有责任。

事实也是。

毕竟是红伦敦决定关上大门，导致白伦敦——它位于红黑伦敦之间——面临绝境，不得不独自抵挡黑瘟疫，并自我封闭，隔离腐败的魔法。这个决定令数百年来的一代代君主心神不宁，但在当时，白伦敦极其强盛——连红伦敦也不能与之相比——再加上红王室相信（或者声称他们相信）这是所有人得以幸存的唯一办法。他们对了，但也错了。灰伦敦偏安一隅，被人遗忘。红伦敦不仅幸免于难，而且繁荣壮大。而白伦敦被永远地改变了。那座城市的辉煌年代一去不复返，连年征战，动荡不安。尽是鲜血与灰烬。

"一切都很完美。"国王说着，把信交给凯尔，转身出门。凯尔跟了上去，但是莱拉住了他的胳膊。

"你要保证，"王子声若蚊蝇，"这次回来什么都别带。"

凯尔犹豫了。"我保证。"他说。不知道自己答应过多少次，这种许诺着实太空洞。

但当他从领子底下扯出一枚褪色的银币时，他又希望这次自己能说话算话。

II

凯尔踏过世界之门，登时冻得浑身发抖。红伦敦消失的同时，带走了温暖；他踩在冰冷的石头上，嘴里呼出的气息化作白雾，他随即扯了扯外套——带有银纽扣的、黑色的那一面——尽量裹紧。

Priste ir Essen。Essen ir Priste。

平衡即力量。力量即平衡。它们是箴言、铭句和祷文，刻在红伦敦的王室徽章底下，家家户户都能见到。在凯尔的世界里，人们相信魔法既非取之不尽，亦非微不足取。魔法应该使用，但不可滥用，敬畏之心不能少，警惕之心更不可缺。

在白伦敦人们对魔法的看法与他们大相径庭。

在这里，魔法和人并不平等。它被视为手下败将。是被奴役的，被控制的。黑伦敦接纳了魔法，任其统治和消耗。在那座城市沦陷之后，白伦敦采取了截然相反的方式，千方百计地约束力量。平衡即力量变成了压制即力量。

当人们不顾一切地控制魔法时，魔法也开始反抗。它蜷缩起来，

A Darker Shade of Magic

钻进地底，无法触及。人们挖地三尺，只找到了一星半点尚能掌握的魔法，但它过于稀少，而且情况愈发严重。魔法好像打定主意要让那些追捕者枯竭而亡。毫无疑问，假以时日，胜利终将属于它。

这次争斗留下了不小的副作用，所以凯尔才称其为白伦敦：城里的每一处，无论昼夜，无论冬夏，仿佛都披着一件白雪——或者灰烬——织就的外衣，万物皆是如此。无人幸免。这里的魔法残忍而刻薄，埋葬了世界的活力、温暖和色彩，榨取了一切生机，只剩苍白浮肿的躯体。

凯尔将吊着白伦敦硬币——那是一枚沉甸甸的铁币——的绳子挂回脖子上，塞进领子里。衬着暗淡的街景，鲜亮的黑色外套格外醒目，他把血淋淋的手插进口袋里，以免猩红刺目的场面引来祸端。尚未完全封冻的河面闪着珍珠般的光泽——这里既不叫泰晤士，也不叫艾尔，而叫希尔特——静静地躺在他身后，北岸的城市一眼望不到边际。而南岸就在他面前，相隔几个街区，可见那座巨大石堡的尖顶酷似长刀，直插云霄，使得周围的建筑相形见绌。

他毫不犹豫地向石堡走去。

凯尔是瘦高个儿，养成了走路时低头收肩的习惯，但此时在白伦敦的街道上，他昂首挺胸，靴子在鹅卵石地上踩得铿锵作响。他改变的不仅仅是姿态。在家的时候，凯尔隐藏了自己的力量。但他熟悉这里。他释放的魔力充盈在周围，饥饿的空气将其吞噬，暖洋洋地贴着皮肤，弥漫的雾气如缕不绝。分寸不好掌握。他必须展现力量，同时控制得当。太少了，他会被当成猎物。太多了，则会招人垂涎。

按理说，城里的人都认识凯尔，至少有所耳闻，知道他受白王室的保护。*按理说*，没人愚蠢到公然挑衅李生戴恩。但是饥渴——对力量、对生命的饥渴——终究会影响人的心智。驱策他们做出疯狂的

举动。

所以凯尔始终保持警惕，一路上盯着落日，他知道白天的白伦敦是最温和的。到了夜里，它就变了。沉寂——那是一种浓郁得反常，仿佛屏住呼吸似的静默——被打破，到处是刺耳的喧嚣，有欢笑与兴奋的声音——有人认为是在召唤力量——不过大多是斗殴和杀戮的响动声。狂乱之城。也许算得上刺激，却也危险至极。如若不是凶手喝干了血，街上必定长年累月沾满污浊的血渍。

夕阳低垂，徘徊于门廊，悬挂于窗外，徜徉于房屋间的空隙，仍未西沉。凯尔在他们的注视下走过，满目瘦骨嶙峋，憔悴凄凉。他们身上的衣物和这座城市同样暗淡。他们的头发、眼睛、皮肤——覆满记号的皮肤——也一样。那些烙印、伤疤和残损，意在将他们所能召唤的魔法束缚在体内。他们越是虚弱，魔法在其身上造成的伤痕便越多，他们孤注一掷地以破坏肉体为代价，企图抓住所剩无几的力量。

在红伦敦，这些记号会被视为低贱而污浊的象征，不仅亵渎了身体，也亵渎了被束缚的魔法。而在这里，只有强者敢于蔑视，但也不会视其为亵渎，仅仅当作是一种绝望的挣扎。即便那些不使用烙印的人，也依赖于护符和咒文（只有霍兰德不需要任何饰物，除了那枚代表他为王室效力的胸针）。这儿的魔法不是心甘情愿服从召唤的。当元素不再听令于行事，它们的语言也会遭到废弃（唯一可以召唤的元素是一种扭曲的能量，一种火与黑暗腐朽之物的邪恶形态）。魔法本来的模样被捕捉，被护符、咒语和束缚所重新塑造。而它远远不够，从未饱满。

但人们并未离开。

希尔特河的力量——即便处在半封冻的状态——将他们维系在城里，靠着那点余温未尽的魔法。

A Darker Shade of Magic

于是他们留下来，继续生活。那些尚未（到目前为止）成为牺牲品，被饥渴的索取魔法之人吞噬的人们，每日仍在按部就班地工作，关心自我的生活，尽力遗忘他们的世界正在缓慢衰亡的事实。很多人坚信魔法会回来。将有一位强大的统治者，迫使力量回到世界的血脉，世界从此复苏。

于是他们等待。

凯尔不知道白伦敦的人们是否真的相信阿斯特丽德·戴恩和阿索斯·戴恩是强者，或者他们只是在等待下一位魔法师的崛起，将他俩推翻。会有那一天的。永远都是这样。

当城堡映入眼帘时，周遭更加寂静了。灰红伦敦的统治者都有王宫。

白伦敦的则是一座要塞。

城堡外筑有高墙，拱顶和外墙之间有一道宽敞的石院，犹如环绕高堡的护城河，布满了大理石雕像。这是声名狼藉的 Krös Mekt，意为石林，但林中无树，全是雕像，而且是人像。传闻说雕像并非全是石制，石林其实是墓地，是孪生戴恩为纪念他们杀掉的人而建，也警告那些胆敢翻墙而入的叛逆者，在双胞胎统治的伦敦会有什么样的下场。

走进大门，穿过庭院，凯尔踏上巨大的石阶。十名卫兵守在台阶两边，如石林里的雕像般纹丝不动。他们什么也不是，只是傀儡，被阿索斯国王剥夺了一切，唯余肺部的呼吸、身体的血液，以及响荡于耳际的王命。他们的模样令凯尔情不自禁地颤抖。在红伦敦，使用魔法控制、支配或束缚另一个人的肉体和意识，都是明令禁止的罪行。而在这儿，则是阿索斯和阿斯特丽德的一种力量示威，是他们位居统治者的理由——强大，所以正当。

站岗的卫兵一动不动，唯有空洞的眼睛盯着他步步靠近，又走进厚重的城门。前方是一间穹顶前厅，更多的卫兵沿墙而立，静如石像，目光流转。凯尔离开前厅，走进空荡的廊道。等到他身后的大门关闭，真正只剩凯尔一人了，他才吁了一口气，稍稍放松警惕。

"要是我就不会那么做。"阴影里传来话音。过了一会儿，那人走了出来。墙上插着一排火把，熊熊燃烧，永不熄灭，在跳跃的火光中，凯尔看清了来人的面目。

霍兰德。

安塔芮的皮肤近乎无色，炭灰的头发盖在前额，刚刚搭到眼睛上方。一只眼睛是泛灰的绿色，另一只是黑色，富有光泽。两只黑色的眼睛对视之时，犹如两块石头碰撞火花四溅。

"我来送信。"凯尔说。

"是吗？"霍兰德淡淡地说，"我以为你来喝茶。"

"说起来，茶也要喝。既然来了。"

霍兰德的嘴唇扭曲变形，但不是笑容。

"阿索斯还是阿斯特丽德？"他的问话仿佛在打谜语。但是谜语有正确答案，而孪生戴恩不存在正确的选择。凯尔难以决定究竟应该面对谁。两个人他都不相信，在一起不相信，分开来也不相信。

"阿斯特丽德。"凯尔回答。不知道是否选对了人。

霍兰德不动声色，只是略一颔首，然后领路。

这座城堡修得像教堂（或许曾经就是），结构巨大而空洞。厅堂里风声呼啸，脚步声在石间回荡。准确地说，只有凯尔的脚步声。霍兰德的步态酷似掠食者，轻盈得可怕。一件白色的短斗篷披在一边肩膀上，走路时在他身后飘动。斗篷用一枚银色环形胸针扣住，上面的记号乍一看不过是普通的装饰。

但凯尔知道霍兰德和银色胸针的故事。

A Darker Shade of Magic

当然了，他不是听安塔芮亲口说的，是几年前在焦骨酒馆，花了一枚红伦敦的令币，从一个男人嘴里买来的真相，来龙去脉，一应俱全。他不理解为何霍兰德——或许是全城乃至全世界最强大的人——甘愿侍奉阿斯特丽德和阿索斯这对道貌岸然的刽子手。先王政权瓦解前，凯尔来过几次，他看见霍兰德于先王而言是盟友，而非仆人。那时候的他和现在不同，更年轻，没错，也更高傲，但不仅如此，他眼里有光。一团火。后来，就在某次来访时，火熄灭了，国王没了，被孪生戴恩取代。霍兰德还在那里，陪着他们，仿佛一切不曾改变。但他变了，变得冰冷而黑暗，凯尔想知道发生了什么——事情的真相。

于是他去寻找答案。他找到了，正如他寻找很多东西一样——找上门来的也很多——是在那家永不变迁的酒馆里。

它在这儿的店名是焦骨。

讲故事的人紧紧攥着硬币，似乎为了感受那一点余温。他坐在凳子上，佝偻着背，用马克特语讲述着故事，那是本城的方言，喉音粗重。

"Ön vejr tök……"他低声说道。故事是这样的……

"我们这儿的君王不看出身。不靠血统。而是强取豪夺。有人杀得血流成河，夺取王位，力图坐得久些——一年，或许两年——直到他们溃败。周而复始，国王们来了又去，成了规律。通常来说，这件事儿很简单。杀人者上位，被害人滚蛋。

"七年前，"那人接着说，"先王被杀后，有好几个人称王，最后人数缩减到了三个。阿斯特丽德、阿索斯，还有霍兰德。"

凯尔惊得瞪大了双眼。只知道霍兰德为先前的国王效力，不知道他也有称王的想法。但也说得通；霍兰德是安塔芮，生活在力量至上的世界里。他理应胜出。然而，孪生戴恩证明了他们不仅强大，而且残酷、狡猾。他们两人联手击败了霍兰德，但没有杀死他，而是束缚了他。

一开始凯尔以为自己理解错了——他对马克特语不如阿恩语熟悉——所以要求对方重复了一遍那个词。Vöxt。束缚。

"是那枚胸针，"当时在焦骨酒馆的那人拍着胸口说，"银环。"

是一个束缚咒语，他解释说。而且极其黑暗。阿索斯亲自施咒。国王拥有操控他人的非凡天赋——但这个封印并未使霍兰德变成没有思想的奴隶，就像在城堡厅堂里列队的卫兵。它并不强迫他思考、感受或渴求。只是让他服从。

"苍白国王很聪明。"那人玩弄着硬币，又说，"穷凶极恶，但是非常聪明。"

霍兰德忽然停下脚步，凯尔回过神来，抬眼望去，他们已经来到大门前。白安塔芮把手放到木门上，那儿有一圈用火烧的符文。他熟练地移动手指，依次触摸了四个符文，门内的锁打开了，他示意凯尔进去。

王座厅和城堡的其他厅堂一样宽敞且空旷，但它是圆形的，从弧形的墙面、屋顶的拱梁，到闪着微光的地板，以及正中央高台上的两个王座，无不是用亮白色的石头砌成。凯尔打了个寒战。但其实这儿并不冷，只是看起来十分冰冷。

他察觉到霍兰德溜走了，但他的目光并未离开王座和坐在上面的女人。

阿斯特丽德·戴恩本可以完美地与环境融合，可惜她的血管坏了这桩好事。

血管在她的双手和太阳穴上凸显，犹如黑线；而其他部位则完全是一幅白色的画作。很多人企图隐藏他们褪色的事实，极力遮掩皮肤,或是通过化妆获得健康的肤色。但白伦敦的女王没有这么做。那一头无色的长发梳在脑后编成辫子,白瓷般的皮肤裸露在束腰外衣的边缘。她的全套装束犹如一件盔甲;衬衫的领子既高又硬,护着喉咙,束腰外衣从下巴盖到手腕和腰部,凯尔相信这种设计重在保护,端庄则是次要的考虑。她的腰间系着一根锃亮的银带,裤子剪裁合体,裤脚收在长靴里(传言说因为她不愿意穿裙子,有人冲她吐口水,结果被她割掉了嘴唇)。为数不多的颜色是她那双淡蓝色的眸子,以及挂在脖子、手腕和发间的红绿护符。

阿斯特丽德倚在其中一个王座上,她瘦长的身子裹在衣物里,犹如一根绷紧的铁丝。但强健有力,绝对谈不上虚弱。她手里把玩着挂在脖子上的一件吊坠,其表面酷似起雾的玻璃,边缘却红得像新鲜的血。真奇怪,凯尔心想,居然在白伦敦看到这么惹眼的东西。

"我闻到了香味。"她说。她一直凝视着天花板,此时目光垂落,投向凯尔。"你好啊,鲜花男孩。"

女王说的是英语。凯尔知道她没有学习过别的语言,她和阿索斯一样依赖咒语。在衣物底下的某处皮肤上,文有一个翻译符咒,它与那些为获得力量而文的图案不同,语言符咒是战士们解决政治问题的办法。英语在红伦敦是上流社会的标志,但在白伦敦毫无用处。霍兰德曾经告诉凯尔,这块土地属于战士,不属于外交官。他们看重的是战场,而非舞厅,况且同胞们听不懂的语言也没什么价值。与其浪费数年时间学习国王之间的通用语,还不如在夺取王位的同时夺取符咒。

"陛下。"凯尔说。

女王恢复了坐姿,慵懒的动作尤显滑稽。阿斯特丽德·戴恩是一条毒蛇,放慢速度是在选择进攻的时机。"走近点,"她说,"让我看看你长大了多少。"

"我早就长大了。"凯尔说。

她一拍王座的扶手,"可你没有褪色。"

"还没有。"他勉强笑笑。

"过来,"她伸出手来,又说了一遍,"不然我就过去。"

凯尔不知道这是许诺还是威胁,但又不能不听,于是他迈步走向毒蛇的巢穴。

III

鞭子破空而过，噼啪作响，分叉的鞭梢瞬间把少年的背部打开了花。他没有尖叫——阿索斯希望他叫——只有痛苦的喘息溜出牙缝。

缚在方形铁架上的少年活像一只蛾子，他张着双臂，手腕被绑在铁架两端的杆子上。他的脑袋耷拉着，汗水混夹着鲜血顺着脸颊流淌，从下巴处滴落。

少年十六岁，罪因没有鞠躬。

阿索斯和阿斯特丽德骑着苍白骏马，在白伦敦的街上行进，周围是眼神空洞的士兵们。他们享受着人民眼里的恐惧，以及随之而来的顺从。膝盖贴着石板。脑袋低垂。

但有一个少年——阿索斯后来知道他名叫贝洛克，是从染血的嘴唇里吐出的词儿——站在那里，脑袋几乎没动。无数目光转向他，在人群中激起了波澜——没错，是震惊，但暗藏于震惊之下的是讶异，近乎赞许。阿索斯勒马停住，低下头，俯视着这个年少轻狂、顽固不化的孩子。

暗黑魔法

阿索斯当然也年轻过。他也倔强地干过不少蠢事。但在夺取白王座的过程中他可吃过不少教训,成功之后的教训则更多,他非常清楚反抗的情绪如同野草,必须斩草除根。

阿索斯朝站在一旁的少年的母亲扔了一枚硬币,他的姐妹骑在马上看着这一幕,乐不可支。

"Öt vosa rijke,"他说,"补偿你的损失。"

那晚,眼神空洞的士兵们来了,砸烂了贝洛克那间小房子的门,把戴上头罩的少年拖到街上,任其踢打尖叫,他的母亲被写在石墙上的咒语阻拦,除了放声哀号,什么也做不了。

士兵们将其一路拽到王宫,来到阿索斯座前,把这个鼻青脸肿、鲜血淋漓的少年扔在锃亮的白地板上。

"瞧瞧,"阿索斯斥责手下,"你们把他弄伤了。"国王站起身来,低头俯视男孩。"那是我的活儿。"

此时,鞭子又一次破空而来,劈开了皮肉,这一回,贝洛克终于叫了。

鞭子如熔化的银水,从阿索斯的掌心倾泻而出,汇聚在他脚边。阿索斯将其卷起。

"你知道我在你身上看到了什么吗?"他把卷好的银鞭塞进腰间的皮套。"火。"

贝洛克啐了一口血,吐在两人之间的地板上。阿索斯的嘴唇扭曲变形。他大步向前,捏着少年的下巴,把对方的脑袋猛地按在后面的木头上。贝洛克痛得直哼哼,因为嘴巴被阿索斯捂住,呻吟声变得模糊不清。国王凑到少年的耳边。

"它在你的身体里燃烧,"他对着少年的脸颊低语,"我迫不及待想把它剜出来了。"

A Darker Shade of Magic

"Nö kijn avost。"等国王松开手,贝洛克吼道。我不怕死。

"我相信你。"阿索斯平静地说。"但我不打算杀你。当然,我敢肯定,"他说着,转身走开。"你会一心求死。"

不远处有张石桌。桌上摆着一只装满墨水的酒杯,旁边是一把锋利无比的刀。阿索斯将它们拿起,走到动弹不得的贝洛克面前。少年睁大双眼,他知道接下来的遭遇,拼尽全力地挣扎,却徒劳无功。

阿索斯笑了。"看来你听说了我做记号的传闻。"

全城人都知道阿索斯的爱好——他的厉害——束缚术。他刻画的记号能夺走一个人的自由,夺走他们的身份和灵魂。阿索斯不慌不忙地举起刀,然后放入墨水里搅动,任由少年的恐惧充溢整个房间。刀刃有槽,墨水填充其中,有如鹅毛笔。等准备完毕,国王抽出蘸满墨水的刀,动作缓慢而残忍。他面带微笑,刀尖抵着少年起伏的胸膛。

"我决定保留你的思想。"阿索斯说。"你知道原因吗?"刀尖刺了进去,贝洛克喘着粗气,"当你的身体一次次违背你的意志,服从我的命令时,我想欣赏你眼里的挣扎。"

阿索斯手上用力,贝洛克强忍尖叫,此时,刀刃割开了他的皮肉,就在脖子以下、心脏以上的位置。阿索斯一刻不停地低声诵念,勾画着束缚术的线条。贝洛克的皮肤破裂,血如泉涌,在刀刃所经之处泛滥,但阿索斯不以为意,他双目半闭,引导着手中的刀。

等画完了,他把刀搁在一边,退了两步,开始欣赏自己的作品。

贝洛克浑身瘫软,他的胸膛起伏剧烈。鲜血和墨水顺着皮肤流下。

"站直。"阿索斯下令,心满意足地看到贝洛克企图抗拒命令,他的肌肉疯狂地颤抖,却只是徒劳,受伤的躯体摆出挺拔的姿态。仇恨在少年眼中燃烧,炽热一如既往,但他的身体现在属于阿索斯了。

"什么事?"国王问。

他提问的对象不是少年,而是忽然出现在门口的霍兰德。安塔芮的目光避开了惨烈的景象——鲜血,墨水,遭受折磨的平民——表情介于淡淡的惊讶和漠不关心之间。仿佛这一幕对他而言毫无意义。

当然不是。

霍兰德喜欢装作无动于衷,但阿索斯知道那是一种策略。他虽然表现得麻木不仁,但不可能真的缺乏知觉。尤其是痛苦。

"Ös-vo tach?"霍兰德点头示意贝洛克。您忙吗?

"不忙,"阿索斯边说边用一块黑布擦手,"我这边暂时完事了。怎么?"

"他来了。"

"知道了。"阿索斯说着,放下毛巾,拿起椅子上的白斗篷,利索地披好,扣上喉咙处的扣子。"现在在哪儿?"

"我送他去见您姐妹了。"

"这样啊,"阿索斯说,"但愿我们还来得及。"

阿索斯走向房门,看见霍兰德的目光投向被缚在铁架上的少年。

"我该怎么处理他?"他问。

"不用管,"阿索斯说,"就把他留在这里,等我回来再说。"

霍兰德点点头,正要转身离开,阿索斯的手摸上了他的脸颊。霍兰德并未躲闪,在国王的触碰下泰然自若。"嫉妒了?"他问。霍兰德的双色眸子与阿索斯对视,绿眼和黑眼一眨不眨。"他受了折磨,"阿索斯柔声说道,"但不及你。"他凑近低语。"受折磨时的你那么美,无人能及。"

来了,霍兰德的嘴角,眼里波澜骤起。愤怒。痛苦。抗拒。阿索斯笑了,是胜利的笑容。

"我们快走吧,"他收回手,"别等阿斯特丽德把我们年轻的客人生吞活剥了。"

IV

阿斯特丽德招了招手。

凯尔希望把信放到两个王座之间的几案上就走,保持一定距离,但女王坐在那里,冲他伸手。

凯尔从口袋里掏出马克西姆国王的信,递了过去,但女王接信时,手从纸边滑过,一把抓住了他的手腕。他本能地缩手,可她抓得很紧。戴在她手指上的几枚戒指闪闪发光,然后她念出一个词语,伴着响亮的噼啪声,闪电在凯尔的胳膊上跳跃,疼痛随之而来。信从他手中滑落,魔法在他血脉里汹涌澎湃,催促他行动,做出回应,但他克制住了。这是游戏。阿斯特丽德的游戏。她*希望*他反击,所以他按兵不动,即使她的力量——那是她所能召唤的最接近元素的东西,一种尖锐的、带电的、非自然的能量——逼得他单膝跪地。

"我喜欢你下跪。"她轻声说着,松开了他的手腕。凯尔双手撑着冰冷的石板,颤颤巍巍地吸了口气。阿斯特丽德抓起信,扔在案头,坐回王座。

"我应该留下你。"她接着说，若有所思地敲着挂在喉头的吊坠。

凯尔慢慢地站起来。能量侵袭之后，酸痛感席卷了手臂。"为什么？"他问。

她放开护符。"因为我不喜欢那些不属于我的事物，"她说，"我信不过。"

"您信得过什么？"他摩挲着手腕，反问道，"信得过谁？"

女王端详着他，苍白的嘴唇微微扭曲。"我脚下的尸体都信过某人。如今我踩着他们喝茶。"

凯尔低头凝视花岗岩地板。确实有传闻，关于石中暗淡纹路的来历。

这时候，背后的大门打开了，凯尔扭头看见阿索斯国王走了进来，霍兰德落在数步之后。阿索斯简直和他姐妹一模一样，稍有不同的只是宽肩和短发。但其余的一切，从肤色到瘦长的体格，再到那放肆不羁的残酷神态，丝毫不差。

"我听说有客人来了。"他高兴地说。

"陛下，"凯尔点头致意，"我正准备走。"

"这就走了？"国王说，"留下来喝一杯。"

凯尔犹豫了。拒绝摄政王和拒绝阿索斯·戴恩可不是一回事。

阿索斯见他迟疑，笑了起来。"瞧他多焦虑啊，姐妹。"

凯尔竟未注意到她已经离开王座，此时就站在身边，摸着他外套上的银纽扣。孪生戴恩令他感觉自己不是安塔芮，而是与毒蛇为伴的老鼠。他强忍着没有避开女王的再次触碰，以免激怒对方。

"我想留下他，兄弟。"阿斯特丽德说。

"恐怕隔壁的国王不会乐意，"阿索斯说，"但他可以留下来喝一杯。对吧，凯尔大师？"凯尔缓缓地点头，阿索斯的笑容愈发灿烂，牙齿亮如刀锋。"好极了。"他打了个响指，一个仆人应声而来，无神

A Darker Shade of Magic

的眼睛望着主人。"上椅子，"阿索斯命令，于是仆人搬来一把，搁在凯尔身后，又退了下去，如幽灵般悄无声息。

"坐。"阿索斯命令。

凯尔没有坐。他目送国王登上高台，走向王座之间的几案。案上摆着玻璃酒瓶，里面装的是金色液体，还有两只空酒杯。阿索斯端起酒杯，但并未倒酒，而是扭头望向霍兰德。

"过来。"

在场的另一位安塔芮已经退至墙角，几乎与墙壁融为一体，除了他灰黑的发色和那只乌黑的眼珠。霍兰德听到命令，缓步上前，无声无息。等他来到阿索斯身边，国王举起空酒杯，说道："割开。"

凯尔胃里翻江倒海。霍兰德作势摸向肩上的胸针，忽又移到未被斗篷遮住的一侧。他卷起袖子，露出花纹般的血管，也露出了一道道横七竖八的伤口。安塔芮比常人恢复得快。当初肯定割得很深。

他从腰间抽出小刀，抬起胳膊和刀刃，悬在杯口处。

"陛下，"凯尔慌忙说道，"我不喝血。能不能麻烦您上点别的？"

"当然，"阿索斯淡淡地说。"一点儿也不麻烦。"

凯尔颤抖着吁了口气，心神未定，又见阿索斯回头望向霍兰德，看到后者准备放下胳膊。国王皱起眉头。"我记得我说了割开。"

凯尔面无人色，眼睁睁地看着霍兰德抬起胳膊，刀刃划过皮肤。割伤只有浅浅的一道，刚好能流血的程度。一条涓涓细流直抵玻璃杯中。

阿索斯微笑着攫住霍兰德的目光。"我们可不能等一晚上，"他说，"割深些。"

霍兰德咬紧牙关，但还是照做了。刀刃深深地插进胳膊，深红色的血水汩汩奔涌，流进杯子里。等杯子盛满了，阿索斯递给他姐妹，又摸了摸霍兰德的脸颊。

"去清理。"他柔声说道,是父亲对孩子说话的语气。霍兰德收回手,凯尔发现自己非但没有落座,反而抓紧了椅子的扶手,指节已经泛白。他强行松开手指,此时,阿索斯正从案上端起第二只玻璃杯,倒入淡金色液体。

他举起来让凯尔看着,自己喝了一口,以示玻璃杯和酒都是无毒的,又将其盛满,递给凯尔。那姿态一看就不是好人。

凯尔接过酒杯,喝得又急又多,企图缓解自己的紧张。等杯中的酒喝干了,阿索斯再次斟满。酒的滋味恬淡芬芳,劲头足,容易入口。这时,孪生戴恩也在共饮,霍兰德的鲜血把他们的嘴唇染得殷红醒目。**力量存于血液**,凯尔心里想着,感觉自己的血也发热了。

"不可思议。"他强迫自己放慢喝酒的速度。

"什么不可思议?"阿索斯回到王座上,问道。

凯尔冲着盛满霍兰德之血的酒杯点头。"您二位的衣服保持得如此洁白。"说完他喝干了第二杯,阿斯特丽德放声大笑,又给他斟满了。

V

凯尔应该只喝一杯。

顶多两杯。

他认为自己喝了三杯，但也不敢确定。他喝的时候不觉得劲儿大，等到站起来，才发现脚底的白石板倾斜得吓人。凯尔知道自己太蠢了，竟然喝这么多，但霍兰德的鲜血令他心慌意乱。他看不透安塔芮藏在外表下的心思，在刀刃划开皮肉之前，一闪而过的那种神情。霍兰德的脸庞犹如一张冷酷无情的面具，但它裂开了一瞬间。而凯尔什么都没做。没有求情，更没有逼迫阿索斯让步。即便做了什么，也不会有任何作用。他俩都是安塔芮。霍兰德在残酷的白伦敦，凯尔在生机勃勃的红伦敦，只是命运的安排不同。如若他们的命运正好相反呢？

凯尔颤抖着吐了口气，唇边白雾弥漫。寒冷没能使他清醒，但他知道现在这副模样不能回家，于是放慢脚步，踏上白伦敦的街道。

这样做同样太蠢了。疏忽大意。他一向疏忽大意。

为什么？ 他忽然对自己生起气来。他为什么总是这样？离开安全的地方，置身黑暗，置身险境，无所顾忌？**为什么？** 那晚莱在屋顶上问他。

他不知道。他也想知道，可没有答案。他只知道自己希望到此为止。怒气消散了，心里只剩温暖和淡定。也许是酒的功效。

无论什么酒，反正是好酒。劲儿很大。但不是那种让你虚弱的劲儿。不，不是，是让你强大的劲儿。让你的血唱起歌来。让……凯尔扬起头望着天空，差点失去平衡。

他需要集中精神。

他确信自己正朝着河边前进。嘴里呼进的空气异常寒冷，夜幕逐渐降临——太阳什么时候落下去的？——在微弱的光亮中，周围的城市沸腾起来。嘈杂的声响打破了寂静。

"好一个尤物，"一位老妇人站在门口，用马克特语低声说，"好皮肤。好骨头。"

"这边走，大师。"另一个声音喊道。

"进来。"

"歇歇脚。"

"松松骨头。"

"好骨头。"

"好血。"

"喝你的魔法。"

"吃你的命。"

"进来。"

凯尔企图集中精神，但思绪支离破碎，根本抓不住。好不容易聚拢了一部分，一阵风吹过脑门，立刻七零八落，令他头晕目眩。危险

A Darker Shade of Magic

刺激着他的感知。他闭上眼睛，但每次这样做，霍兰德的鲜血流进杯子的场景就浮现在脑海，他只能睁开眼睛，抬起头来。

他没打算去酒馆，但他的双脚自顾自地采取了行动。他的身体不归他指挥。他发现悬在焦骨酒馆门上的招牌就在眼前。

虽然酒馆是定点，但白伦敦的酒馆和别的酒馆感觉完全不同。它对凯尔的吸引力依然如故，只是闻起来不仅有灰味，还有血腥气，而且靴底的石头冰冷刺骨。它们正在夺取他的体温。还有他的力量。他的双脚企图前进，但被他强行制止了。

回家，凯尔心想。

莱说得对。这些交易换不来什么好东西。那些东西都不够好。不值得。他换来的小玩意，不能使他安宁。愚蠢的游戏罢了。是时候停止了。

他让这种想法驻留在脑海，然后抽刀出鞘，抵在前臂上。

"是您。"身后传来一个声音。

凯尔闻声扭头，顺手藏起小刀。

一个女人站在巷子口，身披破旧的蓝色斗篷，脸庞掩在兜帽底下。如果在别的伦敦，这种蓝色兴许是天蓝或海蓝。而在这儿，是最浅的颜色，犹如云雾厚重的天空。

"我认识你吗？"他眯起眼睛，注视着黑暗中的女人。

她摇摇头。"但我认识您，安塔芮。"

"不，你不认识。"他断然说道。

"我知道您做什么。当您不在城堡的时候。"

凯尔摇头道："我今晚不做交易。"

"求您了。"她说。凯尔发现她手里有封信。"我不需要您给我带什么东西。"她把信递了过来，"我只求您带上这个。"

凯尔眉头紧蹙。信？世界已经彼此分隔了数百年。她给谁写信？

"我的家人，"女人读懂了他眼里的疑惑，"好些年前，黑伦敦沦陷时，大门关闭，我们离散了。上百年来，我的家人一直想办法保持联系……但现在只剩下我了。这边的人都死了，除了我；那边的人也死了，除了一个人。奥利弗。他是我唯一的家人，他在大门的另一边，就快死了，我想……"她把信贴在胸前。"只剩我们俩了。"

凯尔依然摸不着头脑。"你是怎么知道的？"他问，"奥利弗生病的事情？"

"另一位安塔芮，"她回答时东张西望，似乎生怕被人听见。"霍兰德。他给我带了一封信。"

凯尔无法想象霍兰德竟然屈尊在伦敦之间走私物品，更别提帮平民带信了。

"他不愿意，"女人又说，"奥利弗把什么都给他了，只求他带一封信，而且……"她摸着衣领处，似乎在寻找项链，但脖子上什么都没有，"我付了剩下的钱。"

凯尔皱起眉头。即便是霍兰德也不该这样。倒不是说他慷慨无私，但凯尔不大相信他贪得无厌，以至于对这种酬劳感兴趣。话说回来，人人都有秘密，霍兰德守得滴水不漏，也令凯尔对那个安塔芮的本性深感好奇。

女人又把信递上前。"Nijk shöst，"她说，"拜托您了，凯尔大师。"

他集中精神，开动脑筋。他答应过莱……但这只是一封信。严格地说，按照三个伦敦的王室共同制定的规矩，信件不在禁止交易的物品范围内。当然，他们的意思是王室之间的信件，不过……

"我可以提前付报酬，"她步步紧逼，"您不需要回来完成交易。这是最后一封信。求您了。"她从口袋里掏出一个小小的布包，不等凯尔回应，她把信件和报酬一股脑儿地塞进他手里。布包碰到他皮肤时，带来了一种奇怪的感觉。然后女人退了回去。

凯尔低头看信，地址写在信封上，他的目光投向布包。凯尔正要打开，女人冲上前，按住他的手。

"别傻了，"她环顾巷子周围，低声说道，"在这种地方，他们只为一个子儿都会杀了您。"她合拢凯尔扶在布包上的手指。"别在这儿打开，"她告诫，"我发誓，绝对够数。不会亏待您。"她抽回手。"我只有这个了。"

凯尔皱着眉头端详手里的布包。它富有神秘感，非常吸引人，但存在太多疑问，方方面面都说不通，当他抬起头来，正要拒绝……

没人等着他拒绝。

女人不见了。

凯尔站在焦骨酒馆的门口，茫然无措。刚才发生了什么？他本已下定决心不做交易，交易却找上门来。他瞪着信件和神秘的报酬发呆。忽然，远处的尖叫声把凯尔的神思拽回了黑暗和危险之地。他把信件和布包塞进外套口袋，然后一刀划过胳膊，尽量不去理会鲜血奔涌的可怕景象，召唤出回家的门。

Part five

Shades of Magic
黑石

I

　　莱拉口袋里的银币叮当作响，伴随她一路走回比邻酒馆。

　　太阳还未落下，莱拉这天的收获已经不少。光天化日之下掏兜的风险很大——尤其是她那种需要在昏暗光线下看起来模糊不清的扮相——但她既然要重新开始，就得铤而走险。一张地图和一只银怀表可买不来船，也掘不到金。

　　况且，她喜欢口袋里沉甸甸的感觉。它们唱着希望的歌儿，为她的步伐添了几分神气。没船的海盗，这就是她，如假包换。总有一天，她会有自己的船，她将驾船出海，永远离开这座可悲的城市。

　　莱拉信步走在鹅卵石路上，在脑子里列着清单（她经常这样），算计着做一个像样的海盗需要的全部家当。比如说，一双结实的航海皮靴，一把带鞘的剑，这是少不了的。她有手枪，卡斯特——枪中美人儿——当然还有小刀，锋利得很，但凡是海盗都有带鞘的剑。至少她见过的那些家伙有……以及她在书里读到的。莱拉没多少时间读书，但她**识字**——对贼来说是个好技能，而且她学得很快——也偶尔能弄到书，都是关于海盗和冒险故事的。

所以，她需要一双好靴子，一把带鞘的剑。噢，还有帽子。莱拉有一顶黑色宽檐帽，但不够花哨。上面没有羽毛，也没有丝带，没有——

莱拉经过了一个蹲在比邻酒馆门廊处歇息的男孩，她的思绪渐渐飘散。男孩衣衫褴褛，骨瘦如柴，年龄只有她一半大，脏得像清理烟囱的扫帚。他伸着双手，掌心朝上，于是莱拉从口袋里掏钱。她不知道自己为什么施舍——也许是因为心情不错，或者夜色尚早——反正她经过的时候扔了几枚铜板在男孩掬拢的掌中。她不曾驻足，一言未发，也没有理会对方的感谢，就这样扔了钱。

"当心点儿，"她走到酒馆台阶前，听见巴伦说。不知道他是什么时候出来的。"有人会以为铜板背后长了一颗好心。"

"没有好心，"莱拉说着拉开斗篷，露出枪套和一把小刀，"只有这些。"

巴伦叹息着摇头，但她察觉到一丝笑意，隐藏在笑意背后的，似有几分骄傲。她有点难为情。

"有吃的吗？"她问道，破旧的靴子踩上台阶。

巴伦一歪头，她正准备跟进去，喝杯啤酒，再来一碗羹——她付得起钱，只要巴伦愿意收——忽然听见背后有一阵响动，有人在扭打。她扭头看到一帮街头混混——三个，年龄不比她大——正从衣衫破烂的男孩手里抢钱。三个混混当中，一个胖，一个瘦，一个矮，全是下三滥的货色。矮个子挡住男孩的退路。胖子把他推到墙上。瘦子掰开他的手指，夺走了铜板。男孩没有还手。他木然地盯着空空的双手。刚才是空的，现在又空了。

莱拉握着拳头，看到三个恶棍消失在岔道里。

"莱拉。"巴伦警告她。

他们不值得费力，莱拉知道。她专找富人下手是有原因的：他们身上可偷的多。那些男孩十之八九没什么好偷的，除了他们刚刚从街边男孩手里抢走的铜板。莱拉当然不把那几枚铜板放在心上。但钱不是重点。

"我不喜欢这种表情。"见她停下脚步，巴伦说。

"拿着我的帽子。"莱拉把礼帽塞到他手里，又从中取出揉成一团的眼罩和宽檐帽。

"他们不值得你操心，"他说，"也许你没注意，他们有三个人，你就一个人。"

"这么没信心啊，"她说着，整理好了宽檐帽，"再说了，这事儿有原则，巴伦。"

酒馆老板叹了口气。"什么原则不原则，莱拉，没准哪天你就送命了。"

"你会想我吗？"她问。

"想不死我。"他反唇相讥。

她对着巴伦咧嘴一笑，系好了眼罩。"看好那孩子。"她扯下帽檐，遮住脸庞，跃下台阶，听见巴伦哼了一声。

"那边的，"巴伦招呼那个蜷缩在不远处、仍然盯着空手发呆的男孩，"你过来……"

然后她跑远了。

II

纳瑞斯科街七号。

这是写在信封上的地址。

凯尔的醉意消退了大半,他决定直接去送信,完成这个奇怪的任务。莱根本不需要知道这件事。凯尔可以把那个小玩意——不管是什么东西——藏到他在红宝石地的秘密房间里,再回王宫,这样他就两手空空,问心无愧了。

计划看似不错,至少是几个不靠谱计划中最好的一个。

等他来到欧崔克和纳瑞斯科的交会处,已经能看见信封上写的地址了,凯尔却慢慢地停下脚步,忽然一拧身,躲进了街边的阴影里。

不大对劲。

不是看到了什么不对劲的地方,而是他的皮肤和骨髓感觉到了。

纳瑞斯科街貌似空无一人,实则不然。

有与魔法相关的东西。无处不在。无所不在。**人也不能幸免**。它犹如低沉而稳定的脉搏,在空气和泥土间奔涌,而在活物的体内,它的跳动则更加剧烈。只要凯尔试一试——如果**伸出手去**——就能感觉到。那是一种感觉，不如图像、声音或气味显而易见，但它的实体还是出现了，从对街的阴影处朝他飘了过来。

看来凯尔并非孤身一人。

他屏住呼吸，慢慢地退进巷子，两眼盯着街对面的那个地址。然后他确定无疑地看到有东西在**移动**。一个戴着兜帽的人影在纳瑞斯科街七号和九号之间的黑暗处徘徊。凯尔看不清那人的面目，除了佩在腰间的武器闪着寒光。

一时间，凯尔——与孪生戴恩的相处尚未让他完全缓过神来——以为对方是奥利弗，收信的人。但**不**可能是他。女人说他快死了，就算他能强撑者上街迎接凯尔，也不可能**知道**见面的事情，因为凯尔刚刚才接受这个任务。所以，他绝对不是奥利弗。但不是奥利弗的话，又是谁呢？

危险的预感刺得凯尔皮肉发麻。

他掏出那封信，又看了一遍地址，然后屏住呼吸，拆开封印，取出信纸。他暗暗骂了一句。

即便在黑暗中，他也能看清信纸上空无一字。

只是一张折叠的羊皮纸。

凯尔顿觉昏天黑地。他中了圈套。

既然他们——不管他们是谁——不是冲着信来的，那么……

圣徒在上。凯尔又去摸索口袋里的布包。他的**报酬**。当他握住布包时，奇怪的感觉再次涌上他的胳膊。他接受了什么？

他做了什么？

这时候，对街的人影忽然抬头。

凯尔手里的信纸暴露在灯光下，不过短短的一瞬，却已足够。人影冲向凯尔。

凯尔扭头就跑。

III

莱拉尾随着那帮混混，穿过伦敦曲折的街巷，等他们分道扬镳。巴伦说得对，同时对付三个人胜算不大，所以她盯上了其中一人。等三个人变成两个，两个又变成一个，她跟上了自己的猎物。

莱拉的目标是那个瘦子，正是他抢走了可怜男孩手里的铜板。她借着阴影的掩护，在迷宫般的街巷间穿行。抢来的铜板在瘦子的口袋里叮当作响，他嘴里还叼着一根木签。最后，瘦子转入一条巷子，莱拉也溜了进去，没人听见，没人看见，没人注意。

见附近无人，她疾步上前，刀尖抵住瘦子的喉咙，稍一用力，鲜血渗了出来。

"把口袋掏空。"她沙哑着嗓子，沉声吼道。

他没有动。"你犯了个错误。"他说道，叼在嘴里的木签换了边儿。

她挪了挪把手的位置，刀尖压进了对方的咽喉。"是吗？"

这时候，她听见背后传来杂乱而匆忙的脚步声，于是急忙低头，堪堪躲开一拳。又是一个混混,矮个子,一手握拳,一手抓着铁棍。过了一会儿,胖子也赶到了,面红耳赤,气喘吁吁。

"是你。"他说。莱娜恍然以为对方认识自己,随后意识到他认出的是通缉令上的画像。"影贼。"

瘦子吐出嘴里的木签,脸上堆满笑容。"看来我们撞见宝贝了,先生们。"

莱拉犹豫了。她自知对付一个街头混混绰绰有余,甚至勉强对付两个,可是三个?要是他们站着不动或许有可能,但他们不断地游走换位,导致她不能同时捕捉三个人的行动。她听见弹簧刀咔嗒作响,铁棍敲打着鹅卵石路面。她的枪套里有枪,手里握着一把刀,靴子里还有一把,但她不可能快到同时放倒三个小子。

"通缉令上有没有说要死的还是活的?"矮个子问。

"我觉得没说那么详细。"瘦子说着,擦掉脖子上的血。

"好像说了要死的。"胖子说。

"就算说了要活的,"瘦子分析,"他被咱们弄残了,相信他们也不介意。"他冲了过来,莱拉立刻闪开,不料闯进了胖子的攻击范围。对方伸手欲抓,被她一刀砍得鲜血四溅,矮个子却趁机扑上来将她擒住。但当他的胳膊箍在胸前,莱拉感到了他的惊疑。

"怎么回事?"他嘶声说道,"这小子是——"

莱拉抓住了机会。她的靴子猛地踩在他脚上,相当用力,对方痛呼一声,放开了手。电光石火之间,莱拉知道应该做什么,那是她最讨厌的事情。

她逃跑了。

IV

凯尔听得见脚步声，先是一个人的，再是两个人的，然后是三个人的——也许最后那个是他剧烈的心跳——追着他跑过偏街背巷。他不敢停下，不敢歇息，一口气跑到了红宝石地。进酒馆时，佛娜盯着他的眼睛，灰白的眉毛拧成一团——他几乎没从前门进来过——但没有拦住他，也没问什么。脚步声消失在几个街区之外，不过在爬上顶楼的途中，他还是检查了楼梯以及房门上的记号——施加在木石建筑上的魔法，是为了让别人看不到这个房间的存在，除了他自己。

凯尔关上门，颓然地靠在木板上，烛光照亮了狭小的房间。

他中了圈套，是谁设下的呢？**目的何在？**

他不确定自己是否**真**想知道，但他必须知道，于是从口袋里掏出了布包。包在外面的是褪色的灰布，他将其打开，一块切割粗糙的石头落在他掌中。

石头很小，可以一手握住，与凯尔的右眼一样乌黑。它在掌中吟唱，深沉的颤动召唤着他自身的力量。同类相吸。共鸣。增强。他的脉搏加快了。

他很想扔下石头，却又想紧紧握在手中。

凯尔迎着烛光观察，发现石头的一侧凸凹不平，像是被劈开的，另一侧却很光滑，还有一个闪着微光的记号。

凯尔心里一沉。

他从未见过这块石头，但他认识这个记号。

书写这个记号用的语言鲜为人知，如今仍在使用的人则更少。这种语言和他的血液共同流淌着，在他的乌黑眼珠里搏动。

他把这种语言当作安塔芮语。

但魔法语言并非一开始就专属于安塔芮。不是的，有些故事讲过。有那么一段时间，别人也可以直接与魔法对话（即便他们不能利用血传达命令）。有那么一个充满力量的世界，男女老少都能流利地使用这种语言。

黑伦敦。魔法语言曾经属于他们。

但在那座城市沦陷之后，一切遗物都被摧毁了，它留在每个世界里的痕迹都被强行抹除，他们称之为清洗、净化——为了阻挡吞噬黑伦敦之力量瘟疫的一种方式。

所以，如今没有用安塔芮语书写的书籍。少量存世的文本也都是残卷，咒语通过收集整理、记录发音的方式代代相传，而原始语言已经灭绝。

令凯尔浑身战抖的是，他看到的是它的本来面目，不是字母，而是符文。

他唯一认识的符文。

凯尔只有一本描述安塔芮语的书，是导师提伦给他的。那是一本皮面笔记，写满了血令咒——包括召唤光明、制造黑暗、促进生长和

A Darker Shade of Magic

破除法术的咒语——全都标注了读音，做出了解释，而在封面上有一个符号。

"这是什么意思？"他问导师。

"这是一个词，"提伦解释，"它既属于每一个世界，又不属于任何世界。它代表'魔法'，涉及魔法的存在及其产物……"提伦伸手摸向符文。"如果魔法有名字，那就是这个了，"他顺着符文的线条轻抚，"维塔芮。"

凯尔摩挲着石头，符文的含义在他脑海中回响。

维塔芮。

就在这时，楼梯上响起脚步声，凯尔一惊。不可能有人看到这段楼梯，更别说走上来了，但脚步声再真切不过。他们是如何追踪到这里来的？

凯尔瞟了一眼那块褪色的灰布，之前裹着石头，此时摊在床上。一串符咒赫然可见。是追踪咒。

圣徒啊。

凯尔把石头塞进口袋，冲向窗口，听见背后的小门轰然打开。他骑上窗台，一跃而出，重重地落在底下的街道上，然后翻身起立。不速之客已经闯入他的房间。

有人给他下套。有人希望他把禁物带出白伦敦，带进他的城市。

有人影紧跟着跳下窗户，凯尔转过身，直面对方。他以为有两个，结果只看到一个。戴着兜帽的人影缓缓停下脚步。

"你是谁？"凯尔问。

对方没有回答，而是大步上前，同时摸向腰间的武器，借着巷子里昏暗的灯光，凯尔看到那人的手背上画有一个X。那是杀人犯和叛徒的标志。雇佣杀手。但当对方拔出武器，凯尔愣住了。不是锈迹斑斑的匕首，而是一把寒光逼人的短剑，他认识剑柄上的纹章。圣杯和旭日。王室的象征。那是皇家卫兵专用的武器。只有他们使用。

"你从哪里弄到的？"凯尔不禁怒火中烧，吼道。

杀手握紧了剑柄，剑身闪着淡淡的光芒，凯尔傻眼了。皇家卫兵的佩剑不仅样式精美、削铁如泥，还有**魔法加持**。是凯尔亲自在铁器里灌注的咒语，一剑即可阻断魔法师的力量。打造这种短剑的意图在于及时制止冲突，消除魔法攻击的威胁。正因为它们威力极大，落到坏人手中后果不堪设想，皇家卫兵必须**随时随地**剑不离身。如果谁弄丢了佩剑，可能连命也保不住了。

"Sarenach。"杀手说。**投降**。凯尔大吃一惊。雇佣杀手只会杀人越货，从来不抓俘虏。

"放下那把剑！"凯尔喝道。他试图操纵武器脱离杀手的掌握，却遭到了挫败。又是一道安全保障，以免武器落入坏人之手。可坏人已经拿到手了。凯尔咒骂着，拔刀出鞘。这把小刀比皇家佩剑短了足足一英尺。

"投降。"杀手又说，语调平淡，甚是怪异。他扬起下巴，凯尔看到他眼里闪着魔法微光。强迫咒？凯尔刚刚意识到有人使用过禁咒，杀手就冲了过来，光芒熠熠的短剑破空而过，劈向他的面门。他急忙退后，避开剑刃，发现第二个人影出现在巷子的另一端。

"投降。"第二个人说。

"一个一个来。"凯尔厉声吼道。他举手朝天，街面的鹅卵石纷纷抖动，突然飞起，形成一道石头和泥土组成的墙，挡在第二个人前面。

第一个杀手接着进攻，挥剑猛砍，逼得凯尔连连后退，狼狈不堪。他差点躲开了；剑刃咬中了他的胳膊，割破了袖子，贴着皮肉掠过。当短剑再次劈下，他慢了一拍，剑刃削破了肋部。鲜血直涌，流到肚子上，痛得凯尔胸口发闷。那人继续向前，凯尔退了一步，试着操纵鹅卵石挡在他们当中。石头抖了抖，仍然嵌在地面不动。

"投降。"杀手不带任何感情地命令道。

凯尔试图止血，他按着伤口又躲过一剑。"不。"他倒转匕首，捏住刀尖，拼尽全力扔了过去。匕首正中目标，深深地插进杀手的肩膀。令凯尔大为惊骇的是，那人并未丢掉武器，仍在逼近。杀手拔出匕首，扔到一边，脸上没有一丝痛苦的表情。

"交出石头。"他说，双眼空洞无神。

凯尔紧紧地捂住口袋。石头抵着手掌嗡嗡振动，他忽然意识到即便能交出去——其实不能，也不愿，尤其是尚未弄清楚它的用途，以及谁在追踪这块石头——他也不想放手。一想到失去石头，他就觉得难以承受。真是荒唐。不过，他内心确实渴望留着它。

杀手再次冲过来。

凯尔又退了一步，结果撞上了那道临时屏障。

无路可逃。

凶手眼里闪着黑光，剑风呼啸而来，凯尔猛地伸出空着的那只手，大喝一声"停"，仿佛能起到一点儿作用似的。

然而，不知怎么回事，真的见效了。

"停"字在巷子里荡漾，两次回响之间，黑夜发生了变化。时间仿佛慢了下来，凶手也一样，包括凯尔在内，但他手中的石头活了。凯尔施放的魔法顺着肋部的伤口流泻，而石头充满力量地吟唱着，浓厚的黑烟从他的指缝里冒出。它攀上凯尔的胳膊，覆盖了胸膛，又顺着他伸出的手臂，涌向前方的杀手。当黑烟抵达了目标，却并未发起攻击，也没有将其掀翻在地，而是缠绕在凶手身上，吞没了胸膛和手脚。黑烟所到之处，即刻凝固不动。杀手迈出了前脚，却提不起后脚,静止在一呼一吸之间。

时间突然恢复运转,凯尔喘着粗气,耳际轰隆作响,石头仍在手中歌唱。

盗来的皇家佩剑悬在半空中,距离他的面门仅仅数英寸。杀手纹丝不动地站在原地,外衣飞扬。透过那层朦胧的冰,或者石头,又或是随便什么玩意儿,凯尔看见凶手肢体僵硬,双眼圆睁,全无神采。不是受制于人的呆滞,而是死人的那种空洞。

凯尔低头看着仍在手中嗡鸣的石头,表面的符文闪闪发光。

维塔芮。

它代表魔法,涉及魔法的存在及其产物。

是否还意味着创造?

血令咒不能创造。魔法的准则就是不可创造。给予和索取是世界运行的规律,魔法可以增强和减弱,但不能无中生有。可是……他伸手摸向那个定住不动的人。

这种力量是他的血召唤的吗?但他并未发出血令咒,只说了一句"停"。

接下来的事情是石头做的。

不可能。就算是最强大的元素魔法,施法者也必须集中精神,专注于期望的形态。而凯尔并未期望那层凝固的外壳,所以石头不是简单地服从命令。它进行了*演绎*。它进行了*创造*。黑伦敦的魔法就是这样运作的吗?没有壁垒,没有规则,除了意愿和决心,什么也不需要?

凯尔强迫自己把石头放回口袋里。他的手指不愿松开,费了老大的劲儿,当石头从掌心落进外套的瞬间,一阵寒意流遍全身,他感到头晕目眩,天旋地转。他有种受伤的虚弱感。筋疲力尽。**它并非什么**

都不需要，凯尔心想。但它确非比寻常。强大。危险。

他试着直起腰，不料疼痛牵扯到腹部，他呻吟一声，无力地靠在巷壁上。没了力量，他无法愈合伤口，甚至无法保住体内的血。他需要喘息，需要清醒，需要思考，然而背后的石头开始颤动，在他慌忙避开的同时，墙壁轰然垮塌，另一个戴着兜帽的人出现了。

"投降。"此人的语调与他的同伙一样，没有丝毫起伏。

凯尔不能投降。

他信不过那块石头——虽然忍不住想抓住它——因为不知道如何控制，但也不愿意交出去。于是凯尔冲到前面，捡起自己的匕首，看见杀手追了过来，便一刀刺进他的胸膛。一开始，凯尔担心无法击倒杀手，强迫咒会使他像同伙一样始终站立。凯尔用力地插进匕首，转动着向上捅去，刺透脏器，直抵骨骼，他终于跪倒在地。不过眨眼的工夫，强迫咒解除了，他的眼睛又有了生气。随即暗淡无光。

这不是凯尔头一次杀人，但拔刀的时候还是犯恶心。那人瘫在他脚边，死了。

巷子仿佛在摇晃，凯尔捂着肚子，呼吸困难，浑身疼痛难忍。这时候，他听见远处传来另一个人的脚步声，于是勉强直起身子。凯尔步履踉跄地走过两具尸体——一个僵死，一个倒地——然后跑了起来。

V

凯尔止不住血。

鲜血淋湿了前胸，衣服贴在身上，他在红伦敦的角落里跌跌撞撞地奔跑，密布的街巷如同蛛网，狭窄难行。

他捂着口袋以防石头掉出来，同时感到一阵震颤传递到手指上。他应该跑到河边，把符文石扔进闪闪发光的艾尔河，让它沉到水底。确实应该，但他没这么做，所以他摆脱不了麻烦。

而那个麻烦正穷追不舍。

凯尔在街角转了一个大弯，因为太急，直接撞到墙上，受伤的肋部与砖石亲密接触，痛得他差点叫出声来。他跑不动了，但非走不可。去到一个没人追他的地方。

追不上他的地方。

凯尔刹住脚步，拽着吊在脖子上的灰伦敦挂坠，从头上取了下来。

沉重的脚步声阵阵回响，越来越近，但凯尔没有动，他捂着鲜血淋漓的肋部，疼得龇牙咧嘴。他用手掌把硬币按在巷子的石墙上，念道："As Travars。"

他感到咒语滑过唇边，同时掌心微微震颤。

可什么都没有发生。石墙依然在那里，凯尔也是。

皇家佩剑造成的伤痛撕心裂肺，剑上加持的咒语阻断了他的力量。*不要*，凯尔默默恳求。血魔法是世上最强大的魔法。它不能被限制，尤其是那么简单的咒语。血魔法强大得多。也必须强大得多。凯尔闭上眼睛。

"As Travars。"他又念了一次。

他不该多嘴，不该勉强，但他实在太累，血流不止，视线都难以聚焦，更别说使用力量了，于是他加了一句"*拜托*"。

他吞了吞口水，额头抵着石墙，听见脚步声渐渐逼近，又恳求道，"*请让我过去*。"

石头在口袋里嗡鸣，轻声向他许诺，他正要掏出来，使用它的力量，石墙忽然颤抖着打开了。

世界消失了，眨眼间又重现，凯尔瘫软在鹅卵石街道上，微弱且持续的红伦敦之光变成了潮湿而多雾的灰伦敦之夜。他趴在地上休息了片刻，认真地考虑着要不要昏死在巷子里，最后还是吃力地爬起来。刚一起身，他就感到天旋地转。他没走两步，忽然撞上一个戴着眼罩和宽檐帽的男人。凯尔隐约觉得此人的装扮很奇怪，但凭他目前的状况，也没什么心思管这种事。

"抱歉。"他咕哝着扯了扯外套，遮挡身上的血迹。

"你从哪儿冒出来的？"那人问道。凯尔抬头一看，发现对方根本不是男人。是女人。其实也算不上。是女孩。长手长脚，活像影子，和凯尔一样，但这个影子所在的时辰更晚些。太长，太细。她一身男人的装束，靴子、马裤和斗篷（里面藏了几件寒光闪闪的武器）。当然，还有眼罩和帽子。她呼哧带喘，似乎刚才也在奔跑。奇怪，凯尔心想，脑袋昏沉沉的。

他摇摇欲倒。

"你没事吧，先生？"蒙面女孩问。

巷外的街道上响起脚步声，凯尔不由得紧张起来，他提醒自己不要惊慌，此时此地是安全的。女孩扭头扫了一眼，目光又落在他身上。他迈了一步，腿脚几乎不听使唤。女孩迎上前来扶他，但他靠在了墙上。

"我不会有事的。"他无力地低声应道。

女孩扬起下巴，嘴角和眼神流露出深深的不屑。充满挑衅的意味，然后她笑了。双唇并未咧开，仅仅是一抹不易觉察的笑意。恍惚中，凯尔心想，如果不是目前的处境，他们有可能做朋友。

"你脸上有血。"她说。

哪里没有血？凯尔正要抬手擦脸，发现手上满是血，擦了也无济于事。女孩走到面前，从荷包里掏出一块黑色的方形小手帕，在他的下巴上抹了一把，然后塞进他手里。

"给你了。"她说完，转身走开。

凯尔目送这个陌生女孩离开，又靠在墙壁上歇息。

他扬起头，凝视着灰伦敦的天，夜空连一颗星星也没有，惨淡凄凉地压在屋顶上。过了一会儿，他把手伸进口袋，寻摸那块来自黑伦敦的石头，突然愣住了。

石头不在那里。

他疯了似的翻遍了身上的每个口袋，仍一无所获。符文石不见了。凯尔瞪着那块方手帕，喘不上气，失血不断，疲乏无力。

A Darker Shade of Magic

他简直不敢相信。
他遇见贼了。

Part six

Shades of Magic

盗贼相遇

I

在一个伦敦世界的远处，城里的钟敲了八下。

钟声虽然是从城边的圣堂传来的，却响彻闪闪发光的艾尔河与街道，飘进敞开的窗户与房门，顺着巷子抵达名为红宝石地的酒馆，不远处，有一个人影纹丝不动地立在黑暗之中。

那是一个手背刻有 X 记号的人，盗来的皇家佩剑仍然举在头顶。困住他的是冰，或者石头，又或是某种奇异的物质。

当钟声消散，那人脸上的外壳出现了一道裂缝。接着胳膊上有了一道。然后顺着佩剑出现了第三道。细细的纹路迅速加深，仿佛被人撕开。

"停。"年轻的**安塔芮**命令攻击他的人，对方并不理睬，但魔法服从了指示。它从**安塔芮**手中的黑石流泻而出，缠绕着那人，形成一层坚硬的外壳。

这时候，外壳碎裂开来。

不是**正常**的碎裂方式，首先表面龟裂，然后碎片如雨，泼洒在街

A Darker Shade of Magic

上。不是的，这层外壳裂开后，并没有脱离裹在其中的人，而是贴着他融化，进入他的身体，透过他的衣物和皮肤，直至消失——或者说，不是消失。是被吸收。

刚才纹丝不动的人突然浑身颤抖，吸了口气。皇家卫兵的短剑从手中滑落，掉在石板上，最后一点魔法犹如油珠，在皮肤上闪着微光，然后渗透进去，血管逐渐黑化，犹如墨水涂抹在他身上。他耷拉着脑袋，双眼睁开，空洞无神。乌黑的瞳仁绽放开来，覆盖了虹膜和眼白。

施加在此人身上的强迫咒，早已使其失去了反抗能力，导致另一种魔法长驱直入，渗入血管、大脑和肌肉，接管了途经的一切，曾经鲜红的生命之核，如今燃烧着漆黑的火焰。

慢慢地，那人——更准确地说，寄生在他体内的东西——抬起头来。乌黑的双眼扫视着巷子，在死气沉沉的黑暗中显得格外光亮。另一个杀手躺在旁边，已经死透，生命之火早就熄灭。无可挽回，无法燃烧。他的身体里也不剩多少生命力——堪堪可够火焰所用——但暂时还行。

他活动了一下肩膀，迈开脚步，动作相当迟缓，似乎不大习惯这个身体。但很快，他的步伐越来越快，越来越稳健。他身姿挺拔，大步流星，走向不远处亮着灯的房屋。他牵扯嘴角，面带笑意。天色已晚，窗内仍灯火通明，欢声笑语，清脆悦耳，犹如钟声在夜空中飘荡。

II

莱拉一路哼着小曲走回比邻酒馆。

她走着走着，卸下了伪装：先摘掉眼罩，又取下宽檐帽。她刚才在巷子里撞见那个醉汉时，忘了自己还蒙着面，但对方醉得太厉害，似乎没注意到。还有一件事他也没有注意到，当她递上帕子，另一只手已经摸进了他的外套，在把那块黑布塞到他手里时，她抓住了装在口袋里的东西。轻而易举。

老实说，她还在因为临阵脱逃而生气——或者说，中了圈套，所以被迫逃跑——在三个街头混混面前颜面无存。不过，她握着斗篷里那块沉甸甸的东西，心想，这一趟也没白跑。

等快走到酒馆时，她把那玩意儿掏了出来，站在路灯底下，仔细观察今天的收获。等她看清了，心里不由一沉。她本以为是银子，或者金子，可分明是石头。不是宝石，不是美玉，都不是。一点儿也不透明。看样子就是河边的那种石头——滑溜溜的，通体乌黑——一端光滑，一端粗糙，似是被砸裂的，或是从一大块石头上切掉的碎片。

A Darker Shade of Magic

什么样的绅士会揣着一块石头出门？还是碎石头？

不过，她好像有种感觉，当她皮肤与石头接触时，感到微微刺痛。莱拉举起石头，迎着路灯，眯着眼睛端详了片刻，又打消了疑虑，确定这块石头一文不值——最多是件信物。她把石头塞回口袋，垂头丧气地踏上比邻酒馆的台阶。

尽管酒馆里热闹非凡，巴伦还是一抬头就看见了她，目光在她脸上游移，又投向夹在胳膊底下的眼罩和帽子上。她似乎咂摸到了一丝关切的意味，不禁有些难堪。她不是他的家人。他也不是她的亲戚。她不需要他的挂念，他也不用承受她带来的压力。

"碰到麻烦了吗？"当她走过吧台，爬上楼梯时，巴伦问道。

她不打算承认自己在巷子里中了圈套、临阵脱逃的糗事，以及得不偿失的后果，于是以耸肩回应。"没有我应付不了的。"

那个瘦巴巴的男孩坐在角落的凳子上，吃着一碗炖菜。莱拉也觉得饿了——准确地说，比往常还饿，莱拉好几年都没有吃过一顿饱饭——但她也累了，对上床休息的渴望盖过了找张桌子吃饭的需求，她为此感到庆幸。毕竟那些钱币没能拿回来。当然，她还有银币，但她需要存起来，为以后离开酒馆、离开这座城市做准备。莱拉非常清楚什么叫死循环，盗贼偷到的钱财只够继续当盗贼。

她并不满足于那点可怜的成果。尤其是她现在的处境——想到那三个街头混混发现了三打巡警都不知道的事儿，即他们通缉的男人根本不是男人，她就忍不住咒骂——导致以后的行动只会难上加难。她需要丰厚的收获，越快越好。

她的肚子咕咕直叫，虽然她知道只要自己开口，巴伦就会不求回报地提供帮助，但她不能这样做。她**不愿意**。

莱拉·巴德也许是个小贼，但不是叫花子。

等她离开的时候——她一定会离开——她要还清所有的债务，一枚铜板也不亏欠。她上楼了。

狭窄的楼梯尽头是一小块平台，有一扇绿色的门。她记得当年摔门而出，推开巴伦，怒气冲冲地跑下楼梯。她记得那次争吵——她偷了一位老主顾的钱，因此巴伦逼她干活。更糟糕的是，他要租金，但不许她用"借来的"钱付食宿费。他只要干净的钱，可她挣不来，于是他提议让她帮忙打理酒馆。她当场拒绝。答应就意味着留下来，留下来就意味着过安稳日子。到头来，在这里厮混就成了毫不费力的选择。*更难离开*，莱拉告诉自己。不，莱拉是有理想的。美好的理想。虽然还没有实现，但终有实现的一天。

"这不是生活！"她大喊着，仅有的财产夹在胳膊下，"什么都不是。不行。根本不行。"

她当时尚未蒙面，胆子还没有大到直接抢。

我要更多，她心想。*我要更强。*

她从门边的钩子上抓下宽檐帽，冲了出去。这儿不属于她。

巴伦没有阻拦她。他让开了路。

值得拥有的生活，就值得追求。

那是将近一年前的事情——十一个半月多几天——她冲出小房间，冲出比邻酒馆，发誓再也不回来。

结果她又来了。她爬到顶上——每一级楼梯都在抗议她的回归，和她的心情一样——进了房间。

房间带给她的感觉混杂着嫌恶和放松。她心力交瘁，从口袋里掏出石头，扔到门边的木桌上，发出一声闷响。

巴伦已经把她的礼帽放在了床上，莱拉坐在旁边解着靴带。这双靴子破旧不堪，但她不敢想象新买一双像样的需要花多少钱。这东西不容易偷到。摸人家的怀表和脱人家的靴子可不是一回事。

第一根靴带才解了一半,她听见有人吃力地咕哝了一声,好像是哎哟,抬头发现一个男人站在房间里。

他不是通过房门进来的——房门锁得好好的——但他就在屋里,一只血淋淋的手掌抵在墙上。莱拉的手帕被揉成一团,压在掌心与木板之间,她好像看到木板里有隐约的记号。

虽然他的头发遮住了眼睛,但她立刻认出来了。

就是巷子里的家伙。那个醉鬼。

"还给我。"他说话时呼吸声异常沉重。他带着某种口音,不知道是哪里的。

"你到底是怎么进来的?"她起身问道。

"你必须还给我。"借着狭小房间里的灯光,她清楚地看见对方胸前的衬衫皱巴巴的,眉毛上布满细密的汗珠。"你不该……拿……走……"

莱拉瞟了一眼搁在桌上的石头,他循着视线望去,发现了目标。他俩同时冲过去。准确地说,是莱拉冲过去。陌生人借着推墙的力道,摇摇晃晃地走了两步,摔倒在她脚边。他的脑袋撞在地板上反弹了一下。

很好,莱拉俯视着他,心想。她用脚尖戳了戳他的肩膀,他一动不动,于是她蹲下去,把他翻了过来。看他的模样,今晚一定过得糟糕极了。那件黑色的衬衫黏在皮肤上,一开始她以为是汗水的缘故,但伸手一摸,指头红了。她正准备掏空他的口袋,再把尸体扔出窗外,忽然注意到血衬衫底下的胸脯微微起伏,原来他没死。

暂时没死。

凑近了看,这个陌生人的年纪没有她原先以为的那么大。透过少许尘土和血渍,可见他的皮肤是光滑的,五官还有几分孩子气。他看样子最多比莱拉大一两岁。她撩开他额头上的铜色头发，发现他的眼皮翕动着，慢悠悠地张开了。

莱拉吓得一缩。他有只眼睛是漂亮的蓝色。另一只则是深黑色。她见过来自遥远东方的人，但不是他们那种乌黑的瞳仁，而是纯粹的、**诡异的**黑色，整只眼睛都是，完全看不见别的颜色。

他的视线逐渐聚焦，莱拉当即操起手边的东西——是一本书——猛地打过去。他的脑袋无力地垂下，身子也瘫软了，见他没了清醒的迹象，她扔掉书，抓住他的手腕。

他身上有花香，她一边拖着昏迷不醒的陌生人，一边想。

III

凯尔醒来时，发现自己被捆在床上。

他的双手被粗糙的绳索绑在床头板上，手腕上全是擦伤。他的脑子里轰轰作响，肋部隐隐作痛，但至少没流血了，他召唤力量时也有所回应，令他备感欣慰。皇家佩剑的魔法终于失去了效果。

凯尔缓过神来，忽然意识到房间里还有人。他抬起头，发现女贼蹲在床尾的一把椅子上，正在为一块银怀表上发条，她的目光越过膝盖投向他。女贼已经卸下了伪装，真实面目令凯尔大吃一惊：乌黑的短发贴着脸颊，绕至下巴尖。她看上去很年轻，但是棱角分明、瘦骨嶙峋，就像一只饿坏了的鸟儿。浑身上下最圆润的就是眼睛，两只都是棕色，但颜色不完全一样。他张开嘴，希望提个问题作为开场白，比如，*你能给我松绑吗？*或者*石头在哪里？*但实际上他说的是，"你的一只眼睛比另一只颜色浅点。"

"你还有一只眼睛是黑色的呢。"她回嘴，听语气颇为谨慎，但并不害怕。或者说，即便她心里害怕，也没有表现出来。"你是什么人?"她问。

"怪物。"凯尔嗓音嘶哑,"你最好放我走。"

女孩嘲弄地笑了笑:"怪物才不会在女士面前晕倒。"

"女士才不会装扮成男人偷东西。"凯尔反唇相讥。

她笑得更欢了。"你到底是什么人?"

"被绑在你床上的人。"凯尔陈述事实。

"还有呢?"

他皱起眉头。"遇到麻烦的人。"

这个回答多少令对方有点意外。"不包括被绑在我床上这件事?"

"是的。"凯尔挣扎着坐起来了一点点,与她四目相对,"请你放我走,把偷我的东西还给我。"他扫视了一圈,希望看到石头,但已经不在桌上了。"我不会告发你,"他接着说,"我们就假装这事儿没发生过,但你必须还给我。"

他指望对方朝着符文石的方向瞟一眼,动一动,甚至倾过身子,但她静若止水,目不斜视。"你是怎么进来的?"她问。

凯尔咬了咬牙关。"说了你也不信。"他轻蔑地说。

她耸耸肩。"试试看嘛。"

他迟疑不决。她并不害怕他的眼睛,当他浑身是血地穿墙而过,来到她房间里时,她也没有把他交给外人,或者大呼救命。灰伦敦的人对魔法所知甚少,遗忘的太多,但这个女孩的眼神不同寻常,有种挑衅的意味,或许能证明他想错了。如果她可以证明的话。

"你叫什么名字?"他问。

"别转移话题。"

"没有,"他说着,握住了束缚他的绳索,"我只想知道抓我的是谁。"

她久久地注视着他。"迪莱拉·巴德，"她说。"叫我莱拉就行。"莱拉。一个如此温柔的名字，从她嘴里念出来却像一把刀，第一个音节当头劈下，第二个音节犹如破空而过的轻啸。"我的俘虏呢？"

"凯尔，"他说，"我叫凯尔，我来自另一个伦敦，我用魔法进入你的房间。"

不出所料，她扯了扯嘴角。"魔法。"她干巴巴地重复道。

"是的，"他说，"魔法。"复述的同时，他双手用力，绳子突然起火，瞬间化为灰烬。或许有点华而不实，但达到了预期的效果，蹲在椅子上的莱拉神色一凛。凯尔坐了起来，却顿感头晕目眩，于是停止了动作，摩挲着手腕，等待倾斜的房间自行摆正位置。

"具体说来，"他说，"就是我施展魔法造了一扇门。"

他拍了拍身上，发现小刀不见了。武器被她搜走了。他皱着眉头，慢慢地把双腿挪到床沿，看见靴子就放在地板上。"你在巷子里摸我口袋时，把你的手帕留给了我。我可以用它造一扇门，直接找到你。"其实说起来容易，做起来非常困难。门应该通向某个地方，而非某个人。这仅仅是凯尔第二次成功地使用魔法找到人。更不消说，他每走一步，力量都在流失。流失的太多了。残存的最后一点魔法带他到了这里，然后……

"另一个伦敦。"莱拉说。

"是的。"

"你造了一扇门。"

"是的。"

"使用魔法。"

"是的。"他又一次望向莱拉的眼睛，以为看到的是迷茫、疑惑和不信任，结果不是。她盯着凯尔，眼神呆滞——不，不是呆滞。她的目光非常专注。是在算计。凯尔希望她别让自己再演示一次。他的力量正一点一滴地缓慢恢复，不能随意挥霍。

她抬手指着墙，打开那扇门所画的记号依稀可见。"我猜那个记号就是证据了。"

凯尔的眉头微微皱起。这里的大多数人都看不见咒语的痕迹，或者说，他们注意不到。那些记号与很多魔法一样，超出了人们的感知范围。

"那石头呢？"她问。

"是魔法。"他说。*黑魔法。强大的魔法。死亡的魔法。"坏魔法。"*

终于，莱拉滑下了椅子，目光瞬间飘向靠墙的柜子。凯尔没有犹豫。他朝着最上层的抽屉扑去，不等他摸到，一把刀抵住了咽喉。不知是哪儿冒出来的。口袋。袖子。薄薄的刀刃就顶在下巴底下。莱拉的笑容和刀锋一样锐利。

"坐下来，免得又摔一跤，魔法小子。"

莱拉放下刀，凯尔缓缓地坐在床尾处。令人震惊的是，她突然亮出了符文石，并非取自最上层的抽屉，而是凭空变来的。前一刻她的掌心空空如也，下一秒就有了石头，她的手法真是炉火纯青。凯尔吞了吞口水，脑筋飞快地转动。他可以夺下那把刀，但她或许还有别的武器，更糟糕的是，石头在她手里。她是人类，对魔法一无所知，但如果她提出请求，石头很有可能回应。凯尔想到了那个被裹在石头里的杀手。

莱拉的拇指在石头上摩挲。"怎么坏？"

他搜肠刮肚地挑选着合适的说法。"它不应该存在。"

"值多少钱？"

"你的命，"凯尔说着，捏紧了拳头，"相信我，我不知道追杀我的人是谁，但他们为了拿回石头，一定会毫不犹豫地杀了你。"

莱拉望向窗外。"有人跟踪你？"

凯尔摇摇头。"不，"他慢悠悠地说，"他们没法跟我过来。"

"那我就没什么好担心的了。"她的注意力回到符文石上。看得出来，她的好奇心十分强烈，不知道那块石头是否像吸引凯尔一样吸引着她。

"莱拉，"他一字一顿地说，"请把它放下。"

她眯起眼睛，观察着石头上的符文，仿佛这样就能看懂似的。"这是什么意思？"凯尔没出声。"如果你告诉我，我就还给你。"

凯尔不相信她的承诺，但还是回答了。"那个符文表示魔法，"他说，"**维塔芮**。"

"一块叫作'魔法'的魔法石？真没想象力。它能做什么？"

"我不知道。"某种程度上是实话。

"我不信。"

"不信就不信。"

莱拉皱着眉头。"我有种感觉，你不太想要回去。"

"不想，"凯尔说，实话的成分居多，但心里还有一点握住它的念头，"可我需要它。而且我已经回答了你的问题。"

莱拉端详着石头。"一块叫作'**魔法**'的魔法石，"她若有所思地把玩着它，"顾名思义，它应该会，怎么说呢，**产生魔法**？或者，**使用魔法制造东西**？"她一定从凯尔紧张的表情里看到了答案，因为她得意地笑了。"看来是力量的源头……"她像是在自言自语，"什么都能制造吗？我想知道它是怎么——"

凯尔扑向符文石。手掌刚刚伸出去，莱拉一刀劈来，将其割破。他倒吸一口凉气，鲜血洒落在地板上。

"我警告过你。"她晃了晃手里的刀子,灵活得像指头。

"莱拉,"他收拢五指,放在胸前,疲惫地说,"拜托。把它还给我。"

凯尔知道她不会还回来。她眼中闪过一丝狡黠的光——他清楚这种表情意味着什么,他自己也常用——握住了石头。她要召唤什么?这个瘦小的人儿又能召唤什么?她的双手虔诚地举在胸前,凯尔冷眼旁观,半是好奇,半是担忧。一股烟从她的指缝溢出,在她的另一只手上缭绕、扭曲,继而凝固,形成了一把精美绝伦的带鞘短剑。

她瞪大眼睛,惊喜交加。

"成功了。"她情不自禁地叹道。

剑柄闪着黑色的光泽,与凯尔的那只眼睛和偷来的石头一样,当她拔剑出鞘,剑身在烛火的映照下寒光熠熠——也是黑色——如千锤百炼的精铁一般坚硬。莱拉欣喜地叫了一声。凯尔松了口气——他做了更坏的打算——看着她把剑靠在墙上。

"你已经见识过了,"凯尔小心翼翼地说,"快给我吧。"她没有意识到——也无法意识到——这种魔法是不正常的,石头有可能正吸取她的能量。"拜托。别伤到自己。"

莱拉抚摸着石头,嘲弄地瞟了他一眼。"噢,不,"她说,"这才刚刚开始呢。"

"莱拉——"凯尔正要阻止,可惜已经太晚了。黑烟从她的指缝间喷涌而出,远比上次多,在两人之间逐渐成形。这次不是武器,而是一个年轻男人的形象。当五官清晰可见,凯尔发现那不是随机形成的年轻男人。

是凯尔。

对方几乎是照着凯尔的模子刻出来的,从磨损的衣褶,到搭在脸上、遮挡黑色眼睛的红发。唯有一点不同，这个凯尔没有蓝色眼睛，两只眼睛乌黑而生硬，犹如莱拉手中的石头。这个幽灵一开始没动，静静地站在原地。

真正的凯尔盯着那个不是凯尔的凯尔。"你到底在干什么？"问题是抛给莱拉的。

"只是找点乐子。"她说。

"你不能就这样创造人。"

"显然我能。"她说。

这时，黑眼凯尔动了。他脱掉外套，扔到旁边的椅子上。然后，凯尔惊骇万分地看着他的复刻版开始一颗一颗地解衬衫的纽扣。

凯尔闷闷地哼了一声。"你这是开玩笑呢。"莱拉微微一笑，石头在掌中转动，与此同时，那个不是凯尔的凯尔慢慢地，以挑逗的姿势脱掉衬衫，光着上身站在那里。他又开始解腰间的皮带。

"好了，够了，"凯尔说，"驱散吧。"

她叹息道："你好无趣。"

"这一点儿都不好玩。"

"也许本来就不是让你觉得好玩的，"她得意地笑笑，另一个凯尔抽出了腰带。

但莱拉并不知道他看见了什么：那张复制的面孔原本毫无表情，此时发生了变化。那是一种不易察觉的改变，空洞的躯壳不再空洞。

"莱拉，"凯尔催促道，"听我说。赶快驱散。"

"好吧好吧，"她说着，与黑眼凯尔对视，"呃……我要怎么做？"

"是你的意愿造就了他，"凯尔站了起来，"让他消失也需要你的意愿。"

莱拉眉头紧皱，幽灵停止了宽衣解带的动作，但没有消失。

"莱拉。"

"我在试。"她说着,握紧了石头。

突然,幽灵凯尔五官扭曲,从茫然无措到恍然大悟,再到恼羞成怒,似乎知道正在发生什么事。他的目光从莱拉的脸庞移到手上,又落回脸庞。然后他身形一动。他的动作太快,不过眨眼的工夫,他就逼至眼前。石头从莱拉手中掉落,假凯尔一把将她按在墙上。他张开嘴,还没来得及说什么,双手就瓦解了——他整个人瓦解了——突然变回黑烟,然后消散得无影无踪,莱拉发现面前站着真正的凯尔,血淋淋的手掌举在幽灵方才所在的位置,他的命令——As Anasae——仍在房间里回荡。

莱拉摇晃着站立不稳,赶紧扶着柜子,她持有石头的时间不长,却已经付出了代价,和凯尔一样。她颤巍巍地吸了口气,喉咙突然被凯尔的血手捏住了。

"我的刀呢?"他吼道。

"最上层的抽屉。"她喘不过气来。

凯尔点点头,却没有放开她,反而抓起她的手腕,按在脑袋旁边的墙上。

"你干什么?"她叫道,凯尔并不作答。他的注意力集中在墙板上,木头开始破裂、弯曲、剥落,缠住她的手腕。莱拉试图反抗,然而一切在瞬间发生。凯尔放开了她,墙取而代之。他从地板上捡起石头,莱拉则在临时的牢笼里拼命挣扎。

"这到底是……"她企图挣脱木头手铐,凯尔强迫自己将石头装进口袋。"你把墙板弄成这样了,我怎么赔得起?你要我怎么解释啊?"

凯尔走到抽屉前,找到了口袋里的大部分东西——幸亏她只翻了黑色外套——还有他的小刀。

"你不能这样丢下我。"她咕哝道。

凯尔把东西装回口袋，拇指摸过刀上熟悉的字母，将其插回绑在前臂的皮套。然后他听见了铁器与皮具的摩擦声，莱拉从背后的刀鞘里又拔出一把刀。

"换作我的话，我不会扔出去。"他说着，走向窗户。

"为什么？"她吼道。

"因为，"他提起玻璃窗，"你还要靠它获得自由。"

凯尔跨上窗台，钻了出去。

下坠的距离比他预估的要长，他蜷着身子落地，巷子里的空气席卷而上，缓解了他的冲击力。走窗户应该是最安全的路线，因为凯尔并不确定这儿是灰伦敦的什么地方，甚至不知道刚才的房子是什么样的。从街上回望，他发现那儿不是普通房子，是一家酒馆，等他转过街角，他看见酒馆的招牌在夜风中摇摆。它从暗处荡到灯光下，接着又回到暗处，但凯尔一眼就知道上面写的是什么。

比邻酒馆。

他不应该感到意外——所有的路似乎都通向这里——但还是怔住了。概率有多大？他心想，尽管他知道魔法这种东西是可以改变概率的。不过他依然为之震惊。

那个女孩带给凯尔一种奇妙的感觉，但他没有深究。

她并不重要。重要的是他找回石头了。

现在他必须想清楚拿它怎么办。

IV

莱拉花了大半个钟头，又是砍又是锯，终于重获自由。等那把小刀搞定了木头，刀刃已经翻卷到无法修复的程度，而墙板也毁了一大块。她特别渴望来一杯烈酒。她的硬币并没有增多，那又怎样？去他妈的存钱计划，今晚她非喝一杯不可。

她摩挲着酸痛的手腕，把钝刀扔到床上，又捡起一把依然锋利的小刀，那是她之前掉在地板上的。她一边擦拭着刀刃上凯尔的血，一边骂骂咧咧，然后收刀回鞘，一连串疑问接踵而至，但她统统抛之脑后，从抽屉里取出手枪，插进皮套——如果当时她有这家伙，肯定会在凯尔脑袋上开个洞。

她披上斗篷的时候还在暗暗咒骂，忽然瞥见了一样东西。那把剑，她刚才召唤的剑，依然靠在墙角。那个混蛋离开的时候，并未将其驱散。这时候，她小心翼翼地拿起了剑，真美，尤其是锃亮的黑色剑柄。完全符合她的想象。包括刻在剑柄上的纹饰。剑鞘在她手中嗡鸣，和当时握着石头的感觉一样。她想要它，一直握着它，那是一种

A Darker Shade of Magic

奇妙的、透彻骨髓的渴望，但她并不信任。莱拉知道渴望是什么感觉，知道它如何低语、吟唱和呐喊。这种感觉很像，却不完全一样。渴望的冒牌货。

她还记得失去石头时的感觉，随之而来的是撕心裂肺的眩晕，仿佛全身所有的力量都被抽走了。偷走了，趁她不注意的时候。以一种奇怪的方式，令莱拉想起掏口袋的手法。那便是它得逞的原因。这种路数需要**双手**操作，一手吸引你的注意力，一手避开你的耳目。莱拉之前太过关注眼前花里胡哨的小把戏，所以没发现她的口袋被摸了。

坏魔法，凯尔这样说它。

不，莱拉心想。**聪明的魔法**。

不管什么时候，**聪明**都比**坏**更危险。莱拉很清楚。于是，尽管内心十分痛苦，她还是走到打开的窗户前，把剑扔了出去。**扔得好**，她看着滚落在石头地上的剑，心想。

她望向绵延的屋顶和林立的烟囱，想着凯尔去哪儿了。随之而来的是一连串的问题，而她知道自己恐怕连一个答案都得不到，于是猛地拉上玻璃窗，出去找喝的了。

★ ★ ★

一个男人东倒西歪地走出比邻酒馆的前门，差点摔倒在台阶上。**狡猾的家伙**，他晕晕乎乎地想着。他几小时之前进酒馆时肯定还没有这种需求。就算有，也是来而复去，不知怎么就没了。现在好像变多了，或者变少了。他试图搞清楚究竟有多少，但又两眼昏花，脚步踉跄，索性放弃了。

此人名叫布思，他想撒尿。

尿意突如其来，在脑子里驻留，亮如明灯。布思拖着沉重的脚步，走过鹅卵石街道，来到最近的巷子（他讲究体面，不愿就地在台阶上解决，虽说尿意无端的强烈）。

他跌跌撞撞地走进房屋之间的夹缝，这才发现天有多黑——简直伸手不见五指，何况他醉成这副德行，连手也找不到了——不过他的眼睛始终半睁半闭，看不见也无关紧要。

布思撒尿时，额头靠着酒馆冰凉的石墙，嘴里哼着小曲，唱的是美人和美酒……还有几个美字打头的词儿，他一时想不起来了。他系好裤带，曲不离嘴，正准备走出去，靴子忽然踢到了地上的什么东西。那东西"哗啦"一声滑开，撞在墙脚上。他本来不打算理会，一阵风吹过挂在近旁的路灯，火光摇曳，照进了黑暗的巷子。

一道寒光闪过，布思瞪大双眼睛。他肚子里虽然灌了不少酒，但贪婪是醒酒良药，等灯光退散，他不由自主地趴在巷子潮湿的地面，在阴影之中喘着气，摸到了那个意外的收获。

布思挣扎着起身，挪到灯光下，发现手里拿着的是一把剑，安安稳稳地装在剑鞘里。剑柄闪着微光，不是银，不是金，也不是铁，是黑的。黑得油亮，光滑如石头。他握住剑柄，拔剑出鞘，低低地惊呼一声。剑身和剑柄一样乌黑而光滑。一把奇怪的剑，看样子非常稀罕。布思用他结实的手掌掂了掂。可以换一大笔钱。相当可观的一大笔钱。当然了，只要找对地方。当然了，不能让人认为是偷的。当然了，要找失物回购商……失物售卖商，诸如此类。

话说回来，这东西很有趣。

贴着剑柄的指尖有点刺痛。*怪事儿*，他心想，浓重的醉意使得他的思绪平静而飘忽。他起初并不担心。不过，当他想放开武器时，却发现做不到。他试图伸直手指，可它们依然紧紧地裹着乌黑锃亮的剑柄。

A Darker Shade of Magic

布思晃了晃持剑的手，一开始动作缓慢，然后使劲地甩了起来，可怎么都松不开手指。这时候，刺痛突然变成了震感，火热，冰冷，而又异样，一种令人极其不快的感觉。它顺着布思的胳膊，在皮肤底下蔓延，他吓得倒退一步，借着巷子口的灯光，看见手背上，以及从手腕到前臂的血管，正在变黑。

他拼命地甩手，差点失去平衡，但依然摆脱不了。剑不许他松开。

"放开。"他咕哝着，不知道是对自己的手说，还是对拒不离手的剑说。

作为回应，握着剑柄的手——似乎完全不属于他——抓得更紧了。布思倒吸一口凉气，眼睁睁地看着自己的手慢慢掉转剑尖，对准自己的肚子。"搞什么鬼。"他一边咒骂，一边与自己搏斗，归他控制的那只手绝望地抓住另一只。可惜远远不够——对方的力量强大得多——布思那只持剑的手，仅仅干净利落地向前一刺，就捅穿了他的肚子，没至剑柄。

他在巷子里呻吟着弯下腰，手依然抓着剑柄。剑身深处闪着黑光，然后开始消解。武器逐渐融化，但不是流下来，而是流进去。通过伤口，它进入布思的身体。进入他的血液。魔法扩散的同时，他心跳紊乱，然后翻倍，稳健而强劲地在血管里搏动。他浑身战抖了一阵子，继而冷静下来。

好一会儿，布思——那具残余的躯壳——伏在地上，一动不动，双手捂着被刺穿的部位，此时那里只剩黑色的污渍，犹如一摊融化的蜡。慢慢地，他的胳膊垂到两边，血管已经完全变成黑色。真正的魔法的黑色。他悠悠地抬起头，眨了眨两只乌黑的眼睛，环顾四周，又仔细地打量自己的身体，接着小心翼翼地活动着手指。

然后，他慢慢地，稳稳地，站了起来。

Part seven

Shades of Magic

跟踪者

I

莱拉可以直接下楼，走进比邻酒馆的大堂，但她已经欠了巴伦不少钱——他不收她的钱，可能是觉得她更需要，又或是因为那些钱不是她的——再说，她需要换换气，清醒一下头脑。

别的伦敦。

从魔法门走进来的人。

凭空造物的石头。

全都是传说。

冒险故事。

一切看似唾手可得，然后消失了。莱拉备感空虚和饥饿，其程度前所未有的令她害怕。也许与她一直以来的饥饿感是一样的，如今失落的那一部分有了名字：**魔法**。她不大确定，只知道握着石头时，有所触动。注视着凯尔那只荒废的眼睛时，有所触动。当魔法扭曲墙板、箍住她的手腕时，有所触动。疑问又冒了出来，她再次强压下去，呼吸着夜晚的空气——满是烟尘的味道，大雨即将来临——拖着

A Darker Shade of Magic

疲惫的脚步七弯八拐，横穿威斯敏斯特，来到荒潮酒馆。

荒潮酒馆坐落在南区的桥北，夹在贝维迪尔路和约克路之间，就在水手道上。每逢收获颇丰的夜晚，她会先去坐坐，再回鲍威尔那里（在她看来，这么做还可以少交一个子儿给他）。她喜欢这家酒馆，因为里面满是黑乎乎的木头和雾蒙蒙的玻璃，环境恶劣，饭菜更恶劣。这个地方不好下手，但适合融入其中，消失不见。她不大担心被认出来，不管是作为女孩（光线一直很昏暗，而且她始终戴着兜帽），还是作为被通缉的飞贼（这儿的客人大多是通缉犯）。

武器藏在触手可及之处，但她觉得用不上。在荒潮酒馆，人们自顾自。偶尔遇见有人打架，老主顾们更担心的是酒水的安全（要是有人撞在桌子上，他们会立刻护住摇摇欲坠的酒壶，而不是搀扶那个人），莱拉常常设想，就算有人站在酒馆中心喊救命，得到的回应也不过是举起酒杯或挑起眉毛。

肯定不适合夜夜光顾。但今夜再适合不过了。

直到稳稳当当地坐在吧台前，手中有了一杯酒，莱拉才放任那些疑问在脑海里纵横驰骋——为什么、怎么回事，以及最重要的，现在如何是好，因为她知道不可能回归一无所知、一无所见、一无所想的简单生活了——她完全沉浸在思绪中，没注意有人坐在她身边。直到他开口说话。

"你害怕吗？"

他的嗓音深沉悦耳，有种异国风味，莱拉抬起头。"什么？"她差点忘了压低声音。

"你抓着酒杯。"那人指着她泛白的指节说。莱拉放松了点儿，也只有那么一点儿。

"忙了一宿。"她说着，把温热的啤酒递到嘴边。

"而且距离天亮还早。"对方若有所思,端起玻璃杯抿了一口。即便在荒潮酒馆这种鱼龙混杂的地方,此人依然显得格格不入。昏暗的灯光下,他的外表居然有点……褪色。他的衣服是深灰色,披着一件样式简单的短斗篷,用一枚银胸针扣住。他的肤色本就苍白,衬着吧台的黑色木头,更是惨淡,他的头发也不是纯正的黑色,浅得有几分古怪。他说话时声音沉稳、冷漠、空洞,带着沙哑的口音,令莱拉为之胆寒。

"不是这儿的人吧?"她问。

听到这话,他扬起嘴角。"不是。"他貌似心不在焉地摸着杯沿。然而给人的感觉并非真的心不在焉。他的举止莫不如此,缓慢而精准,令莱拉忐忑不安。

他身上有什么东西,既怪异又特别熟悉。她虽然看不见,但能感受到。然后她想起来了。那种感觉。就是注视着凯尔那只黑眼睛时的感觉,握着石头的感觉,被束缚在墙板上的感觉。战抖。刺痛。低语。

是**魔法**。

莱拉立刻紧张起来,但愿端着杯子喝酒的时候没有露怯。

"我想我们应该认识一下。"陌生人说着,在座位上扭过身来,于是莱拉看到了他的面孔。她差点呛了一口酒。下巴的形状、鼻子的样式、嘴唇的线条都没有问题。问题在于他的**眼睛**。一只灰绿。一只纯黑。"我叫霍兰德。"

一阵寒意流遍她全身。他和凯尔一样,却又完全不同。凯尔的眼睛就像通向新世界的窗口。陌生,令人迷惑,但并不可怕。霍兰德的眼睛令她浑身起鸡皮疙瘩。黑暗之物在无底深渊里旋转。她的脑子里反复低语着一个字。**跑**。

A Darker Shade of Magic

她担心再端起杯子，双手会止不住地颤抖，于是推开杯子，从口袋里摸出一先令。

"巴德。"她说，既是自报家门，也是道别。

她正准备从吧台前站起来，那人一把抓住她的手腕，按在破旧的木头台面上。在他的触碰下，她的胳膊微微一颤，另一只手本能地抖动，渴望摸向藏在斗篷底下的匕首，但她忍住了。"你的名字呢，小姐？"

她试图抽回来，但对方的手指硬如铁石。而且看样子他似乎没有用力。"迪莱拉，"她吼道，"叫莱拉就行。现在放开我，不然我剁了你的指头。"

他的嘴唇又一次上扬，却不是笑容。

"他在哪里，莱拉？"

她心里一沉。"谁？"

霍兰德一使劲，莱拉疼得龇牙咧嘴。

"别撒谎。我在你身上闻到了他的魔法。"

莱拉迎上他的目光。"也许是因为我打劫了他，把他捆在床上，后来他用魔法把我铐在墙上。如果你想找到你朋友，别盯着我瞧。我们见面时很不愉快，分开时就更别提了。"

霍兰德松开手，莱拉暗暗吁了口气。不料霍兰德突然站起来，她的希望随之破灭。他粗鲁地拉起她的胳膊，拽向酒馆门口。

"你到底想干什么？"她厉声问道，靴子在破旧的地板上刮擦，然而所有的挣扎都是徒劳。"我都说了，我们不是朋友。"

"走着瞧。"霍兰德一边说，一边拉着她前进。

荒潮酒馆里的老主顾们只顾喝酒，头也不抬。*一帮混蛋*，莱拉心想，然后被狠狠地推到了街上。

等酒馆的门在身后关闭，莱拉立刻摸向腰带上的枪套，可在对方眼里，她的动作太慢了，而霍兰德很快——快得不可思议——当她扣动扳机，子弹射中了空气。枪声尚未消散，霍兰德又出现了，这一次在她背后。她感觉到他的存在，感觉到空气瞬间的流动，然后他就一手勒住她的脖子，把她箍在胸前，一手握着她的持枪手，抬起枪管，顶在她的太阳穴上。整个动作完成的时间还不够一次呼吸。

"武器全都交出来，"他喝道，"不然我来帮你。"

他并没有使很大的劲儿，反而是松松垮垮的，充满自信。莱拉经常和恶棍打交道，知道真正需要害怕的，是那些持枪姿态轻松自然，仿佛生来就握着枪把子的家伙。莱拉的另一只手还能活动，她从腰间摸出一把小刀，扔到地上。第二把藏在背后，也交了出去。本来她的靴子里应该有第三把，但已经废了，搁在床上。霍兰德的手从她的咽喉挪到了肩膀，但枪口依然指着她。

"怎么，没有大炮吗？"他嘲弄道。

"你疯了，"莱拉吼道，"你的朋友凯尔，他早走了。"

"你这么认为？"霍兰德反问，"让我们来搞清楚吧。"

两人周围的空气开始噼啪作响，充满能量。是**魔法**。霍兰德说得对，她也**闻**到了。不是凯尔的那种花香（不止花香，还有些青草和清新干净的味道）。而霍兰德的力量是金属味，犹如烧红的铁。连空气也被烤焦了。

不知道凯尔能不能闻到。如果那是霍兰德的计划。

魔法中还有别的东西——不是气味，而是感觉——极其尖锐，像是愤怒和仇恨。是霍兰德的脸上不曾流露的凶狠。不，他的神色平静得惊人。平静得可怕。

"快叫。"他说。

A Darker Shade of Magic

莱拉皱起眉头。"你说什——"

疼痛打断了她的问题。一道能量疾射而来，如同瓶中的闪电，击中了他所抓的部位，在她的胳膊上跳跃，刺激着她的神经，导致她情不自禁地喊出声来。疼痛来得快，去得也快，突然消失，莱拉气喘吁吁，抖如筛糠。

"你这个……混蛋。"她大骂。

"喊他的名字。"霍兰德命令。

"我可以向你保证……他不会……来的，"她吃力地说，"绝对……不会……*救我*。我们——"

又一波疼痛袭来，这次更尖锐，更强烈，莱拉死咬牙关，强忍尖叫的冲动，等着疼痛过去，但它非但没有消失，反而变本加厉，她听见霍兰德平静地说："我是不是应该打断你的骨头？"

她刚要说不，一张嘴，就听见自己尖叫起来，仿佛是受到了鼓舞，疼痛愈发剧烈。她高喊着凯尔的名字，那是唯一的救命稻草。他不可能来。但也许她照做了，这个疯子会醒悟，放她离开。另找一个诱饵。疼痛终于减轻，莱拉双膝跪地，一只手抓着冰冷的石头地面，另一只手被扭在背后，仍在霍兰德的控制之下。她快吐了。

"好多了。"霍兰德说。

"*去死吧。*"她啐了一口。

霍兰德一把将她拉起，两人前胸贴后背，枪管抵着她的下巴。"我没使过手枪，"他咬着耳朵说，"可我知道枪是怎么回事。六发子弹，对不对？你打了一发。还剩五发，如果你之前填满的话。你觉得我能不能打完剩下的子弹而且不要你的小命？人类太容易死了，但我打赌，如果我聪明……"枪管滑过她的身体，在肩膀和手肘处稍作停留，又顺着腰部来到大腿，最后顶在膝盖上。"他来得越快，我就越早放你走。喊他的名字。"

"他不会来的,"她恨恨地低语,"你怎么就不相信……"

"因为我了解我们的朋友。"霍兰德说。他举起手枪——当铁管离开皮肤,莱拉突然放松,浑身战抖——漫不经心地搂着她的肩膀。"他就在附近。我听见了他的靴子踩在鹅卵石上的声音。闭上眼睛,你听见了吗?"

莱拉使劲闭上双眼,可她只听见自己心脏在剧烈地跳动,还有脑子里呼啸来去的念头。我不想死。不要在这里。不要是今天。不要这样死。

"带他来见我。"霍兰德低声说道。空气再次嗡嗡作响。

"不要——"疼痛在莱拉的骨髓里爆发,从头部疾射至后背和破旧的靴底,她厉声尖叫。不一会儿,痛苦戛然而止,惨叫声消失在唇边,霍兰德放开了她。她闭嘴时,软绵绵地扑倒在鹅卵石街道上,膝盖和手掌被石头磨得生疼。

透过脑子里的轰鸣,她听见霍兰德的声音说:"你来了。"

她抬起头,发现凯尔站在街上,陌生的魔法小子披着黑色外套,喘息未定,怒气冲冲。

莱拉简直不敢相信。

他竟然来了。

可他为什么要来?

不等她发问,凯尔直直地盯着她——一黑一蓝的眼睛大睁——然后说了一个字。

"跑。"

II

凯尔刚才一直站在桥上,靠着栏杆,想搞清楚自己如何以及为何遭人设计——一封伪造的信,低三下四的恳请,受魔法操控的杀手——忽然,他闻到空气中有魔法的味道。不是若隐若现的余味,完全不是,是一次闪烁。暗夜的灯塔。不管在哪儿,他都认得出那个信号。烧红的铁和灰。

是霍兰德。

凯尔不由自主地走过去;他刚刚离开桥南,就听见了一声尖叫。他当时就应该停止行动,思考清楚。这是一个不加掩饰、拙劣透顶的圈套——霍兰德使用力量闪烁的唯一理由就是希望有人注意到他,而在灰伦敦,唯一能注意到他的人只有凯尔——但他还是拔腿就跑。

"有人跟踪你?"莱拉问过他。

不。他们没法跟我过来。

但凯尔错了。任何世界上的任何人都无法跟上他……除了霍兰德。他是唯一能来的,他也来了,说明追踪石头的人是他,这也说明凯尔应该远离信号和尖叫，而非自投罗网。

惨叫声再度响起，撕破浓重的夜幕，这一次听得更清楚，他知道是谁发出来的了。

莱拉。

霍兰德为什么要追捕她？

但凯尔知道答案。答案压得他喘不过气。霍兰德追捕莱拉是因为他。在这个魔法极其稀少的世界里，一丁点痕迹都格外醒目。莱拉身上的痕迹——他的魔法、石头的魔法——无处不在。凯尔知道如何隐藏自己的痕迹。莱拉不可能知道这些，她就像高举的火把一样醒目。

那是她自己的错，凯尔一边循着惨叫声跑去，一边想。*是她活该*。

他沿路狂奔，无视肋部的灼痛和脑子里的声音——叫他别管闲事，趁着还有机会，赶紧离开。

一个不加掩饰、拙劣透顶的圈套。

他顺着河岸，穿过一条小巷，又绕了一个弯，跟跟跄跄地来到狭窄的街道上，正好听见莱拉突然止住惨叫，看见她无力地扑倒在鹅卵石地面上。霍兰德站在她身边，目光却投向凯尔。

"你来了。"他说，似乎很高兴看到另一个安塔芮。

凯尔思考着对策。莱拉抬起头。

"跑，"他说，莱拉却只是愣愣地盯着他，"莱拉，*快走*。"

她的视线逐渐集中，然后挣扎着站了起来，但霍兰德按住她的肩膀，枪口抵在她的脖子下方。

"不，莱拉，"他的声音平静得令人恼怒，"留下。"

凯尔握手成拳，"你什么意思，霍兰德？"

"你很清楚。你身上有不属于你的东西。"

口袋里的石头沉甸甸的。不，石头不属于他。但也不属于霍兰德。更不属于白王室。如果符文石的主人是渴望力量的孪生戴恩，他们必定爱不释手，拱手送人是绝无可能的。可是谁会这么做呢？到底是谁做的呢？

是的，有了这种力量，阿斯特丽德和阿索斯几乎战无不胜，但一介平民也可以借助石头的魔法攀上王位。在那个对力量饥渴无度的世界里，为什么有人舍得丢弃它？

因为害怕，凯尔心想。害怕魔法，害怕石头落到孪生戴恩手里的后果。阿斯特丽德和阿索斯一定听说了石头的厉害，也知道石头下落不明，于是命令霍兰德前来寻找。

"把石头给我，凯尔。"

他的脑筋飞快地转动着，"我不知道你在说什么。"

霍兰德面色一沉，抓着莱拉的手指微微收拢，能量在她身上噼啪作响。她强忍着没有尖叫，硬撑在原地。

"住手。"凯尔喝道。霍兰德照做了。

"需要我重复一遍吗？"他问。

"放她走。"凯尔说。

"石头先给我。"霍兰德说。

凯尔吞了吞口水，从外套里掏出符文石。石头在他指尖歌唱，渴望大发神威。"你不妨试着从我手里拿过去，"他说，"只要你先放她走。"话音未落，凯尔就后悔了。

霍兰德冷冷地扬起嘴角。他松开莱拉的胳膊，一次一根手指。她向前踉跄了几步，又转身与他对峙。

"飞吧，小鸟。"他说道，双眼却始终盯着凯尔。

"走。"凯尔厉声喝道。

他感觉到莱拉的目光停留在自己身上，但他不会犯傻，让霍兰德离开视线——尤其是现在——听见她的靴子在街道上踩响,他吁了一口气。很好,他心想,很好。

"太愚蠢了,"霍兰德说着扔掉了手枪,仿佛不屑于使用这种货色,"告诉我,你真是这么傲慢自大,还是过于单纯无知呢?"

"霍兰德,拜托——"

安塔芮目光一凛:"当你看着我的时候,凯尔,总以为我们是一类人。甚至以为,我们是完全相同的、走上不同岔路的两个人。也许你认为力量是我们之间的纽带。请允许我纠正你的错误认识。我们或许拥有同样的能力,但我们并不因之而平等。"

他收拢了手指,凯尔不禁怀疑,今天的狭路相逢势必以悲剧收场。霍兰德对抗过孪生戴恩。霍兰德流过血,拼过生命和魔法。霍兰德差点就夺取了白王座。

毫无疑问,在另一个安塔芮看来,凯尔就像个被宠坏的孩子。

但石头还在凯尔手里。它是坏魔法、禁用的魔法,却也着实厉害。石头召唤着他,他也握紧了石头,粗糙的那一面硌得掌心生疼。魔法力量咄咄逼来,企图破门而入,但他拒不接受,在符文石的能量和自身的力量之间竖起一道屏障。他不需要太多。他只需要召唤某种无生命的东西——能拦住霍兰德即可,不至于伤害他们二人。

笼子,他心想。然后下达了命令。一个笼子。

石头在手中嗡鸣,黑烟从指缝流泻而出,继而——

但霍兰德并未坐以待毙。

一阵狂风疾扫而至,凯尔猛地撞上身后一家店铺的大门。石头脱手飞出,掉在街上,黑烟随即消散。不等凯尔冲过去,另一扇门上的数根铁钉颤动着离开木头,破空而过,扎进他的外套,将他钉在门上。大部分铁钉插在衣服上,但有一根刺透了胳膊,钉在背后的木头里，疼得凯尔倒吸一口凉气。

"犹豫是先机的死敌。"霍兰德幽幽地说道。凯尔徒劳地挣扎着，企图摆脱铁钉，使其移动，但霍兰德的意志令它们原地不动，高下立现。

"你来这里做什么?"凯尔从牙缝里挤出一句话。

霍兰德叹息一声。"我以为再清楚不过了，"他说着向石头走去，"我在收拾烂摊子。"

趁着霍兰德走向符文石，凯尔集中精神对付铁钉。他与另一个**安塔芮**展开意志较量，铁钉开始颤动。它们脱离了一英寸——插进胳膊里的那根铁钉稍一移动，就痛得凯尔咬紧牙关——因为在霍兰德弯腰捡石头的时候，他的注意力有所偏移。

"不要。"凯尔警告道。

但霍兰德毫不理会。他捡起符文石，直起身子，拿在手里掂了掂。此时他的意志和注意力全都集中在石头上，于是凯尔集中精神，铁钉随之松动，向外滑出。当霍兰德迎着旁边的路灯举起石头，铁钉也脱离了木门——脱离了他的外套和皮肉——叮叮当当地落到地上。

"放下。"凯尔捂着受伤的胳膊说。

霍兰德并未照做。

相反，他仰着头，端详那块黑色的小石头。"你搞清楚了它是怎么起作用的吗?"在凯尔冲上前时，霍兰德纤细的手指将其握住。那是一个简单的动作，漫不经心，不慌不忙，但当他握紧拳头，黑烟从指缝涌出，裹住了凯尔。一切发生在电光石火之间。刚才他还在跑动，一步跨出，另一步尚未跟上，双腿瞬间就不能动弹了。他低下头，看见黑影缠绕着靴子。

"别动。"霍兰德下令，烟雾变成了钢铁，沉重的黑色锁链凭空出现，扣住凯尔的脚踝，将他定在原地。他一把抓住锁链，手掌顿时有种灼烧感，他急忙抽回手，痛得嘶嘶吸气。

"信念是关键，"霍兰德摩挲着石头说，"你认为魔法和我们是平等的。是同伴，是朋友，实则不然。石头就是证据。你要么成为魔法的主人，要么受其奴役。"

"放下，"凯尔说，"那不是什么好东西。"

"你说得对，"霍兰德依然抓着石头，"但我有命在身。"

从符文石上冒出的黑烟越来越多，凯尔严阵以待，但魔法尚未完成，形态不定，只是绕着他们盘旋回转，似乎霍兰德还没有决定用它做什么。凯尔召唤了一阵风，希望吹散黑烟，可惜它径直穿透过去，只拂动了霍兰德的斗篷，对黑魔法毫无影响。

"奇怪，"霍兰德好像在自言自语，而不是对凯尔说话，"这么小的一块石头竟有如此强大的力量。"他抓紧石头，黑烟在凯尔周围盘绕。突然，它变得无处不在，蒙蔽了他的视野，一股脑钻进鼻孔和嘴巴，顺着喉咙下去，呛得他无法呼吸。

然后，黑烟消失了。

凯尔咳嗽起来，大口地喘息，又低头打量自己，发现没有受伤。

一时间，他以为魔法没有起效。

接着，他尝到了血腥味。

凯尔正准备摸嘴唇，忽然发现整个手掌都是红通通、湿漉漉的。手腕和胳膊也是潮湿的。

"怎么……"他刚一开口就说不下去了。满嘴都是腥咸的铁锈味。他弯腰呕吐，结果身体失去平衡，手膝着地，跪在街上。

"有人说魔法存在于意识，有人说存在于心灵，"霍兰德淡淡地说，"但你和我都清楚，魔法存在于血液。"

凯尔又咳了起来，地上绽放点点鲜红。血从他的口鼻滴落。从手掌和手腕上涌出。凯尔在街上不断失血，头晕目眩，心跳急促。他身上没有伤口，只是无端地流血。底下的鹅卵石很快就变得湿滑。他止不住血，也站不起来。唯一能破除魔法的人正俯视着他，袖手旁观，甚至漠不关心。

"霍兰德……听我说，"凯尔恳求道，"你可以……"他拼命地稳住心神，"石头……可以……让你……"

"省点力气吧。"

凯尔吞了吞口水，咬着牙说："你可以用石头……*打破封印*。"

白安塔芮扬起炭色的眉毛，然后摇摇头。"*这个东西*，"他说着，拍了拍肩上的银环，"没有束缚我。"他跪在凯尔身边，小心地避开了蔓延的血泊。"一块铁罢了。"他拉开衣领，心脏处赫然可见一个烤焦的记号。"是*这个*烙印。"他的皮肤是银白色的，显得记号异常新鲜，而且，虽然凯尔看不见霍兰德的背部，但记号肯定透过去了。这是*灵魂封印*。这种魔法不仅作用于人的肉体，还烙印在生命上。

不可打破的魔法。

"从不褪色，"霍兰德说，"但阿索斯仍然时不时进行强化。只要他察觉到我的犹豫。"他低头看着手里的石头。"或者是他无聊的时候。"他握紧拳头，凯尔咳的血越来越多。

凯尔豁出去了，摸向挂在脖子上的硬币，然而霍兰德抢先出手。他从凯尔的领子里拽出绳子，猛地一甩，扔进巷子里。听见它们在黑暗中滚落的声响，凯尔心里一沉。他满脑子想着血令咒，可怎么也抓不住脑子里的字词，更别提将其排列组合。每当一个词挤出嗓子眼，就四分五裂，被潜伏在他体内、谋害他生命的东西所击碎。每当他试图念出一个字，嘴里就有鲜血冒出。他咳嗽着，与音节死死纠缠，结果憋得无法呼吸。

"As……An……"他吞吞吐吐地说,然而魔法驱动血液涌上喉头,堵住了咒语。

霍兰德咯咯一笑:"我的意志对抗你的意志,凯尔。你根本赢不了。"

"求你了,"凯尔喘着气,呼吸艰难,黑色的污渍在身下迅速蔓延,"别……这样。"

霍兰德怜悯地看了他一眼。"你知道我别无选择。"

"那就做个选择。"鲜血的铁锈味充斥在凯尔的口鼻之中。他的视线再次模糊。有一只胳膊已经撑不住了。

"你怕死吗?"霍兰德的语气由衷地好奇,"别担心。杀死安塔芮是极其困难的。但我不——"

空中闪过一道铁器的寒光,不明物体接触到霍兰德的脑壳,发出一声闷响,他的话也戛然而止。霍兰德重重地倒下,石头随之掉落,在地上蹦弹着,滚进了数英尺开外的黑暗中。凯尔吃力地眯起眼睛,发现莱拉站在那里,双手握着一根铁棒。

"我来晚了吗?"

凯尔含糊地低笑了一声,随即引来一顿猛咳。鲜血沾满嘴唇。咒语仍未打破。脚踝上的锁链开始收紧,令他倒吸一口凉气。霍兰德不再攻击他,但魔法依然没有放弃。

他试图告诉莱拉,可喘不过气。谢天谢地,他不需要了。她就在面前。她从血淋淋的地面上抓起石头,举在眼前,就像举着一盏明灯。

"停止。"她命令道。什么都没发生。

"散开。"魔法迟疑了。

凯尔张开十指,按在身下的血泊之中。"As Anasae,"他咳嗽着说，没有霍兰德的意志横加阻拦，令咒顺利地吐出了嘴唇。

这一次，魔法服从了。

咒语终于打破。缠在腿上的锁链瞬间化为无形，凯尔的肺里又充满了空气。血管里仅存的血液又有了力量。仿佛所有的血都流干了。

"你能站起来吗？"莱拉问。她把凯尔扶了起来，一时间天旋地转，他眼前一黑，如坠无底深渊。他感觉到她更用力了。

"挺住。"她说。

"霍兰德……"他咕哝道，声音在自己听来怪异而遥远。莱拉回头望向那个四仰八叉躺在地上的家伙。她握住石头，黑烟流泻而出。

"等等……"凯尔颤声说道，然而锁链已经成形，一开始是黑烟，随即变成了黑铁，与他刚刚摆脱的一般无二。锁链仿佛凭空出现，缠绕着霍兰德的身体，缚住腰部、手腕和脚踝，将他绑在潮湿的地上，就像之前绑住凯尔一样。困住他的时间不会长，但聊胜于无。对于莱拉能召唤出这么明确的物体，凯尔吃了一惊，随后又想起来，她不需要力量。她只用表达希望，接下来的交给石头完成。

"别再用魔法了。"他告诫道，莱拉把石头塞进口袋，代价分明写在脸上。她的手指变得绵软无力，不过当他向前走了一步、差点摔倒的时候，莱拉又一次扶住他。"站稳了，"她说着拉起他的胳膊，架在自己单薄的肩膀上，"我只需要找到我的枪。保持清醒。"

凯尔竭尽全力不使自己昏过去。然而世界安静得可怕，思维脱离了身体，越飘越远。他感觉不到胳膊上的疼痛，也就是钉子插进去的部位——几乎没有任何感觉，这种情形比逐渐逼近的黑暗更令他害怕。凯尔打过架，但从未经历过眼下的状况，这还是破天荒头一回。他也受过不少的皮肉伤（大多都是莱的错），也有过淤青，但结束时都是完好无损的。他从未伤得如此之重，连心跳也只能勉强维持。他担心如果停止挣扎,如果不再逼迫双腿迈动、两眼睁开,他可能真的会死。他不想死。如果他死了,莱永远都不会原谅他。

"保持清醒。"莱拉重复道。

凯尔把注意力集中于脚下的地面。滴落的雨水。以及莱拉的声音。语句本身的含义渐渐模糊不清,但他始终专注于声音,抵挡黑暗的侵袭。他坚持着,在她的帮助下翻过似乎永无尽头的桥,走过七弯八拐、颠三倒四的街道。他坚持着,任由它们——莱拉的手,然后是另一个人的手——把他拉进门,爬上一段破旧的楼梯,进到一间房里,脱下浸满鲜血的衣服。

他坚持着,直到感觉身子底下有一张小床,莱拉的声音停止了,赖以维系的线索消失了。

然后,他心怀感激地坠入黑暗之中。

III

莱拉浑身都湿透了。

走到桥中央，天空敞开了胸怀——不是在伦敦常见的蒙蒙细雨，而是瓢泼大雨。不一会儿，他们都淋成了落汤鸡。她拖着意识模糊的凯尔，一场雨当然是雪上加霜。莱拉的双臂酸痛难忍——有两次差点失手摔了他——等他们来到比邻酒馆的后门时，凯尔几乎昏迷了，莱拉战抖不已，满脑子想的都是当初应该跑掉。

她要是像这样自找麻烦，在路边随便向一个傻瓜伸出援手，就不可能自由自在地活这么久。她总是尽量避开麻烦，而无论霍兰德是什么来头，反正是个大麻烦。

但凯尔回来了。

他完全没有必要回来——没有任何理由——但他还是回来了，所以在她逃跑的时候，心头始终压着重担，导致她放慢了步伐，最终停了下来。即便当她转身往回跑时，内心还隐隐希望去得太迟了。希望他们两个都走了。但最强烈的希望还是自己能及时赶到，只是为了知道原因。

他为什么回来？

莱拉问过他这个问题，在把他拉起来的时候，但凯尔没有回答。他的脑袋抵在她的衣领上。到底发生了什么？霍兰德对他做了什么？

莱拉不知道凯尔是否还在流血——她看不见明显的伤口——但他浑身血淋淋的，令她恨不得再狠狠地打霍兰德一顿。凯尔发出了什么声音，介于喘息和呻吟之间，于是莱拉开始说话，因为担心他死在自己手里，那样一来她也有了责任，虽说她确实回去救他了。

"保持清醒。"她说着，把他的胳膊架在肩上。他的身体贴得很近，那种气味扑鼻而来。不是血腥味——就算是也没什么——而是别的味道，在凯尔身上挥之不去的味道，还有霍兰德的。鲜花、泥土、铁和灰尘。

我在你身上闻到了他的魔法。

这个就是吗？魔法的气味？当她第一次在卧室里拖动凯尔的时候，就闻到过他的气味。此时架着他的胳膊，气味更是强烈。霍兰德那种烧红的铁味还残留在空气中。虽说石头好好地藏在口袋里，但她也闻到了它的气味，充斥整条巷子。闻着像海水和木头燃烧的烟。盐和黑暗。她不禁为自己敏锐的嗅觉感到骄傲，又想起当时去荒潮酒馆的路上，以及坐在吧台前，她并没有闻到凯尔的花香和石头的烟味，而霍兰德循着气味找到了她。

雨水落得急促，势头始终不减，很快她就什么味道都闻不到了，只有雨水浸泡街道的潮湿气息。或许她的鼻子还不够灵敏，或许魔法的味道还在，掩埋在雨水中——她不知道雨水能否将其洗刷，或是冲淡——但她希望这场暴雨可以隐藏他们的行踪。

她爬了一半楼梯，凯尔的靴子留下一串水淋淋的红色脚印，有人叫住了她。

"老天啊，你这是做什么？"

莱拉扭头看到巴伦，凯尔差点滑了下去。她赶紧抱住他的腰，勉强没让他从楼梯上滚落。"说来话长。他好重。"

巴伦瞟了酒馆一眼，冲着女招待喊了一句，然后奔上楼梯，把一块抹布甩在肩上。他俩一起架着凯尔湿漉漉的身体爬上最后几级楼梯，来到顶上的小房间。

两人一起脱下凯尔的湿外套和血迹斑斑的衬衫，把他放在莱拉的床上。巴伦一言未发，没有问她是从哪里找来的陌生人，也没问为什么身上看不到明显的伤口，楼梯上却布满了血迹（除了肋部的伤口红肿得厉害）。而当莱拉在房间到处找东西点火（以防雨水不足以掩盖他们的气味，以及早些时候残留的气味仍未散去），结果两手空空，巴伦也没有问，只是去楼下的厨房取来一些草药。

他默默地看着她把一碗草药放在蜡烛上加热，让房间里充满泥土的气味，与凯尔、霍兰德和石头截然不同的气味。他安静地待在房内，她则在凯尔的外套里（结果发现是好几件外套叠成的）翻找什么东西——随便什么东西——也许有助于他复原（他毕竟是魔法师，魔法师随身携带魔法物品也合情合理）。最后，她从自己的口袋里掏出黑石，放进一个小木盒，又撒了一把烤热的草药，塞进柜子最底层的抽屉。

一直等到莱拉瘫软在床尾的椅子上，开始清理手枪的时候，巴伦才开口说话。

"你和这人有什么瓜葛？"他眯着眼睛，面色阴沉。

莱拉抬起头来。"你认识他？"

"算吧。"巴伦并不老实回答。

"那你知道他是什么人咯?"她问。

"你呢?"巴伦反问。

"算吧,"她原话奉还,"最开始我当他是下手的目标。"

巴伦捋了捋头发,莱拉第一次发现他的头发稀疏了很多。"天啊,莱拉,"他咕哝道,"你拿了他什么东西?"

她的目光飘向柜子最底层的抽屉,又回到凯尔身上。在床上那条黑毯子的衬托下,他的脸色和死人一样惨白,而且一动不动,只有胸膛微微起伏。

她曾经把这个魔法小子束缚在床上,当时他是那么警醒,如今毫无防备。脆弱不堪。她的目光从他的小腹起步,越过受伤的肋部,直到喉咙,又顺着赤裸的胳膊下行,看见了绑在前臂上的匕首。这次她没有碰。

"发生了什么?"巴伦问。

莱拉不太确定怎么回答这个问题。今晚的遭遇太反常了。

"我偷了东西,他找了过来。"她轻声说,目光无法离开凯尔的脸。他睡着时看起来更年轻。"然后拿回去了。我以为这事儿结束了,但有人来找他,结果找到了我……"她顿了顿,接着说,"他救了我的命,"她眉头微蹙,似在自言自语。"我不知道为什么。"

"所以你带他来这里。"

"很抱歉,"莱拉扭头望着巴伦,"我没有别处可去。"这些话说出来更让人难受。"等他醒了——"

巴伦摇摇头。"我希望你待在这里,而不是死在外面。干这事的人……"他摆手示意凯尔的身体,"他们死了吗?"

莱拉摇摇头。

巴伦皱起眉头。"最好告诉我他们长什么样,我就不放他们进来了。"

莱拉尽可能仔细地描述霍兰德的样貌。褪色的外表。异色的眸子。"他和凯尔给人的感觉类似，"她又说，"不知道你明不明白。就像……"

"魔法。"巴伦实话实说。

莱拉瞪大眼睛。"你怎么……"

"打理一家酒馆能遇上各种各样的人。打理这家酒馆能遇到的，不止是各种各样的人。"

莱拉这才意识到自己冷得发抖，她更衣的时候，巴伦给凯尔找衣服去了。他回来时多拿了一条毛巾、一小摞衣服，还有一碗热气腾腾的汤。莱拉既觉得讨厌，又心怀感激。巴伦的善意与诅咒无异，因为她知道自己配不上。不公平。巴伦不欠她的。她却欠了他很多。太多了。多到让她发疯。

然而，饥饿的程度堪比疲惫，皮肤上的寒气很快钻进了骨髓，于是她接过汤，咕哝了一句"谢谢"，在已经欠下的账本上又添了一笔，好像这种债务还得清似的。

巴伦离开他们，下楼去了。窗外夜色仍浓。雨还在下。

她不记得自己是怎么坐下的，一个小时后醒来时，她裹着毯子，坐在那把木头椅子上。她四肢僵硬，凯尔还在熟睡。

莱拉活动了一下脖子，凑向前去。

"你为什么回来？"她又问了一遍，仿佛凯尔能在睡梦中回答。

但他没有回答。没有呓语。没有辗转反侧。他静静地躺在那里，肤色惨淡，一动不动，莱拉时不时探一面小镜子在他唇边，以确定他尚未死去。他赤裸的胸脯还在起伏，她注意到除了新近受的伤，他身上几乎没有伤疤。肩膀上有一条模糊的线。手掌上的则新鲜得多。肘部有一个模糊的记号。

　　莱拉的伤疤多到数不清，但她可以数清凯尔的。她确实数了。好几次。

　　楼下的酒馆已经安静下来，莱拉离开椅子，又烤了一些草药，给银怀表上发条，等待凯尔醒来。睡意拉扯着她的骨头，可每当她打算休息，就仿佛看见霍兰德穿墙而出，与凯尔来的方式一样。胳膊隐隐作痛，就是他抓的部位，是一种残留的烧灼感，她忍不住摸向腰间的燧发枪。

　　如果她再开一枪，这次不会打偏。

Part eight

Shades of Magic

约 定

I

那天夜里，凯尔第二次在莱拉床上醒来。

不过他发现这次没有绳索。他的双手搁在两边，无拘无束，只有一张粗布毯子盖在身上。他过了好一会儿才想起这是莱拉的房间、莱拉的床，拼凑起关于霍兰德、小巷和流血的记忆，随后是莱拉的搀扶和她的声音，如注的大雨。现在雨停了，天空逐渐露出微弱的晨曦，一时间，凯尔满脑子都是回家的念头。不是红宝石地的简陋房间，而是王宫。他闭上眼，好像听见莱在敲他的门，让他换衣服，因为马车已在等待，人们翘首以盼。

"快起来准备，不然就不等你了。"莱会这样说着，闯进他的房间。

"那就别等我。"凯尔呻吟一声。

"想都别想，"莱回答道，露出王子的迷人笑容，"今天不行。"

外面传来一辆马车经过的响动声，凯尔眨眨眼，眼前的莱消失不见。

王室成员是不是已经开始担心他了？他们是否知道发生了什么事？他们从何得知呢？就连凯尔自己都不知道。他只知道手里有石头，必须将其处理掉。

他试图坐起来，然而身体强烈抗议，他被迫咬着舌头，以免哭喊出声。他的皮肤、肌肉、每根骨头……无不疼痛难忍，而且持续不断，仿佛他不是人，而是一大块淤青。就连胸膛里的心脏起搏、血管内的血液流动，都痛得他肝肠寸断。他尝到了死亡的滋味。这是他最接近死亡的一次，比他任何时候所期望的都更加接近。等疼痛——至少是疼痛的新鲜感——减轻了少许，他撑着床头板，慢慢地起身。

等视野渐渐清晰，他发现自己正与莱拉对视。她依然坐在床尾的那把椅子上，膝上搁着手枪。

"你为什么要那样做？"她的问题脱口而出，仿佛等待已久。

凯尔眯起眼睛。"做什么？"

"回来。"她低声说道，"你为什么回来？"还有两个字悬而未出，但对方明白。*救我*。

凯尔极力把四分五裂的思绪拼凑起来，但那种僵硬和疼痛的感觉与肉体一般无二。"我不知道。"

看样子莱拉对这个回答不大满意，但也只是叹息一声，把武器收回腰上的皮套。"你感觉怎样？"

糟透了，凯尔心想。而当他低头检视自己，发现尽管浑身都疼，可胳膊上的伤，也就是铁钉穿透的部位，还有盗剑杀手在肚子上划开的口子，几乎都愈合了。"我睡了多久？"

"几个小时。"莱拉说。

凯尔小心翼翼地摸了摸肋部。没道理。这么深的割伤需要几天时间愈合，几个小时远远不够。除非他有——

"我用了这个。"莱拉说着,扔来一个圆形罐头。凯尔抬手接住,痛得挤眉弄眼。包装上什么都没写,但他立刻认了出来。小小的铁罐头里装着一种治疗药膏。不是随便什么治疗药膏,而是他的药膏,盖子上印有圣杯和旭日浮雕的王室徽章。几周前被他放错了位置。

"你在哪里找到的?"他问。

"从你的外套口袋里,"莱拉伸了个懒腰,"对了,你知道你的外套不止一件吗?我真的翻了五六次才找到这个。"

凯尔盯着她,目瞪口呆。

"怎么?"她问。

"你怎么知道这是做什么用的?"

莱拉耸耸肩。"我不知道。"

"如果装的是*毒药*呢?"他厉声问道。

"真是说不过你,"她回嘴说,"这玩意儿闻着不赖。看上去也不赖。"凯尔呻吟了一声。"还有,我当然先在自己身上试过了。"

"你说什么?"

莱拉抄起胳膊。"我不会重复我的话,再让你大惊小怪地瞅着我。"凯尔摇摇头,无声地骂了一句,她则冲着床尾的一堆衣服点点头。"巴伦给你拿的。"

凯尔皱起眉头(圣徒啊,皱一下眉头都疼)。他和巴伦有*生意*上的约定。他非常确定其中不包括为他提供避难所和个人用品。否则他会因为给巴伦带来麻烦而欠上人情——这本身就是麻烦。他俩都清楚。

凯尔取过一件干净的衣服,慢慢腾腾地穿上身,他感觉到莱拉的目光形影不离。"怎么了?"他问。

"你说没人会跟踪你。"

A Darker Shade of Magic

"我说的是没人能跟踪，"凯尔纠正道，"因为确实没人做得到，除了霍兰德。"凯尔看着双手，眉头深锁。"我从未想过……"

"只有一个人就不能叫'没人'，凯尔。"莱拉说。然后她吁了一口气，捋了捋黑色短发。"不过我想那时候你的脑子也不大清醒。"凯尔吃惊地抬头。她原谅了自己吗？"而且我还用一本书打了你。"

"什么？"

"没什么，"莱拉摆摆手说，"这么说那个霍兰德，跟你一样？"

凯尔吞了吞口水，想起霍兰德在巷子里说的话——我们或许拥有同样的能力，但我们并不因之而平等——他说话时阴沉着脸，表情几近鄙夷。他想起另一个安塔芮皮肤上烧灼的印记，胳膊上累累的伤痕，还有当霍兰德割肉放血时，白国王得意的笑容。不，霍兰德与凯尔不一样，凯尔一点儿都不像霍兰德。

"他也可以在世界之间穿梭，"凯尔解释。"在这一点上，我们是类似的。"

"眼睛呢？"莱拉问。

"是我们的魔法印记，"凯尔说，"安塔芮。那是外界对我们的称呼。血魔法师。"

莱拉咬着嘴唇。"还有别的家伙需要让我知道吗？"她问。凯尔似乎看到一点异样的情绪——害怕？——在她脸上一掠而过，但很快就被抬起的下巴掩盖了。

凯尔缓缓地摇头。"不，"他说，"只有我们两个。"

他以为她会释怀，但她的表情更加严肃。"这就是他没有杀你的原因？"

"此话怎讲？"

莱拉凑向前来，但并未离座。"是这样的，如果他想杀你，他早就杀了。为什么放干你的血?为了好玩吗?看上去他也不是很享受。"

她说得对。霍兰德可以直接割开他的喉咙。却没有这么做。

杀死安塔芮是极其困难的。霍兰德的话在凯尔脑海里回荡。但我不——

不什么?凯尔颇为好奇。结束一个*安塔芮*的生命或许是很难,但并非毫无可能。霍兰德到底是抗拒命令,还是执行命令?

"凯尔?"莱拉催促他。

"霍兰德从来不会享受什么,"他声若蚊蝇,然后猛地抬头,"石头在哪里?"

莱拉久久地、意味深长地看着他,说道:"在我这里。"

"那就还给我。"凯尔说道,要求之迫切令他自己也大为吃惊。他告诉自己,石头在他手里最安全,但其实他希望*握着*它,而且有种预感挥之不去,那便是如果他能握着石头,肌肉的疼痛会有所缓解,血液会恢复力量。

她的眼珠子骨碌一转。"又来。"

"莱拉,听我说。你不知道它——"

"其实,"她打断他的话,站了起来,"我对它的能力已经有了一点概念。如果你想要回去,那就全告诉我。"

"你不会明白的。"凯尔下意识地说。

"说来听听。"她不服气。

凯尔眯着眼睛看她,这个奇怪的女孩。莱拉·巴德似乎总有办法搞清楚事情的真相。她能活到现在,也能说明一点问题。而且她还回去救了他。他不知道原因——一般来说,匪贼是不受道德约束的——但他知道,要是没有她,他现在的处境势必糟糕得多。

"好吧,"凯尔说着坐到床边,"石头来自一个叫做黑伦敦的地方。"

"你提过别的伦敦。"她说，似乎这种说法虽然古怪，但也并非完全不可能。她不大容易惊慌失措。"有多少个呢？"

凯尔捋了捋红褐色的头发。因为之前淋雨，加上睡了一觉，现在乱七八糟。"有四个世界，"他说，"可以将它们想象成四个房屋，建在同样的地基上。它们之间截然不同，只有地理环境相似，其实每座城市都跟这里差不多，位于岛国，跨河而过，而且每座城市都叫伦敦。"

"那很容易混淆。"

"不会，真的，你要是只住在其中一个伦敦，根本不需要想到别的伦敦。但作为往来其中的人，我使用颜色进行区分。灰伦敦，就是你所在的。红伦敦，是我所在的。白伦敦，霍兰德所在的。还有黑伦敦，没人。"

"为什么？"

"因为黑伦敦沦陷了，"凯尔摩挲着后颈，挂吊坠的绳子在那里被一把扯断，"一片黑暗。关于魔法，你必须明白的第一件事，莱拉，就是它并非没有生命。魔法是活的。活的方式与你我大不一样，但生机勃勃。"

"所以说它生气了？"她问，"在我赶走它的时候？"

凯尔皱起眉头。他从未见过魔法活跃到*那种地步*。

"大约三百年前，"他默默地计算了一番（这样说起来更遥远，简单说"从前"达不到效果），缓缓说道，"四个世界相互连接，魔法和施法的人能够通过无数的源头，不大费力地在世界之间穿梭。"

"源头？"

"巨大的自然力量之池，"凯尔解释，"有的小而僻静——比如遥远东方的树林、大陆上的溪谷——多是庞然大物，就像你们的泰晤士河。"

"泰晤士河?"莱拉嗤之以鼻,"魔法的源头?"

"也许是世上最大的源头,"凯尔说,"不是你在这里看到的模样,如果你能在我的伦敦看到它……"凯尔没有说下去。"正如我所说,世界之间的大门敞开着,四个伦敦彼此相通。但即便交流频繁,它们的力量也不是完全对等的。假设真正的魔法是火,那么黑伦敦就太接近热源了。"照这个逻辑,白伦敦在力量上位居第二,凯尔心里清楚,但如今无法想象,"据说力量不仅仅流淌在血液里,还在万物之中搏动,犹如另一个灵魂。后来,它变得太过强大,反噬了宿主。"

"世界是平衡的,"凯尔说,"一边是人性,一边是魔法。万事万物皆是如此,在一个完美的世界里,两者维持着某种程度上的和谐,强弱并不分明。但大多数世界都不完美。在灰伦敦——你所在的伦敦——人性过强,魔法较弱。而在黑伦敦,情况正好相反。那里的人不光体内有魔法,还放任魔法进入他们的思想,结果被其取而代之,燃尽了他们的生命。他们成了容器和渠道,承载着魔法的意志,魔法通过他们将意念化成现实,模糊了两者之间的界限,并将他们摧毁殆尽,创造、破坏和腐蚀一切。"

莱拉什么都没说,一边听,一边踱步。

"它如同瘟疫一般蔓延开来,"凯尔接着说,"另外三个世界避之不及,纷纷关闭大门,抵挡疾病的侵袭。"他没有提到红伦敦首先退避,他们闭关锁国,别的城市只能照做,导致白伦敦被夹在关闭的大门和魔法沸腾的黑伦敦之间。他也没有说夹在当中的世界被迫独自抵抗黑暗。"随着源头受限,大门封闭,其余的三座城市各自为政,分道扬镳,变成了如今的模样。但黑伦敦及其所在世界的情况,我们只能猜测。魔法需要活生生的宿主——它也只能在生命鲜活之地才能兴盛壮大——于是大多数人推断，瘟疫毁灭了宿主，无所依存，仅剩烧焦的残骸。没人知道事情的真相。随着时间的流逝，黑伦敦成了鬼故事、民间传说。人们口耳相传，还有的不相信它的真实性。"

"但石头……"莱拉还在踱步。

"那块石头不应该存在，"凯尔说，"大门封闭的时候，为保周全，所有黑伦敦的遗物都被找到，并且销毁了。"

"显然不是*所有*遗物。"莱拉说。

凯尔摇摇头："白伦敦对待大清扫的态度应该比我们更迫切。你要知道，他们害怕大门关不严实，担心魔法破门而入，吞噬他们。他们在清扫过程中，针对的不止是物品和法器。只要被怀疑拥有黑伦敦邪物的人——或是与其有瓜葛的——都被割了喉咙。"凯尔指着自己的黑眼睛，"据说有人误将安塔芮的记号当作邪物，趁夜把他们从家里拖出来。整整一代人遭到了屠杀，后来他们才明白，没有了世界之间的大门，这些魔法师是唯一能接触外界的方式。"凯尔放下手。"但你说得对，显然不是*所有*遗物都被摧毁了。"他暗自揣测，石头之所以受损，可能就是这个原因，也许他们试着将其毁掉，结果失败了，就埋了起来，后来有人把它重新挖出来。"石头不应该存在，也不允许存在。它是……"

莱拉停下了脚步。"邪物？"

凯尔摇摇头。"不，"他说。"它是维塔芮。从某个方面来说，我怀疑它是否纯粹。但它是纯粹的潜能，纯粹的力量，纯粹的魔法。"

"而且没有人性，"莱拉说，"没有平衡。"

凯尔点点头。"缺少平衡的纯粹是一种自我腐化。这块符文石要是落到坏人手里，后果不堪设想……"*落到任何人手里都是*，他心想，"石头的魔法是末日世界的魔法。它不能留在这里。"

"那么,"莱拉说,"你打算怎么做?"

凯尔闭上眼。他不知道谁得到了石头,又是如何得到的,但他理解他们的恐惧。回想起石头在霍兰德手中的情形——或者设想它在阿索斯和阿斯特丽德手中的场景——令他反胃。而他的身体呼唤着符文石,渴望得到它,这是最最可怕的事情。黑伦敦因为这种魔法而沦陷。它又会给别的伦敦——饥饿难耐的白伦敦,唾手可得的红伦敦,无遮无拦的灰伦敦——带来怎样的伤害?

不,石头必须销毁。

但如何做到呢?这东西与其他遗物不一样。不能扔进火里烧掉,或用斧头砍烂。看起来有人尝试过,断裂的边缘似乎并未减弱其能力,也就是说,即便他成功地将其粉碎,可能只是让它化作千万块,导致每一块碎片都变成武器。它可不是虚有其表;石头拥有自己的生命——以及意志——这一点已经不止一次地展现。唯有强大的魔法可以将之摧毁,但考虑到符文石即是魔法本身,他很怀疑魔法有这个能耐。

凯尔感到头疼,他意识到如果真的无法销毁,就只能处理掉。送走,送到不会造成伤害的地方。只有放在一个地方是安全的,远离所有的人。

凯尔知道他必须做什么。早在他拿到石头的时候,他的内心深处就意识到了。

"这个属于黑伦敦,"他说,"我必须送回去。"

莱拉扬起头。"可你怎么送呢?你都不知道那里还有什么,就算你知道,你也说了,世界已经封闭。"

"我确实不知道那里的情况,但**安塔芮**的魔法最初就是用来制造世界之间的大门。**安塔芮**的魔法也可以封闭大门。照此推断,**安塔芮**

的魔法能够再一次将其打开。至少可以打开一条缝隙。"

"那你为什么不试呢？"莱拉眼里精光一闪，反问道，"为什么别人不试？我知道你这种人不多，可你别告诉我，在你们封闭自我的数百年间，没有一个**安塔芮**受过好奇心的驱使，试着回去看看。"

凯尔注视着她得意洋洋的笑脸，不禁感到庆幸，她没有魔法来做这个尝试是人类的福气。至于凯尔，他当然有过好奇心。从小到大，他在内心深处就不大相信黑伦敦的事情是**真**的，甚至觉得从头到尾都是虚构的——毕竟大门封闭了太久。哪个小孩不想知道睡前故事的真假？然而，就算他想打破封印——他不想，因为缺乏足够的勇气面对另一边的黑暗——他也没有办法。

"也许有人的好奇心特别强烈，"凯尔说。"但是**安塔芮**制造一扇门需要**两样**东西：一是鲜血，二是目的地的信物。我说过，遗物全都销毁了。"

莱拉瞪大了眼睛："石头就是信物。"

"石头就是信物。"凯尔重复道。

莱拉指着木墙，就是凯尔最初进来的地方说："那你打开一扇通向黑伦敦的门，然后怎样？把石头扔进去？那你还在等什么呢？"

凯尔摇摇头："我没法在这儿制造一扇通向那里的门。"

莱拉恼怒地哼了一声："可你刚刚说——"

"还有别的伦敦隔在当中。"他解释。床边桌上搁着一本小书，他翻开书页。"各个世界就像这些纸张，"他说，"一个叠在另一个之上。"他就是这样理解的，"你必须按照顺序移动。"他捏起几张纸。"灰伦敦。"他说着，放开一张，任其落下去。"红伦敦。"他又放开一张。"白伦敦。"第三张落下。"然后是黑伦敦。"剩余的书页回归原位。

"这么说你要依次穿过去。"莱拉说。

说起来简单，实则不然。毫无疑问，红伦敦的王室肯定在寻找他，圣徒才知道还有没有别人（霍兰德在那里有没有傀儡？他们是不是也在找他？）而且他没了挂坠，需要寻找新的物件从那里进白伦敦。一旦他走到那一步——如果他能够走到那一步——假设孪生戴恩没有立刻攻击他，再假设他可以打破封印，开启通向黑伦敦的大门，石头也不能直接扔过去。大门不是那样运作的。凯尔需要跟它一起过去。他尽量不去想这件事。

"那么，"莱拉的眼睛闪耀着神采，"我们什么时候出发？"

凯尔抬起头。"不是我们。"

莱拉背靠着墙，就在凯尔之前铐着她的位置旁边——她用刀乱砍一气才获得自由，所以木板已经破烂得不成样子——仿佛是在提醒他，两人都经历了什么。

"我也想去，"她不依不饶，"我不会告诉你石头在哪里。除非你答应让我去。"

凯尔握手成拳。"你召唤的对霍兰德的束缚不会持续太久。安塔芮的魔法非常强大，足以将其驱散。等他醒了，他很快就能搞清楚情况，然后挣脱出来，再次追杀我们。所以我没时间陪你玩游戏。"

"这不是游戏。"她淡淡地说。

"那是什么？"

"一个机会，"她离开了木墙，"一条出路。"她平静的表情起了变化，凯尔得以瞥见深藏其间的东西。渴望、恐惧，以及孤注一掷。

"你想出去，"他说，"但你不知道你即将去的是什么地方。"

"我不在乎，"她说，"我想去。"

"你去不了。"凯尔撑着床板，站了起来。一阵轻微的眩晕袭来，他靠着床，等待神志恢复清醒。

她嘲弄地笑笑:"你这样子一个人也去不了。"

"你不能跟来,莱拉,"他又说,"只有安塔芮才能在世界之间穿行。"

"我的石头——"

"那不是你的。"

"现在是的。你也说了,石头是纯粹的魔法。它产生魔法。它会让我通过。"她说,语气确凿无疑。

"如果不行呢?"他反问,"如果它不是无所不能呢?如果它只是一个施放简单咒语的小玩意儿呢?"但莱拉看样子不相信他的话。他自己也不相信。他握过石头。他感受过它的力量,无边无际的力量。然而,他不希望莱拉尝试。"你不可能完全肯定。"

"那是我要冒的险,你不用操心。"

凯尔盯着她。"为什么?"他问。

莱拉耸耸肩:"我是一个被通缉的男人。"

"你又不是男人。"

莱拉浅浅一笑:"警方目前还不知道。也许这就是我还在被通缉,而没有被绞死的原因吧。"

凯尔仍然不肯让步。"你到底为什么想这么做?"

"因为我傻。"

"莱拉——"

"因为我不能留在这里,"她收敛了笑容,厉声说道,"因为我想看看世界,即便是不属于我的世界。还有,因为我会救你的命。"

疯了,凯尔心想。绝对疯了。她根本不可能通过大门。就算石头有用,就算她真的过去了,然后呢?夹带私货是叛国重罪,凯尔非常确定这条法律也包括了人,尤其是逃犯。走私一个音乐盒和协助一个盗贼逃亡显然是两码事。那么走私黑伦敦的遗物呢？凯尔的脑海里有个声音斥责他。他揉了揉眼睛。他感到莱拉正盯着他。先不提叛国重罪，她是灰世界的人，不属于他的伦敦。太危险了。简直疯了，他疯了才会允许她尝试……但莱拉说对了一件事，凯尔目前不够强壮，无法一个人去。更糟糕的是，他不想一个人去。他害怕——比他愿意承认的还要害怕——这个任务，以及最后等待他的命运。他需要一个人转告红王室——告诉母亲、父亲和莱——发生了什么事。他不能把危险带到他们的家门口，但他可以让莱拉带口信。

"你对这些世界一无所知。"他说，但语气已经没有那么决绝。

"我当然知道，"莱拉兴高采烈地还嘴，"有乏味的伦敦、凯尔的伦敦、恐怖的伦敦，和死掉的伦敦。"她一边用手指计数，一边背诵。"瞧？我学得多快。"

你毕竟是人类，凯尔心想。一个奇怪的、固执的、残酷的人类，但人类全都一个样。微弱的光线透过雨帘，慢慢地照亮了天空。他不能再原地不动，跟她耗下去。

"把石头给我，"他说，"我让你一起走。"

莱拉差点笑出声来。"还是放在我这儿吧，等我们进门的时候再说。"

"如果你没活下来呢？"凯尔反问。

"那你就在我的尸体上搜，"她冷冷地说，"我不会介意的。"

凯尔瞪着她，一时间不知所措。究竟是她虚张声势，还是真没什么可损失的？但她有生命，生命这东西是随时可能丢掉的。她如何能无所畏惧，连死亡都不在乎？

你怕死吗？霍兰德之前在巷子里这样问他。凯尔怕死。从他记事开始就一直怕死。他怕失去生命，怕消失于世。莱拉的世界也许相信天堂和地狱，但他的世界相信尘土。他小时候学到的就是，魔法归于魔法，尘土归于尘土，肉体死亡之后，两者就会分开，曾经兼而有之的人就走了，没了，就无可延续，无所留存。

长大后，他做过不少噩梦，梦到自己突然四分五裂，前一刻他正在庭院里奔跑，或是站在王宫的台阶上，下一刻就灰飞烟灭。莱每每把他摇醒，他大汗淋漓，气喘吁吁。

"你不怕死吗？"他问莱拉。

她看着凯尔，似乎对方提了一个不可理喻的问题。然后她摇了摇头。"凡人皆有一死，"她应道，"我不怕死。可我怕死在这里。"她摆手示意房间、酒馆和城市。"我宁可在冒险中死去，也好过一成不变地活着。"

凯尔注视着她，过了好一会儿才说："很好。"

莱拉困惑地皱起眉头："你什么意思，很好？"

"你可以来。"凯尔解释。

莱拉咧嘴笑了。她容光焕发，好像脱胎换骨，看起来更年轻了。她望向窗外。"就快日出了，"她说，"霍兰德很可能在找我们了。你怎么样，能走路了吗？"她问。

杀死安塔芮是极其困难的。

凯尔点点头，莱拉披上斗篷，佩好武器，动作干净利落，仿佛担心要是耽搁太久，他就会改变主意。而他只是站在原地，惊叹不已。

"你不想道别吗？"他指着地板说，巴伦正在楼下某处。

莱拉犹豫了，低头盯着靴子和脚底的世界。"不了。"她轻声说，这是他们相遇以来，她头一次使用不确定的语气。

他不清楚莱拉和巴伦之间的羁绊有多深，但他放过了这个问题。他没有责备她的意思。毕竟，他也不打算半路上回王宫一趟，最后见一次他的兄弟。他告诉自己那样做太危险，再说莱也不会放他走的，

176

但最接近事实的原因是，道别是凯尔不能承受之重。

凯尔的外套搭在椅子上，他走过去，从里到外、从左到右地翻了一次，把破旧的黑色换成了红宝石色。

掩藏的好奇心犹如摇曳的烛火，却不曾在她眼里闪耀，或许夜里翻找口袋时，她已经见识过这个把戏了。

"你觉得这里面有多少件？"她漫不经心地问道，仿佛问的是天气，而不是复杂的魔法效果。

"我也不大确定，"凯尔说着，摸进金线镶边的口袋，当指头碰到一枚备用的硬币时，他暗暗松了口气，"我常常以为已经全部找齐了，然后无意间又翻出一件新的。有时候旧的也会消失。几年前我翻出过一件短外套，是难看的绿色，袖子打了补丁。不过，那之后我就再没见过。"他从兜里掏出红伦敦的令币，亲了一口。硬币是完美的开门钥匙。理论上，一个世界的任何一样东西都能行——凯尔的穿戴大多来自红伦敦——但硬币式样简单、结实耐久、特点鲜明、成功率高。他承担不起把事情搞砸的后果，尤其是还有一条人命要负责（确实如此，无论她自己怎么说）。

他寻找开门的信物时，莱拉掏空了自己口袋里的钱币——各式各样的先令、便士和法寻——堆在床边的柜子上。凯尔拿走了半个便士，以替代他丢失的灰伦敦信物。与此同时，莱拉咬着嘴唇，低头盯着硬币发呆，双手插在斗篷的内兜里，摆弄着什么东西。过了一会儿，她取出一块精美的银怀表，将其放在钱币旁边。

"我准备好了。"她说着，硬生生地把目光从怀表上移开。

我还没有，凯尔心里想着，披上外套，走向房门。又一阵更为轻微的眩晕袭来，但过程比他开门时的那一次短暂多了。

"等等，"莱拉说，"我以为我们会从你来的路走。穿墙而过。"

"墙并不会永远处于它们该在的地方。"凯尔回答。其实,比邻酒馆就是永无变化的地方之一,也因此不大安全。红伦敦的落日酒馆应该坐落在同样的位置,但也是凯尔做生意的地方,如果有人来找他,那里是首要的目标之一。

"况且,我们不知道会有什么——或者谁——"他纠正道,因为想起了受他们摆布的那些杀手,"等在另一边。在我们过去之前,最好是靠近我们的目的地。明白吗?"

莱拉好像没有听懂,但还是点点头。

两人蹑手蹑脚地走下楼梯,路过一处巴掌大的平台,那儿有条狭窄的过道,几个房间嵌在其中。莱拉在最近的房门外止步,仔细聆听。低沉的鼾声从木门后传来。是巴伦。她飞快地摸了一下房门,从凯尔身边挤过去,走完剩余的楼梯,再也没有回头。她拉开后门的闩子,匆匆钻进小巷。凯尔跟着出去,站在门外,抬起手来,操纵铁锁回归原位。他听见哗啦一声响动,便放心地转过身,发现等在前方的莱拉背朝酒馆,仿佛一切已经成了过去式。

II

雨已经停了，街道沉闷而潮湿，尽管路面湿滑难行，十月的天气又寒冷刺骨，伦敦依然强打精神苏醒了。他们听见了马车辘辘的声响，闻到了新鲜面包和刚点燃的柴火的气息，商人和买主慢慢活泛起来，他们打开店铺的门窗，为白天的生意做着准备。凯尔和莱拉穿过朝气蓬勃的城市，借着淡淡的晨光赶路。

"你确定带了石头在身上？"凯尔问道。

"当然，"莱拉撇了撇嘴，"如果你有偷回去的想法，我建议你放弃，因为你非得搜我的身不可，无论你用不用魔法，我敢打赌不等你摸到石头，我的刀会先找到你的心窝子。"她说话漫不经心，却有十足的自信，凯尔怀疑她并非夸大其词，也无意证明真假。他移开视线，观察着周围的街道，在脑海中勾勒另一个世界的景象。"我们快到了。"

"到哪儿？"她问。

"惠特伯里街。"他说。

他以前来过惠特伯里街（可以抄近路到他在红宝石地的房间，便

A Darker Shade of Magic

于他在回宫之前，放下刚刚到手的物品）。更重要的是，惠特伯里街上的商铺并不是紧挨着红宝石地酒馆，而是隔着不到两个街区的距离。他很早以前就学到了，千万不要直接去另一个世界的目的地。如果那儿有什么麻烦，你就躲也躲不掉了。

"红伦敦有一家酒馆，"他解释道，尽量不去想最后一次在那里的情形。追踪咒、袭击事件，以及巷子里的几具尸体。都是他造成的。"我在那里有间房，"他接着说，"有我开门去白伦敦用得着的东西。"莱拉并未注意到他刚才说的是*我*，而非*我们*，也有可能她注意到了，只是懒得纠正他。事实上，在两人七弯八拐的行进途中，她好像心事重重。凯尔始终扬着下巴，感知着周遭的一切。

"我不会撞见我自己吧？"莱拉打破了沉默。

凯尔瞟了一眼。"你说什么？"

她踢起一块松动的石头。"我是说，那是另一个世界，不是吗？另一个版本的伦敦？是不是有另一个我呢？"

凯尔皱着眉头。"我*从来没有*遇到过像你这样的。"

他的本意不是赞美，但莱拉当真了，冲他微微一笑。"我能说什么呢，"她说，"我可是独一无二的。"

凯尔回以同样的笑容，她却倒吸一口气。"你脸上那是什么？"

笑容消失了。"什么？"

"算了，"她哈哈一笑，"现在没了。"凯尔只好摇摇头——他没有领会到笑点——不管有什么好笑的，反正莱拉是开心了，走向惠特伯里街的一路上吃吃地笑个不停。

等他们转进熟悉的小巷，凯尔在两家门店中间停下脚步，一家是牙科诊所，一家是理发店（在红伦敦，一家是草药铺，一家是石匠铺）。如果仔细观察，还能看到面前的砖墙上有凯尔的血迹，遮掩在狭窄的屋檐下。莱拉凝视着砖墙。"这就是吗？你的房间？"

"不是，"他说，"我们从这里穿过去。"

莱拉的拳头握紧又松开。凯尔以为她肯定害怕了，但当她投来目光，眸子却是亮晶晶的，脸上挂着笑意。

凯尔吞了吞口水，走到砖墙前面，莱拉也一样。他犹豫不决。

"你在等什么？"

"没什么，"凯尔说。"只是……"他脱下外套，披到她肩上，仿佛这样一来就能瞒天过海，魔法就没法分辨人类和安塔芮了。他怀疑外套起不到任何作用——无论石头能否让她通过——但他还是给了。

然后，莱拉取出自己的手帕——也就是当时她摸口袋时递给他的那块，后来他晕倒在房间地板上，她又将其拿了回去——塞进他的裤子口袋里。

"这是干什么？"他问。

"感觉这样才对，"她说，"你给了我一样东西。我也给你一样。现在我们俩连起来了。"

"不是这样的。"他说。

莱拉耸耸肩。"又没坏处。"

凯尔认为这话没错。他拔出小刀，划过手掌，鲜血立刻渗了出来。他用指头蘸了蘸，在墙上画了一条线。

"石头拿出来。"他说。

莱拉的眼神写满了不信任。

"你需要用它。"他催促道。

她叹息着，从自己的外套里抽出一顶宽檐帽。帽子揉得皱巴巴的，但她一抖腕就将其展开了，又像变魔术一样从里面掏出黑石。看到石头的刹那，凯尔心里一动，血液充满渴望，他竭尽全力才克制住摸向石头的冲动。他好容易才恢复镇定，第一次产生了幸好石头不在他手里的想法。

莱拉握住石头，凯尔则握住莱拉的手，隔着她的骨肉都能感受到符文石的嗡鸣。他尽量不理会它的歌唱。

"你确定吗？"他最后一次问。

"肯定能成。"莱拉说。她的语气没有之前那么坚定不移，与其说她相信能成，不如说是*希望*能成，于是凯尔点点头。"如你所说，"她接着说，"人人都有人性和魔法。那就是说我也有。"她抬头与凯尔对视。"现在会发生什么事？"

"我不知道。"他诚恳地回答。

莱拉靠近了些，两人的肋部贴在了一起，他甚至感觉到她的心脏在狂跳。她很善于隐藏恐惧。眼里绝不流露，脸上也不见任何异样，然而心跳揭穿了她的伪装。这时，莱拉扬起嘴角，笑了，凯尔不知道她是因为害怕，还是有别的什么想法。

"我不会死的，"她说，"无论如何也要亲眼看看。"

"看什么？"

她笑得更加灿烂。"一切。"

凯尔也笑了。忽然，莱拉挑着他的下巴，拉近了他的嘴唇。亲吻转瞬即逝，犹如她的微笑。

"这是为什么？"他一时茫然无措。

"为好运，"她的肩膀靠在墙上，"其实我也不是特别需要。"

凯尔呆呆地望着她，然后强行转过身，面对血迹斑斑的砖墙。他握紧莱拉的手，指头摸着记号。

"As Travars。"他说。

墙退开了，旅者和盗贼走向前，穿了过去。

III

巴伦被吵醒了。

这已经是当天早晨的第二回。

酒馆里有响动再正常不过；响动的起伏与钟点有关系，有时候瓦釜雷鸣，有时候窸窸窣窣，但从不停歇，时大时小。即使打烊了，比邻酒馆也从未真正安静过。巴伦熟悉酒馆里的每一种响动，从地板的嘎吱到房门的呻吟，以及风在破旧墙壁上无数裂缝间来去的声音。

他熟悉得很。

而这种明显不一样。

巴伦接手这家夹缝中的酒馆——在他看来，这也是房子破旧不堪、摇摇欲坠的原因——已经太久了。久到明白怪事就像垃圾一样来来去去。久到见怪不怪，习以为常。虽说他与怪事无甚牵连，对于所谓魔法的奇异效果也毫无兴趣，但他还是逐渐产生了一种感应到怪事的直觉。

他侧耳聆听。

这时候，响动正在他头顶上。不大，一点儿也不大，但不对劲，随之而来的是一种感觉，在他的潜意识里。情况不妙。有危险。他的胳膊上汗毛倒竖，一向沉稳跳动的心脏开始紧张地咚咚作响。

响动又来了，他意识到那是踩在老旧木板上的嘎吱声。他从床上坐了起来。他头顶上是莱拉的房间。但脚步声不是莱拉的。

如果有人在你家住得够久（就像莱拉住在他家），你会熟悉他们制造的各种响动——不仅是嘴里发出的声音，还有他们走动的方式——巴伦熟悉莱拉那种愿意被人听见的脚步声，以及避免被人听见的脚步声，此时此刻，两者都不是。况且，就在不久前他第一次醒来时，听见的正是莱拉和凯尔离开的声音（他并未阻拦，因为他早就知道那是徒劳，也早就决定做她的港湾，留在这里等她回来，谁知道是何年何月）。

但如果不是莱拉在她房间里走动，那是谁呢？

巴伦下了床，把腰间的吊裤带拉到宽阔的肩膀上，又穿好靴子，那种毛骨悚然的感觉愈加强烈。

一把猎枪挂在门边的墙上，因为长久不用，已经锈了大半（至于楼下闹的乱子，通常以巴伦的大块头足以解决）。他抓着枪筒，从架子上取下来。拉开房门时，铰链的呻吟令他心惊胆战，然后他走上楼梯，向莱拉的房间摸去。

他知道，悄无声息是不可能的。巴伦可不是瘦猴儿，爬楼时靴子底下的木板嘎吱作响。等他来到上头那扇低矮的绿色房门前，他犹豫了片刻，耳朵贴着木门，却什么都听不见。一时间，他怀疑自己之前听错了。或许是莱拉离开后他睡得太浅，忧心忡忡，所以梦到了担忧的事情。一直抓着枪筒的指节已经泛白，此时他放松了些，呼了口气，考虑着是不是回床上去。突然，他听见钱币撒落的哗啦声，疑虑犹如烛火熄灭。他猛地推开门，端起猎枪。

莱拉和凯尔都走了，但房间不是空的：有人站在打开的窗前，手里掂着莱拉的银怀表。桌上的提灯发出怪异的白光，导致对方看起来淡然无色，无论是他炭色的头发、苍白的皮肤，还是褪色的灰外套。当他的目光从怀表上移开，投向巴伦的时候——他一副满不在乎的样子，似乎不为猎枪所动——酒馆老板发现他一只眼睛是绿色。另一只是深黑色。

莱拉对他描述过那个男人，还说了一个名字。

霍兰德。

巴伦没有犹豫。他拉开枪栓，猎枪冲着房间开火了，枪声震耳欲聋。等硝烟散去，淡然无色的不速之客仍然站在原地，毫发无伤。巴伦目瞪口呆。霍兰德面前的半空中有什么东西闪着微光，好一会儿巴伦才发现全都是弹丸。小小的铁珠悬在霍兰德胸前，然后落下去，如同冰雹砸在地上，哗啦作响。

巴伦还没来得及开第二枪，霍兰德手指一收，猎枪就脱出巴伦的掌握，飞过狭小的房间，撞在墙上。他下意识地冲过去，或者说打算冲过去，但身体却拒绝移动，牢牢地定在原地，这不是因为恐惧，而是更加强大的力量。**魔法**。他试图活动手脚，但那股不可抵挡的力量使它们纹丝不动。

"他们人呢？"霍兰德问。嗓音低沉、冰冷而空洞。

一颗汗珠顺着巴伦的脸颊流下，他拼命对抗魔法，却毫无效果。"走了。"他说，声如雷鸣。

霍兰德失望地皱起眉头。他从腰带里抽出一把弯刀。"这我知道。"他迈着稳健且响亮的步子走来，弯刀缓缓地逼近巴伦的喉咙。刀刃冰冷刺骨，锋利异常。"他们去哪里了？"

如果凑近了闻，凯尔有百合花和青草的气味。霍兰德闻起来像灰尘、鲜血和铁。

巴伦望向魔法师的眼睛。与凯尔的很像。又不一样。在那对眸子的深处，他看到了愤怒、仇恨和痛苦，不曾释放、不曾流露在脸庞上的情绪。"说啊！"对方逼问。

"不知道。"巴伦大吼。这是实话。他只能希望他们已经走远。

霍兰德撇了撇嘴。"答错了。"

他手里寒光一闪，巴伦感到喉头发热，随即失去了知觉。

Part nine

Shades of Magic
庆典与火

Part nine

Shades of Home
大漠孤烟

I

　　红伦敦一如既往地迎接凯尔回家。这儿没有雨水，绯红的天空布满如缕不绝的云朵，犹如艾尔河的倒影。马车在老旧的道路上辘辘行驶，香料和茶的美妙气味扑鼻而来，远处传来庆典的嘈杂声响。

　　自从凯尔带着伤，狼狈逃去另一个世界，到现在回到红伦敦，真的只有时间上的变化吗？此处平静无波，正常得令他大吃一惊，一瞬间疑窦丛生，不知道哪里出了差错。但他明白，这种平静仅仅流于表面——在河上的王宫某处，他的缺席必然引起了担忧；而城内的某处躺着两个死人，可能还会有眼神空洞的人在追杀他，企图夺回石头——不过在这里，刚才是惠特伯里，现在是威斯安那什，河流的一边是流泻的红光，另一边是旭日的照耀，红伦敦似乎没有察觉到危险，他所蒙受的危险。

　　一块小小的黑石，能够创造一切，也能够消灭一切。想到这里，他打了个寒战，拳头也握紧了，结果发现手里空空如也。

　　他急忙扭过头，希望看到莱拉站在身边，希望两人在穿越世界时只是隔开了一两步的距离。但他孤身一人。**安塔芮**魔法的痕迹还在，在墙上隐隐发光，标记着他与莱拉共同走过的路。

但莱拉不见了。

连同她手里的石头。

凯尔一拳砸在墙上，刚开始愈合的伤口又裂开了。鲜血顺着手腕流下，凯尔骂了一句，想在外套里找块布，却忘了早就将其披在了莱拉肩上。他正要接着骂，忽然想起莱拉的手帕。是她作为交换，塞在他裤子口袋里的。

感觉这样才对，她当时说。*你给了我一样东西。我也给你一样。现在我们俩连起来了。*

连起来，凯尔心想。他若有所思地拽出那块手帕。有用吗？如果她整个人化为齑粉，或是困在世界与世界之间（有传闻说，非**安塔芮**尝试开门，结果卡住了），那就谈不上有用。但如果她根本没过来，或者过来了，只是地点不同——无论生死——那就派得上用场。

他举起血迹斑斑的手帕，掌心贴着墙上那个渐渐模糊的记号。

"As Enose，"他命令魔法，"As Enose Delila Bard。"

★ ★ ★

莱拉睁开眼睛，满眼都是红色。

不是那种漆在房屋外面的大红，而是一种稀薄的、无处不在的色调，仿佛为她戴了一副有色眼镜。莱拉眨眨眼睛，仍然无法将之驱散。当凯尔称自己的城市为**红伦敦**时，她以为颜色是随意选择的——至少是比较寻常的理由。此时她才知道是字面意思。她吸了一口气，闻到了空气中的花香。百合花，金盏花，葵百合。气味浓郁，近乎甜腻,犹如香水——毫无疑问是凯尔体味的来源。过了好一会儿,她适应了新的环境,气味缓和了些(色调也是),但当她深深地吸了口气,喉咙又受到了刺激。

莱拉咳了几声,一动不动地躺着。她在巷子里,前面有一扇鲜红的门(是油漆的红色,不是视野的红色)。她感到身子底下是冰冷的,一块松动的街石隔着外套顶在她脊梁上。凯尔的外套。它就铺在地面上,像翅膀一样展开。

但凯尔不在这里。

她动了动手指,确信它们还听使唤,感觉黑石依然窝在掌心嗡鸣不休。**成功了**,她坐起来的时候惊呼了一声。真的**成功了**。

但不完美——如果完美,她和凯尔应该在同一个地方——但只有她过来了,应该说**过去了**。这是一个**新的**地方。

她做到了。

迪莱拉·巴德逃走了,扬帆远航。不是坐船,而是依靠一块石头。

至于**到底**身处何方,她毫无概念。等她站起来,才发现红色的源头不是天空,而是地面。她的右边明显比左边更红,而且——当她恢复了听觉——更为喧闹。不仅有小贩的吆喝声和车马川流的响动——看来是不同伦敦的共同点——还有愈加嘈杂的人声,全是欢呼、喊叫和喝彩。她知道自己应该待在原地不动,等凯尔来找她,然而心已经飞向色彩、光亮和声音汇聚的地方。

凯尔找到过她一次,她琢磨。再找到她一次应该没问题。

莱拉把黑石塞进破旧斗篷的内兜里(轻微的眩晕很快就过去了),然后抄起凯尔的外套,抖掉灰尘,披在身上。她以为外套过于宽大,不好整理,却出乎意料地合身,深黑色布料上的银纽扣排列得齐整且平坦。

A Darker Shade of Magic

真奇怪，莱拉想着，双手插在兜里。虽然不是目前为止最奇怪的事情，但还是很奇怪。

她开始走街串巷，其狭窄和曲折的样式与她所在的伦敦有些相似，但又不尽相同。店铺没有粗糙的石头和煤烟染黑的玻璃，而是由乌黑的木头、光滑的石头、彩色的玻璃和闪亮的钢铁建成的。房屋看起来既牢固，又有奇异的美感，一种能量（她想不出别的词）流淌在其中，甚至**万事万物**之中。她朝人群走去，震惊于世界的变化，这个世界的骨架与她的世界一样，但肉体是新鲜而美丽的。

她转过一处街角，看到了喧嚣的源头。无数人聚集在大道上，翘首以盼。他们看样子都是平民，但衣着比莱拉在故乡所见的寻常服饰精美太多。风格谈不上异域——男人穿着体面的高领外衣，女人戴着披肩，穿着收腰长裙——但柔顺的布料如同熔化的铁水，头发、帽子和袖口都夹杂着金线。

莱拉扯了扯凯尔的银扣外套，对它能够遮挡里面的破旧斗篷深感庆幸。透过熙熙攘攘的人群，她看见了前方的红色河流，就在泰晤士河的位置，奇异的光芒洋溢在两岸。

泰晤士河？魔法源头？

也许是世上最大的源头。不是你在这里看到的模样，如果你能在我的伦敦看到它……

它确实壮观。然而，相比河水，对莱拉吸引力更大的是铺满河面的船只。形形色色、大大小小的双桅横帆船、桨帆船、纵帆船和画舫，在红色的波浪上起伏，船帆鼓胀。数十种绘着纹章的织物在桅杆和船舷上飘荡，上方还悬挂着红色和金色的旗帜。它们闪闪发光地嘲弄着她。*来啊*，它们仿佛在说。*我可以成为你的船*。如果莱拉是男人，这些船就像搔首弄姿的美丽少女，令她别无所求。**去他的漂亮裙**

子，莱拉心想。我要一艘船。

尽管这支五花八门的船队足以使得莱拉啧啧称奇，但吸引人们眼球的不是华丽的船只，也不是神奇的红色河水。

一支游行队伍沿着大道走来。

莱拉来到人群边缘，正好有一排男人经过，他们浑身裹着长长的黑色布条，手脚好像卷线筒。他们掌中捧着火焰，随着不断地舞蹈、旋转，火焰起伏不定，光影流转，久久不灭。他们一路上念念有词，声音淹没在喧闹声中，莱拉情不自禁地向前挤去，想看得更清楚。这些男人很快就走远了，后面来了一排女人，穿着飘逸的长裙，同样的舞蹈，她们的动作更加流畅，而与之共舞的是水。莱拉睁大了眼睛：水在她们手中仿若丝带，蜿蜒盘旋，就像魔法。

当然了，莱拉心想，这就是魔法。

水舞者让位给土，接着是铁，最后是风，染色的沙尘从他们的掌心飞出。

每一位舞者的服饰各有风格，但胳膊和腿上都系着红色和金色的丝带，随风飘舞，如同彗星的尾巴跟着他们一路前行。

音乐在舞者们身后响荡，强劲如鼓点，优美如弦乐，来自莱拉见所未见的乐器，演奏的也是她闻所未闻的曲子。乐师们不断前进，音乐却在空中环绕，经久不散，遮盖在人们的头顶，仿佛音乐也有生命，令人昏昏欲睡。

接着过来的是骑着骏马的骑士，盔甲在阳光的照耀下闪闪发光，红色斗篷随风飘动。他们的坐骑高大雄伟，披着雪白、深灰和乌黑发亮的皮毛，没有一块斑点，在莱拉眼里，其美貌不逊于那些船只。它们的眸子犹如抛光的石头，有褐色，有蓝色，有绿色。它们顺滑的鬃毛，或黑色，或银色，或金色。它们的姿态优雅从容，与其体型和步伐形成鲜明对比。

骑士们全都打着旌旗，仿佛举着比武长枪，旗上有一轮金色的太阳映着赤红的天空。

当一群男孩从莱拉面前跑过去的时候——他们的胳膊和腿上也缠着丝带——她揪住其中一个的衣领。

"这是干什么？"她向这个扭来扭去的孩子发问。

孩子瞪大眼睛，说了一句话，却是她听不懂的语言。肯定不是英语。

"你能听懂我的话吗？"她边说边比画，但男孩只是摇头，挣扎得越来越猛烈，说着奇怪的语言，她只好放手。

又一阵热烈的欢呼声在人群中响起，她抬头看见一辆敞篷马车驶来。拉车的是几匹白马，马车两边各有一名全副武装的卫兵。马车上飘扬的旗帜更为华丽和精美：悬在圣杯上的一轮太阳是她在很多旗帜上见过的，杯中所盛的似是晨光，杯外刻着一个华丽的M，这些图案都是用金线绣在红色的绸布上。

马车上站着一男一女，两人牵着手，深红色的斗篷犹如瀑布，落在马车光洁的底板上。看样子两人常与阳光亲近，棕色皮肤和乌黑头发衬得黄金王冠格外耀眼。（王室，莱拉心想。当然了。这是另一个世界。另一对国王和王后。哪里都有王室。）

国王和王后之间是一个年轻男人，他抬起一只脚踩着座位，活像个威风凛凛的征服者，一顶纤细的王冠在他乌黑蓬乱的卷发上闪着光芒，纯金色的斗篷披在宽阔的肩膀上。王子。他举起手朝着人群挥舞，令他们如痴如醉。

"Vares Rhy！"对面的人群响起喊声，很快有十几个声音附和，"Vares Rhy！ Vares Rhy！"

王子露出迷人的笑容，距离莱拉左侧几英尺开外，一个年轻女人居然晕倒了。莱拉嘲笑了一番那个傻姑娘，刚一回过头，发现王子盯着她，神情极为专注。莱拉感到脸颊发烫。他面无笑意，眼睛一眨不眨地与她对视了许久，眉头微微皱起，似乎知道她不属于这里，似乎在她身上察觉了什么异样。莱拉明知自己应该鞠躬，或者移开目光也行，但她固执地迎接王子的注视。又过了一会儿，王子再次绽放笑容，扫视着臣民，马车向前驶去，离开了飞扬的彩带、舞者和激动的人群。

莱拉回过神来。她不知道自己随着人流走了多远，忽然听见旁边有几个女孩在聊天。

"他在哪里？"其中一个低声说道。莱拉吓了一跳，听见有人说熟悉的语言感觉真好。

"Ser asina gose，"另一个女孩回答，然后换成口音浓重的英语，"你说得真好。"

"Rensa tav，"第一个女孩说，"我为了今晚特地练习过。如果你们想跳一支舞的话，也应该练习。"她踮起脚，冲着远去的王子挥手。

"你的舞伴，"第三个女孩的英语并不流畅，"好像不见了。"

第一个女孩皱着眉头。"他从来都在队伍里。我真心希望他没事。"

"Mas aven，"第二个女孩的眼珠子骨碌一转，"伊莉萨爱上黑眼王子了。"莱拉皱起眉头。黑眼王子？

"你不能否认他很潇洒。有种忧郁的气质。"

"Anesh。令人毛骨悚然的气质。"

"Tac。他可比不上莱。"

"打扰一下，"莱拉插嘴道。三个女孩一起扭头看她，"这是在干什么？"她摆手示意游行队伍。"为了什么事？"

英语不甚流畅的女孩惊讶地笑了一声，似乎以为莱拉是在开玩笑。

"Mas aven，"第二个女孩说，"你从哪儿来的，连这个都不知道？当然是为了莱王子的生日。"

"当然。"莱拉重复道。

"你的口音好特别，"寻找黑眼王子的那个女孩说。伊莉萨。"你的老师是谁？"

这次轮到莱拉笑了。女孩们瞪着她不言语。忽然，号声——至少听上去比较像号声——从王室消失的方向传来，庆典活动继续进行，跟着游行队伍的人们循声涌去，裹走了那些女孩。莱拉挤出人群，摸了摸口袋，确定黑石没有丢失。石头还在。它嗡鸣着，渴望被握在手中，好在她战胜了冲动。或许石头很聪明，但她也不傻。

没有了游行队伍遮挡视线，莱拉将道路对面的河流尽收眼底。河流闪着神奇的光芒，好像是从水底散发的。莱拉这才理解凯尔为何称其为*源头*。它发出充满力量的*轰鸣*，而游行队伍应该是过了一座桥，因为从河对岸远远传来赞颂和欢呼声。莱拉的目光在河上逡巡，看到了一座巨大的拱形建筑，只可能是王宫。它不是坐落在河边的楼宇，而是*横跨两岸*，就像一座桥梁。王宫像是用玻璃或水晶雕刻的，以青铜和石头拼接。莱拉贪婪地欣赏着这幅奇景。王宫简直就是一件稀世珠宝。不，是一顶镶嵌稀世珠宝、为*山峰*而造的王冠。

号声在台阶上响起，披着红色和金色短斗篷的仆人鱼贯而出，端着满是食物和饮料的托盘走向人群。

空中的气味——奇异的食物、饮料和魔法——令人心醉神迷。莱拉走在街上，沉醉其中。

人群渐渐散去，位于空荡荡的街道和红色河流之间的一个集市，犹如一丛盛开的蔷薇。一部分人随着游行队伍远去，其余的人聚在集市，莱拉跟了上去。

"Crysac！"一个女人举着鲜红如火的宝石喊道，"Nissa lin。"

"Tessane！"另一个贩子吆喝，货物像是热气腾腾的铁壶。"Cas tessane。"他摇着两根手指。"Sessa lin。"

周围的商贩用奇怪的语言介绍着他们的货物。莱拉仔细地拎出里面的词儿，把他们的吆喝与相应的货物联系起来——cas好像是热的意思，而lin，据她猜测，是一种钱币——一切都是那么明亮、鲜艳、充满力量，令她目不暇接。

她扯紧了凯尔的外套，在货摊前流连忘返。她没有钱，但有一双灵活的手。她路过一个写着ESSENIR的摊位，看见桌上堆满了抛光的石头，五颜六色——不是普通的红色或蓝色，而是逼真的自然色：火焰的明黄，夏天的草绿，夜晚的深蓝。发现小贩背对着她，她顿觉机不可失。

莱拉摸向距离最近的货物，一颗漂亮的蓝绿色石头，是大海的颜色——至少她是这么认为的，她在画上见过——有着白色斑点，就像细碎的浪花。然而，在她抓住石头的瞬间，一股灼热的痛感在皮肤上炸开。

她倒吸一口气，猛地抽回震颤不已的手，倒不是因为太烫，而是吃了一惊。但她没来得及脱身，小贩一把抓住她的手腕。

"Kers la？"他问。见她并不回答——无法回答——对方开始连珠炮似的大喊大叫，在她听来毫无意义可言。

"放开我。"她说。

小贩听见她说话，不禁皱起眉头。"你想什么呢，"他说的是喉音很重的英语，"说漂亮话就能蒙混过关？"

"我根本不知道你在说什么，"莱拉厉声说道，"快放开我。"

"说阿恩语，说英语，都一样。终究是gast。终究是贼。"

"我不是gast。"莱拉吼道。

"Viris gast。笨贼。敢在加持魔法的帐篷里偷东西。"

"我不知道这里有魔法。"莱拉说着，摸向腰间的匕首。

"Pilse。"小贩怒吼，莱拉感觉受到了辱骂。然后小贩提高嗓门。"Strast！"他大喊，莱拉急忙扭头看向集市边的卫兵。"Strast！"他又喊了一声，引得其中一人朝他们张望。

糟糕，莱拉暗叫不好，使劲挣脱了小贩的手，踉跄着退了两步，结果撞上了另一双手。那双手紧紧抓住她的肩膀，她正要拔刀，忽然看见小贩面色苍白。

"Mas Aven。"对方说着，弯腰鞠躬。

抓着莱拉的手忽然消失，她扭头看见了凯尔，他一如既往地皱着眉头，目光越过她，投向小贩。

"这是怎么回事？"他问。莱拉不知道哪件事更令人吃惊：是他的突然出现，还是他对小贩说话的语气——冷淡无情，高高在上——或是小贩那种满怀敬畏的姿态。

凯尔的红褐色头发拢在后面，乌黑的眼睛映衬着红色的晨光。

"Aven vares。我要是知道她是跟您一起的……"小贩结结巴巴地说，又换回阿恩语，或是随便什么名字的当地语言。莱拉惊讶地听到凯尔回答时说的也是这种语言，他正在安抚小贩。然后她又听见小贩提到了gast这个词，忍不住要冲过去，被凯尔拽了回来。

"够了，"他吼道，"Solase，"凯尔抱歉地对小贩说，"她是外来的。没教养，但没有恶意。"

莱拉阴沉着脸，瞪了他一眼。

"Anesh，mas vares，"小贩深深地鞠躬，"偷东西就是恶意……"

小贩低着头,没看见凯尔正回头望着集市的另一边,那名朝他们走来的卫兵。他也没看见凯尔神色一凛。但莱拉看见了。

"她想要什么,我愿意买下来。"凯尔匆匆说着,准备掏钱,不顾外套还披在莱拉身上。

小贩直起身子,慌忙摇头。"An。An。我不能收您的钱。"

卫兵慢慢逼近,凯尔明显不愿意等对方过来,他摸了一枚硬币,"啪"的一声按在桌上。

"给你添麻烦了,"他说着,强行帮莱拉转过身,"Vas ir。"

不等小贩回答,他推着莱拉走开,远离摊位和即将抵达的卫兵。

"*没教养*?"当凯尔扣着她的肩膀,带她向集市外走去,莱拉吼道。

"五分钟!"凯尔脱下外套,穿在自己身上,竖起领子。"你的手连五分钟都管不住!告诉我你还没把那块石头卖了。"

莱拉恼怒地哼了一声。"难以置信。"当他们远离人群和河流,走向一条狭窄的街道时,她恨恨地说。"我很高兴看到你没事,莱拉,"她模仿凯尔的语气,"感谢上帝你没有因为那块石头变成一个被碎尸万段的小贼。"

凯尔扶在她肩上的手放松了些。"我不敢相信真的成功了。"

"听起来并不是很兴奋。"莱拉冷冷地回嘴。

凯尔停下脚步,扳过她的肩膀。"我一点儿也不兴奋,"他说,他的蓝眼睛忧心忡忡,黑眼睛深不可测,"我很高兴你没有受伤,莱拉,但世界的大门本该唯有*安塔芮*能通过,结果石头让你过去了,证明它有多么危险。只要石头还在这里,还在*我的*世界,我就放不下心。"

莱拉低垂目光。"那好吧,"她说,"我们带它离开。"

凯尔的嘴角掠过一丝感激的笑意。但当莱拉从兜里取出石头,高高举起,凯尔吓得惊呼一声,猛地抓住她的手,不让石头暴露在光天

A Darker Shade of Magic

化日之下。凯尔碰到她的时候，眼里闪过异样的神采，但她觉得不是因为肌肤相亲。石头在她手中微微颤抖，似乎感受到了凯尔，渴望随它而去。莱拉隐隐有些难堪。

"圣徒啊！"他骂道，"何不再举高点，让大家都看见。"

"我以为你要拿回去！"她气坏了，反唇相讥，"真是说不过你。"

"你拿着，"他嘶声说道，"看在国王的分上，别被人看见。"

莱拉将其塞回斗篷，咕哝了一句相当不友善的话。

"说到语言的问题，"凯尔说，"你在这里不能随便开口。英语不是通用语。"

"我注意到了。多谢提醒。"

"我说过世界不一样。但你批评得对，我应该提前告诉你。在这里，只有上流社会，以及那些想巴结上流社会的人才说英语。你说英语会显得非常另类。"

莱拉眯起眼睛。"那你要我怎样？不说话吗？"

"我有过这样的想法。"凯尔说。莱拉脸色一沉。"但我怀疑你做不到，所以请你压低声音就行。"他面带微笑，莱拉也报以微笑，克制住打断他鼻子的冲动。

"既然都说好了……"他转身离开。

"Pilse。"她嘟哝道——但愿这个词是脏话——然后跟他走了。

II

奥尔德斯·弗莱彻不是老实人。

他在码头附近的巷子里经营一家当铺,每天下船的那些人,有的想得到某样东西,有的想处理某样东西。弗莱彻满足双方的需求。对本地人也一样。在红伦敦的偏街背巷无人不知,弗莱彻的铺子有任何你不该拥有的东西。

当然,时不时也有老实人进他的当铺,想寻找或处理烟斗、乐器、占卜板、符文石和烛台,弗莱彻也不介意用他们的物品装点门面,应付皇家卫兵的突击检查。但他真正的生意是大而危险的。

一块光滑的石板挂在柜台边的墙上,和窗户一般大小,黑如沥青。白烟闪着微光,在石板上移动,就像粉笔字一样,公示了王子生日庆典的完整安排。通告上方有一张莱眨着眼睛的笑脸,在他的喉咙底下盘旋着一条消息:

国王与王后邀请诸位

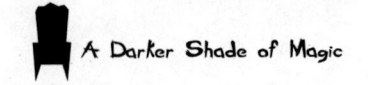

A Darker Shade of Magic

观赏年度游行
继而在王宫门前
参加王子二十岁生日庆典。

几秒钟后,消息和王子的笑脸都消失了,石板一时间暗淡无光,接着又恢复活力,开始循环公示别的通告。

"Erase es ferase?"弗莱彻沉声问道。来还是去?

提问的对象是一个男孩——确实还是孩子,唇上的胡楂尚未长齐——他打量着门边那张桌子上的玩意儿。来代表买,去代表卖。

"都不是。"男孩咕哝道。弗莱彻盯着年轻人四处游移的双手,但不是特别担心——店铺有防贼的措施。今天生意清淡,弗莱彻倒是希望男孩有胆量试试,正好打发时间。"看看而已。"他紧张地说。

弗莱彻的铺子少有看客。人们都是抱着目的而来。而且他们需要表明自己的意图。无论男孩的意图是什么,但愿不至于坏得说不出口。

"要是没找到你想要的,"弗莱彻说,"就跟我说一声。"

男孩点点头,却时不时偷瞟一眼弗莱彻。准确地说,是弗莱彻搁在柜台上的胳膊。对这样一个收获季的上午而言(考虑到他的顾客来源,有人或许认为当铺应该在贼匪出没的时间段经营,也就是通宵开门,但弗莱彻早就发现,一流的主顾知道如何举重若轻地掩饰罪行),天气过于阴沉,弗莱彻把袖子挽到胳膊肘时,各种记号和伤疤暴露在黝黑的前臂上。弗莱彻的皮肤就是他的人生地图。而且绝不是顺风顺水的人生。

"他们说的都是真的?"男孩终于开口了。

"什么事?"弗莱彻扬起粗厚的眉毛。

"关于你的事。"男孩的目光投向弗莱彻手腕上的记号。束缚咒就像手铐一样缠着他的双手,深深地刻进皮肉,或许更深。"我可以看看吗?"

"啊,这个吗?"弗莱彻举起双手,问道。

这些记号是一种惩罚,用以教训那些违反了魔法黄金准则的人。

"汝不可使用汝之力量操纵他人。"他背诵道,露出一抹冰冷而狡黠的笑容。对于此类罪行,王室从不宽恕,必定为罪犯打上束缚咒的印记,以阻断他们的力量,使其受到限制。

但是弗莱彻的失效了。他手腕内侧的记号已被破坏,模糊不清,就像断裂的铁链。为了解开束缚,他曾经浪迹天涯,不惜付出鲜血、灵魂和寿命的代价,但他终究回来了。重获自由。某种程度上的自由。他依然守着当铺,示弱于人——这样做是避免卫兵发现他恢复了力量,以至于夺走他的魔法甚至生命。当然了,他还收买了几个人。每一个人——包括富家大室乃至王公贵族——都渴望得到自己不该拥有的东西。而搞到那些东西正是弗莱彻的本事。

男孩瞪大眼睛盯着那些记号,面色煞白。"Tac。"弗莱彻的胳膊回到柜台上。"看货时间结束了。你到底买不买东西?"

男孩两手空空地跑了出去,弗莱彻叹息着,从裤子后兜里掏出一根烟斗。他打了个响指,一小团蓝色火焰在拇指尖跳跃,点燃了压实的烟叶。他又从衬衫口袋里摸了一件东西,搁在木头柜台上。

是一枚小小的棋子。准确地说,是白色的车。它代表一笔尚未偿还,但迟早要偿还的债务。

车曾经属于年轻的安塔芮崽子,凯尔,几年前作为一局圣徒牌的筹码,归了弗莱彻的当铺。

圣徒牌是一种赌注水涨船高的游戏,既讲究策略,也考验运气,还有少量的作弊技巧,玩上一局的时间从几分钟到数小时不等。那天晚上的最后一把持续了将近两个小时。弗莱彻和凯尔两人拼到了最后，夜越来越深，筹码池也是。他们赌的当然不是钱。桌上堆满了琳琅满目的物件和稀有的魔法道具：一瓶希望沙子，一把水刀，一件无穷翻面的外套。

弗莱彻只有最后三张牌了：一对王带一张圣徒。他自信能赢。结果凯尔出了三张圣徒。问题在于，一副牌里只有三张圣徒，弗莱彻手里有一张。就在凯尔打出牌的同时，弗莱彻的那张圣徒闪过一道光，变成一张仆人，也就是最小的牌。

弗莱彻气得面红耳赤。这个养尊处优的小崽子竟然在牌堆里放了一张施过法的牌，耍了弗莱彻一把。这是圣徒牌的好处，也是坏处。不做任何限制，不搞公平竞争，胜者为王。

弗莱彻别无选择，只能亮出手里的烂牌，引来哄堂大笑和一顿难听的羞辱。凯尔笑着耸耸肩，站起身来。他在筹码池的最顶上摸了一个小玩意儿——来自另一个伦敦的棋子——扔给弗莱彻。

"别记仇。"他眨了眨眼，抱起一大堆战利品就走了。

别记仇。

弗莱彻捏紧了小小的石雕。铺子门前响起了铃声，又有一个客人进来了，瘦高个儿，胡须灰白，眼里闪着饥渴的光。弗莱彻把棋子收回口袋，挤出一丝冷酷的笑容。

"Erase es ferase？"他问。

来还是去？

III

一路上，凯尔能感觉到藏在莱拉口袋里的石头。

当他的手指扣在莱拉的手指上时，肌肤与符文石有了短暂的接触，一时间他满脑子想的都是将其夺过来。仿佛只要握着它，一切就好了。这种想法实在荒唐。只要石头还在，一切就不可能好。不过，当他带着莱拉穿行在红伦敦的一路上，石头始终牵扯着他的注意力，他浑身颤抖，尽量不去想它，同时避开人声鼎沸的场所，走向红宝石地。

莱的生日庆典将持续一整天，将城里的大多数人——包括民众和卫兵——吸引到河边和红王宫。

他心里愧疚不安。他本该参加游行，与王室成员同乘敞篷马车，为他兄弟采用这种方式博取眼球而嬉笑怒骂。

凯尔可以肯定，莱会因为他的缺席而生上好几周的闷气。然后他想起自己根本没机会道歉。念及此，他心如刀绞，尽管他告诉自己这样做是情势所逼，到时候莱拉会替他解释。莱呢？莱会原谅他。

A Darker Shade of Magic

凯尔竖起衣领，低着头，但在走街串巷的途中，他依然感到了射向自己的目光。他不断回头张望，却摆脱不了被跟踪的感觉。确实有人跟着他——莱拉，而且审视他的目光越发强烈。

她明显心事重重，却始终不曾开口，凯尔不知道她到底是服从了不说话的命令，还是在等待什么时机。忽然，两名皇家卫兵出现了，他们漫不经心地夹着头盔走来，吓得凯尔——还有莱拉——匆匆闪进一处隐蔽的门廊。她终于打破了沉默。

"告诉我，凯尔，"等卫兵走远，两人回到路边，她说，"平民把你当王公贵族，你又像贼一样躲着卫兵。你到底是哪种人？"

"都不是。"他回答，暗暗祈祷她不要再问下去。

但莱拉不依不饶。"你是那种绿林好汉？"她追问，"劫富济贫的侠盗，人民的英雄，权贵的噩梦？"

"不是。"

"你被通缉了吗？"

"不算。"

"根据我的经验，"莱拉说，"一个人要么被通缉，要么没被通缉。你如果没被通缉，为什么躲着卫兵？"

"因为我觉得他们也许在找我。"

"他们为什么找你？"

"因为我失踪了。"

他听见莱拉放慢了脚步。"他们为什么管你失没失踪？"她停下脚步，问道，"你是什么人？"

凯尔扭头对她说："我说过——"

"不，"她眯起眼睛，"你在这里是什么人？对他们来说是什么人？"

凯尔犹豫了。他只想尽快抵达目的地，从他的房间取一件白伦敦的信物，把讨厌的黑石带出这个世界。但莱拉摆出一副打破沙锅问到底的架势。"我属于王室。"他说。

根据与莱拉几个小时的相处经验，凯尔知道她从不轻易动容，但听到刚才的宣言，她难以置信地瞪大了眼睛。"你是*王子*？"

"不是。"他斩钉截铁地说。

"就像马车上的那个帅小伙？他是你的兄弟吗？"

"他叫莱，不是的。"凯尔回答时底气不足，"呃……不完全是。"

"这么说你*就是*黑眼王子。我得承认，我从没当你是——"

"我不是王子，莱拉。"

"我自己长了眼睛，你那么傲慢——"

"我*不是*——"

"可你一个王室成员为什么——"

凯尔把她按在巷子的砖墙上。

"我不是*王室成员*，"他厉声说道，"我属于他们。"

莱拉的额头拧成一团。"什么意思？"

"他们拥有我，"他说，这些话让他有些难为情，"我是财产。一件物品。这么说吧，我在王宫里长大，但那里不是我的家。王室成员抚养我长大，但他们不是我的家人，也没有血缘关系。我对他们有用，所以他们留着我，但这与归属无关。"

他每说一个字都很艰难。他知道这样说对国王和王后不公平，即使那不是爱，他们待他也无可挑剔，还有莱，始终当他是兄弟。可他说的是事实，不是吗？有几分事实，就有几分痛苦。再怎么相亲相爱，事实对他来说就是可资利用的一件武器、一面盾牌、一样工具。他不是王子。他不是他们的儿子。

"你真是混账，"莱拉冷冷地推开他，"你想要什么？同情吗？我

A Darker Shade of Magic

可不会给你。"

凯尔抿着嘴唇。"我没有——"

"你就算无家可归，也有房子住，"她啐了一口，"就算举目无亲，也有人关心你。你也许不是心想事成，但我敢打赌你肯定衣食无忧，你还有脸说因为不是爱，什么都不算数。"

"我——"

"爱不能让我们免于挨饿受冻，凯尔，"她接着说，"或是因为兜里的钱被一刀捅死。爱带不来任何好处，所以你应该庆幸你所拥有的一切，也许你想要别的东西，但*需要有*的你都有了。"

她一口气说完，双眼明亮，脸颊绯红。

凯尔第一次看清了莱拉。不是她佯装的模样，而是她的本来面目。一个冰雪聪明、心惊胆战的女孩，为了生存竭尽全力。她可能挨过饿、受过冻、打过架——肯定也杀过人——在生命线上挣扎，就像守护风中的烛火。

"说句话啊。"她催促道。

凯尔吞了吞口水，握手成拳，硬着头皮与她对视。"你说得对。"他说。

承认这一点令他异常难过，那一刻，他只想回家（那里确实是家，远远强过莱拉可能拥有的一切）。让王后抚摸他的脸颊，让国王轻拍他的肩膀。搂着莱的脖子，举杯庆贺他的生日，听他闲聊、欢笑。

他想得肝肠寸断。

可他不能回去。

他犯了个错误，导致他们置身于险境，所以他必须力挽狂澜。

因为他有责任保护他们。

因为他爱他们。

莱拉仍然盯着他，等他说重点，结果没了下文。

"你说得对，"他又说了一次，"我很抱歉。与你的生活相比，我过的日子简直就是——"

"少来同情我，魔法小子。"莱拉吼道，一把刀出现在她手中。于是，担惊受怕的街头混混不见了，杀手本色卷土重来。凯尔勉强笑笑。他根本斗不过莱拉，但看到她恢复了气势汹汹的派头，还是感到一丝安慰。他移开视线，抬头望天，艾尔河的红光照在低矮的云层上。暴风雨就要来了。莱也会为此生气，在这么重要的日子，他讨厌任何扫兴的事情。

"走吧，"凯尔说，"我们快到了。"

莱拉收刀回鞘，跟了上来，这次眼里少了些敌意。

"我们要去的地方，"她说，"有名字吗？"

"Is Kir Ayes，"凯尔说，"红宝石地。"他还没有告诉莱拉，她的旅程即将在此结束。非结束不可。为了抚平他的心绪，也为了保护她的安全。

"你指望在那里找到什么？"

"一件信物，"凯尔说，"保证我们能去白伦敦的东西。"他回想着房间里的架子和抽屉，从不同城市带来的各种小玩意儿琳琅满目地浮现在他的脑海。"那家酒馆，"他接着说，"是一个叫佛娜的女人在打理。你们俩应该会臭味相投。"

"为什么？"

"因为你们都——"

他想说硬得像钉子一样，但等他转过街角，突然停下脚步，刚到嘴边的话烟消云散。

"那里就是红宝石地吗？"莱拉在后面问道。

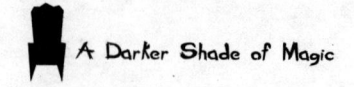

A Darker Shade of Magic

"是的,"凯尔淡淡地说,"应该说,以前是。"

什么都没了,只剩灰烬和烟尘。

酒馆以及里面的一切,都被大火夷为平地。

IV

　　这不是寻常的火灾。

　　寻常的火灾只能烧掉木头，烧不掉铁。寻常的火灾会蔓延开去。这一场却没有。大火沿着建筑的边缘燃烧，正好吞噬了酒馆，只有一部分翻卷的火舌烤焦了酒馆四周的街石。

　　不，这是魔法造成的。

　　而且火灾刚刚发生不久。废墟还冒着热气，凯尔和莱拉跋涉其间，搜寻着可能残留下来的东西——**无论是什么**。结果一无所获。

　　凯尔感到恶心。

　　这种大火烧得既快又猛，周围有封印的圆环。它不仅限制了火焰的范围，也限制了所有的一切。每一个人的行动。多少人被困在里面？废墟里有多少具尸体，化成了焦骨，甚至只剩骨灰？

　　然后凯尔自私地想到他的房间。

　　多年的收藏——音乐盒和纪念品，乐器和装饰物，那些稀罕的、寻常的、奇异的——全没了。

莱的警告——别干这种傻事了，当心被抓——回荡在脑海里，凯尔甚至有点庆幸那些东西都没了，不至于被人发现。接着他心里一沉。无论是谁干的，他们志不在掠夺他的收藏——至少那不是重点。但他们毁掉了他所有的战利品，拦住了他的去路。安塔芮没了信物就无法旅行。他们试图将他逼上绝路，确保一旦他逃回红伦敦，就再也无计可施。

这种手段酷似霍兰德的风格。同样是他，扯下了挂在凯尔脖子上的伦敦硬币，将其扔进了黑暗之中。

莱拉踢开一个水壶的残骸。"现在怎么办？"

"这里什么都没了，"凯尔说着，任由一把灰烬从指缝间落下，"我们必须另找一件信物。"他拍掉手上的灰，思绪纷飞。在红伦敦拥有这种小玩意儿的不止他一人，但名单不长，因为他更愿意找有趣且温和的灰伦敦人做交易，不愿意与变态且粗暴的白伦敦人打交道。国王有，是很多年前传下来的。佛娜也有，来自他们的交易（可惜佛娜恐怕就埋在瓦砾堆里）。

还有弗莱彻。

凯尔打起了退堂鼓。

"我知道一个人。"他说得很简单，不想费力解释弗莱彻是个无关紧要的罪犯，在几年前和他玩圣徒牌的时候输大了，当时凯尔年轻气盛，送了对方一件白伦敦的小玩意儿，以示安慰（如果他想骗自己的话）或是存心刺激（如果他诚实的话）。"弗莱彻。他在码头有一家店铺。他有信物。"

"那好吧，但愿他们没有烧掉那家店铺。"

"我倒是希望他们——"凯尔的话戛然而止。有人来了。闻起来像干涸的血和烧红的铁。凯尔冲向莱拉，不等她表示抗议，一把捂住她的嘴，同时在她的口袋里摸索。他一找到石头就将其握住，力量在他体内翻涌，在血管里奔流。凯尔屏住呼吸，同时打了个寒战，但他没时间体味这种感觉——既激动又恐惧——也没时间犹豫。信念，霍兰德说过，信念是关键，于是凯尔不废话，也不迟疑。

"隐藏我们。"他命令符文石。

石头答应了。它对生命歌唱，力量在他体内震颤——不过两次心跳之间——黑烟裹住了凯尔和莱拉。它犹如一张黑色的纱巾盖在他们身上；他摸了摸，那种质感不像布料，更像气体。凯尔低头看见了莱拉，莱拉抬起头，也可以看见他，周遭的世界依然清晰可见，尽管蒙上了咒语的色彩。凯尔不敢呼吸，只希望石头实现了他的要求。他别无选择。根本来不及逃跑。

很快，霍兰德出现在街边的路口。

一看到他，凯尔和莱拉顿时紧张起来。因为在巷子里躺了一会儿，他看上去有点狼狈。他的手腕掩在皱巴巴的短斗篷底下，不仅红肿，而且有瘀伤。银胸针失去了光泽，衣领沾着泥土，在凯尔的记忆里，他的表情比任何时候都接近愤怒。眉头微微皱起。下巴收紧了。

凯尔感到石头在他手里抖动，不知道是不是它在吸引霍兰德，或是霍兰德在召唤它。

另一个安塔芮举起什么东西——一块纸牌大小的，扁平的水晶——递在嘴边，以他低沉冷淡的嗓音说话。

"Öva sö taro。"他说的是当地的语言。他在城里。

凯尔没听见对方的回答，但霍兰德顿了顿，应了一声"Kösa"——我敢肯定——然后把水晶塞回口袋。安塔芮倚墙而立，端详着酒馆的焦黑废墟，仿佛在欣赏一幅画。他站在那里一动不动，似乎失了神。

或是在等待。

他的目光沉稳不惊，惹得莱拉有些焦躁，凯尔用力捂紧了她的嘴。

霍兰德眯起眼睛。或许是在思考。或许是在观察他们。然后他说话了。

"房子燃烧时，他们在尖叫，"他说的是英语，嗓门很大，不可能是自言自语，"所有人都在尖叫。尤其是那个老女人。"

凯尔咬紧牙关。

"我知道你在这里，凯尔，"霍兰德接着说，"即便是烧过的废墟也掩盖不了你的气味。石头的魔法也藏不住石头本身。对我不行。它召唤我，就像它召唤你。我怎样都会找到你，所以别干傻事了，出来见我。"

凯尔和莱拉在他面前纹丝不动，双方相距几步之遥。

"我没心情玩游戏，"霍兰德警告道，惯常的平静语气夹杂着一丝恼怒。见凯尔和莱拉毫无动静，他叹了口气，从斗篷里掏出一块银怀表。凯尔认得那是莱拉留给巴伦的。当霍兰德把怀表扔过来的时候，他感到莱拉的身子僵硬了；怀表在焦黑的街道上蹦跳着，最后滑到废墟的边缘。从凯尔的位置，可见怀表上面沾着血迹。

"他因你而死。"霍兰德对莱拉说，"因为你跑了。你当时是胆小鬼，现在还是？"

莱拉试图挣脱凯尔的胳膊，但他拼尽全力抱着她，贴在自己胸前。他感到泪水滴落在手上，但他拒不放开莱拉。"不要，"他耳语道，"这个时候，这种情况，不能动手。"

霍兰德叹息一声。"那你死的时候也是胆小鬼，迪莱拉·巴德。"他从斗篷底下拔出弯刀。"等一切结束，"他说，"你们会后悔这时候没有出来。"

他举起手来,一阵风刮过酒馆的余烬,将其纷纷吹到空中。凯尔抬头望向上方的一团灰尘,无声地祷告着。

"最后的机会。"霍兰德说。

无人回应。他放下手,灰尘纷纷飘落。后果是可以预见的。等灰尘铺满纱巾,他们必定暴露无遗,霍兰德会在第一时间发起攻击。凯尔死死地握住石头,紧张地算计着,决定再次召唤石头的力量,只要灰尘碰到纱巾……结果直接穿透了。

灰尘穿透了不可思议的纱巾,又穿透了他们,仿佛他们根本不在那里。仿佛他们不是真实的存在。当最后一片灰尘落回废墟,霍兰德那对异色眼睛间的眉头拧紧了,看到安塔芮失望的表情,凯尔从中获得了些许(少得可怜)安慰。他或许能感觉到他们,但肉眼看不到。

终于,风停了,周遭恢复了平静,而凯尔和莱拉仍然躲在石头的护佑之下,霍兰德的决心也动摇了。他收起弯刀,退了一步,然后转身走了,斗篷在身后飘荡。

霍兰德刚一走远,趁着凯尔有所放松,莱拉立刻摆脱了他和魔法的保护,冲向地上的银怀表。

"莱拉。"他喊道。

她好像没有听见,不知道是离开了保护罩的缘故,还是她一心只想着那块小小的、血迹斑斑的怀表。他看着莱拉单膝跪地,颤颤巍巍地捡起了它。

他来到莱拉身边,试图按上她的肩膀,却扑了个空。他想得没错。纱巾不仅仅使他们隐形,还虚化了他们的实体。

"让我现身。"他命令石头。能量又在他体内涌动,很快,纱巾消失了。凯尔跪下去的同时,震惊于自己不费吹灰之力就实现了想法——魔法确实来得容易,但这是石头第一次愿意解除咒语。他们不

A Darker Shade of Magic

能毫无遮蔽地停留在此，于是凯尔抓住她的胳膊，无声地召唤魔法提供掩护。石头服从了，影子纱巾再次覆盖了他们俩。

莱拉浑身发抖，他很想告诉她没事了，兴许霍兰德仅仅偷走了怀表，没有要巴伦的性命，但他不想撒谎。霍兰德有很多面——大多都不为人知——但他从不感情用事。如果他富有同情心，或心肠有点软，阿索斯早就放干了他的血，把他的心肝连同灵魂一起挖出来。

不，霍兰德残酷无情。

巴伦必死无疑。

"莱拉，"凯尔轻声说，"我很遗憾。"

她起身时，手里抓着怀表。凯尔与她一同起身，虽然看不见她眼里的情绪，但她脸上写满了愤怒和痛苦。

"等这事儿办完了，"她说着，把怀表收进了斗篷，"我要亲手割开他的喉咙。"然后她挺起胸膛，颤悠悠地吐了一口气。"好了，"她说，"弗莱彻的铺子怎么去？"

Part ten

Shades of Magic
白棋子

I

布思开始瓦解。

在阴冷的灰伦敦，这个醉鬼的肉体维持不了太久——在他体内燃烧的东西对此颇不满意。这件事怪不得魔法，可供消耗和供养的实在太少了。人类的生命与烛火无异，根本不是黑暗力量所习惯的那种火。热量微不足道，轻易便可熄灭。他进去的时候就将其烧光了，血液和骨骼瞬间化为碎屑和灰烬。

布思的黑眼珠向下转动，俯视烧焦的手指。他无法借着如此贫瘠的引火物起势，在任何一具肉体里都维持不了多久。

并不是没有试过。他已经沿着码头丢弃了一路的躯壳。

仅仅一个小时，烧过了所谓的萨瑟克区。

而他现在的肉体——他在酒馆后巷里夺取的——就快完蛋了。覆盖在胸口的黑色污渍搏动着，试图阻止最后一点生命的流泻。也许他当初不该捅醉汉一个窟窿，但那是最快进入的方法。

瓦解的躯壳和惨淡的前景令他处境尴尬。他看上去正在腐烂。

A Darker Shade of Magic

伴随他的步伐，皮肤一块接一块地脱落。街上的行人看见他就避之不及，远远地躲开，生怕他身上的东西会传染。当然会传染。魔法是一种真正美丽的恶疾。前提是宿主足够强壮。足够纯粹。这里的人不行。

他慢慢地前行——有气无力，步履蹒跚，毫不夸张——躯壳里的力量已是将熄的余烬，很快就会冷却。

绝望之中，他发现自己被吸引到——吸引回——出发的地方：比邻酒馆。这个奇怪的小酒馆竟有这般吸引力，实在令他吃惊。它是寒冷、死寂的城市中仅存的暖意。是微光，生命之光，*魔法之光*。

如果他能进去，兴许可以找到火。

为了回到酒馆，他竭尽全力，并未注意到站在门口的人，以及在他离开马路牙子，来到街心时，那辆飞速驶来的马车。

★ ★ ★

爱德华·阿奇博尔德·塔特尔站在比邻酒馆外，大皱眉头。

酒馆应该开张了才对，此时却门闩未动，窗户紧闭，里面的一切都安静得反常。他看了看自己的怀表。正午已过。真是奇怪。*太可疑了*，他心想。*简直邪门*。他思考着各种可能性，全都不是好事。

家人认为他沉浸在幻想中不能自拔，他却坚持认为，是别人缺乏对魔法的洞察和感知，而他是有的。至少是在努力追求。说句真心话，他有点害怕自己永远不会有，甚至觉得（尽管他不会承认）那根本就不存在。

直到他找到那个旅者。名叫凯尔的，大名鼎鼎的魔法师。

那次——仅有的一次——见面重燃了他的信仰，激情的火苗烧得前所未有的热烈。

于是爱德华按照对方的吩咐，回到比邻酒馆，希望再次遇见魔法师，接受他答应的一袋土。为了达到目的，他昨天来了，明天还会来，后天也是，直到那个大名人回来。

在他等待期间，内德——他的朋友和家人都这样叫他——脑子里编着故事，想象期盼已久的见面将如何开始，如何发展。细节千变万化，结局都是一样的：在每一个版本的故事里，魔法师凯尔都会偏过头，黑眼睛端详着内德。

"爱德华·阿奇博尔德·塔特尔，"他会说，"我可以叫你内德吗？"

"我的朋友都这样叫我。"

"好的，内德，我看你很特别……"

然后他坚持要收内德为徒，甚至是做搭档，继而常常发展到崇拜的地步。

内德等在台阶上时，又做了一个白日梦。他的口袋装满了各种小玩意儿和钱币，魔法师有可能感兴趣的各种物品。但魔法师没有现身，酒馆也关了门，内德——他胡乱咕哝了几句咒语或祷文之类，企图凭借意念移开门闩，结果失败了——正准备暂时作罢，找个地方打发时间，忽然听见背后的街上传来撞击声。

马儿嘶鸣，车轮嘎吱一声停止转动，车夫慌忙扯住缰绳，几箱苹果滚落在地。他那副模样比马儿还受惊。

"怎么回事？"内德上前问道。

"见鬼了，"车夫说，"我撞了他。我撞人了。"

内德环顾四周。"我没看见你撞到什么。"

"他在马车底下吗？"车夫接着说，"老天啊。我看不到他。"

但当内德俯身察看车底和轮辐，什么也没看见，除了一片煤

A Darker Shade of Magic

灰——奇怪的是，煤灰的形状有点像人——铺在街上，被风儿吹散了大半。还有一小堆煤灰似乎在移动，但随即垮塌，随风而去。**怪事**，他皱起眉头，心想。**不对劲**。他屏着呼吸，摸向残留的煤灰，做好了它突然复活的准备。但当指头碰到煤灰……什么都没发生。他失望地搓掉了拇指和食指上的煤灰。

"什么都没有，先生。"他站起来说。

"我发誓，"车夫说，"刚才有人。就在这里。"

"你肯定看花眼了。"

车夫摇摇头，咕哝着爬下马车，装好板条箱，又小心翼翼地在车底检查了一番。

内德迎着光举起指头，端详着煤灰。他刚才感觉到了——也可能是**错觉**——温暖的刺痛，然而转瞬即逝。他又闻了闻煤灰，随即打了个大大的喷嚏，然后他在裤子上擦擦手，慢悠悠地走了。

II

凯尔和莱拉向码头行进的途中,周围的人看不见他们。不仅看不见,**而且摸不着**。就像在酒馆废墟上时,灰尘穿透他们散在地,凯尔揽着莱拉的肩膀,穿透了街上的人群。对方感觉不到,也听不见他们的声音。似乎掩在纱巾底下的凯尔和莱拉不属于这个世界。似乎他们存在于世界之外。世界无法触及他们,他们也不能触及世界。莱拉下意识地想从马车上顺一个苹果,结果手指穿透了苹果,正如苹果穿透了手指。他俩犹如闹市中的幽灵。

这种魔法极其强大,即便在魔法壮盛的伦敦也很罕见。石头嗡鸣不休,其能量与凯尔的脉搏交织共振,仿佛他的第二脉搏。脑海里有个声音告诫他,必须抗拒在他体内流动的力量,但他赶走了这个声音。自从凯尔受伤以来,这是头一次感觉不到眩晕和虚弱,他就像抓着石头一样死死地抓着那股力量,带领莱拉走向码头。

离开酒馆废墟后,她就始终保持沉默,一手拉着凯尔,一手握着怀表,两人并肩而行。等她终于开口说话时,嗓音低沉刺耳。

"先说好，你别以为巴伦和我是亲人，我们不是的，"她说，"他不是我的亲戚。真不是。"语气生硬且空洞，但她紧咬牙关、揉搓眼睛的样子（她以为凯尔没看见），表达的却是另一种情感。不过凯尔没有揭穿她的谎言。

"你还有吗？"他问道，又想起莱拉对他和王室的冷嘲热讽，"我是问家人。"

莱拉摇摇头。"老妈在我十岁时就死了。"

"没有父亲？"

莱拉冷笑一声。"我*父亲*。"仿佛这个字眼坏透了，"我最后一次见他，他要我卖身替他还债。"

"我很遗憾。"凯尔说。

"用不着，"莱拉勉强挤出一丝笑容，"那人还没解开裤带，我就割开了他的喉咙。"凯尔浑身打了个激灵。"我那年十五岁，"她轻描淡写地说，"我记得当时最惊讶的是血量，一直咕嘟嘟地往外涌……"

"你第一次杀人吗？"凯尔问。

"是的，"她的笑容夹杂着哀伤，"不过杀人的好处是越杀越容易。"

凯尔眉头深锁。"这样不好。"

莱拉瞟了他一眼。"你杀过人吗？"她问。

凯尔的眉头皱得更深了。"杀过。"

"还有呢？"

"还有什么？"他反问。他以为莱拉会问是谁、在哪里，或者什么时候、怎么杀的。但她没有。她问的是原因。

"因为我别无选择。"他说。

"你享受吗？"她问。

"当然不。"

224

暗黑魔法

"我挺享受。"她的语气带有一丝苦涩,"我是说,我不享受流血的场面,和他临死前的咯咯声,还有死后尸体的惨状。无感。但在我决定动手的那一刻,以及刀子捅进去的瞬间,我知道我做到了,我感觉到了……"莱拉搜寻着合适的词。"力量。"她注视着凯尔,"魔法也是那种感觉吗?"她诚恳地问道。

也许在白伦敦是的,凯尔心想,力量在那里就像刀子,是用来清除障碍的武器。

"不,"他说,"那不是魔法,莱拉。那是谋杀。魔法是……"他没有说下去,附近的一块占卜板突然变黑,吸引了他的注意。

街上的路灯柱和店铺前的告示黑板都变成了空白。凯尔放慢脚步。整个上午,黑板都在循环播放莱的生日庆典内容,通报今日——以及本周——的游行、公共宴会、庆典活动和私人舞会。刚开始看到占卜板变色,凯尔以为是正常的内容切换。很快,它们同时播放了一条警示消息。只有一个词:

寻人

白色加粗的字一闪一闪,出现在每一块占卜板的头条,底下配有一张凯尔的肖像。金发黑眼,银扣外套。肖像在动,但毫无笑意,只是盯着外面的世界。第二个词浮现在肖像底下:

悬赏

圣徒啊。

凯尔突然停下脚步,跟在半步开外的莱拉撞上了他。

"怎么了?"她推开凯尔的胳膊,问道。然后,她也看见了。

"噢……"

数英尺开外的一位老者驻足阅读通告,并不知道失踪的人就站在身后。微微波动的凯尔肖像底下,有一个用白色粉笔画的空心圆圈。

A Darker Shade of Magic

旁边的说明是：

>如发现此人，请触摸此处。

凯尔暗暗骂了一声。被霍兰德追杀已经够糟了，现在整个城市或许已经戒严。他们不可能永远维持隐身状态。如果他们躲在纱巾底下，他就无法举起信物，更谈不上使用。

"走吧。"他迈开脚步，拽着莱拉，赶往码头。他轻皱眉头，东张西望。

等他们到了弗莱彻的店铺，发现店门紧闭，一块写有RENACHE的牌子挂在外面。暂时离开。

"我们要等吗？"莱拉问。

"不在外面等。"凯尔说。店门有三道插销，可能也加持了魔法，但他们不需要将其打开。他们在街上穿透了五六个人，如今他们直接穿透木头。

等他们安全进入店铺，凯尔立刻命令魔法解除纱巾。石头又一次服从命令，毫不犹豫地执行，魔法逐渐变薄，然后彻底消散。信念，当魔法滑过肩头，周围的房间清晰起来，他心想。霍兰德说得对，关键在于保持控制力。凯尔做到了。

莱拉松开他的手，转过身来，突然愣住了。

"凯尔。"她小心翼翼地说。

"什么？"他问。

"放下石头。"

他疑惑不解，低头看向手中的符文石，登时吓得喘不过气。他手背上的血管变黑了，就像涂在皮肤上的墨水，一直延伸到胳膊肘。那种似乎在他体内搏动的力量，*真真切切*地在他体内搏动，黑化了他的血液。他过于关注刚刚获得的力量、咒语本身，以及隐身状态，竟未察觉到——或者说不愿察觉到——温暖的魔法犹如毒药,正在他的胳膊上蔓延。但他应该注意到,应该知道——那东西就是这样。凯尔再**清楚**不过了。他知道石头有多么危险,然而,即便现在,当他盯着黑化的血管,危险的感觉依旧遥不可及。一种持续不断的平静与石头的魔法一起在他体内发生作用,告诉他一切都会没事的,只要他一直握着——

一把刀插在他脑袋旁边的柱子上,房间里的空气突然凝固。

"你聋了吗?"莱拉吼道,又拔出一把刀,"我说了*放下*。"

不等平静再次迫近,凯尔强行松开石头。一开始,他的手指扣着符文石不放,任由温暖——随之而来的是一种麻木——席卷全身。他的另一只手,未被污染的手,牢牢地抓住了黑化的手腕,逼迫五根抗不从命的手指伸直。

终于,手指极不情愿地松开了。

石头从手中掉落,凯尔顿时双膝一软。他慌忙扶着桌子,拼命地吸着气,眼前一片模糊,房子也倾斜了。他之前并未感到石头在吸取他的魔法,但现在石头掉落,就像有人浇熄了他的火。冷得锥心刺骨。

符文石在木地板上闪着微光,凯尔刚才握得太紧,导致粗糙的那一面沾着血迹。即便如此,凯尔仍要拼尽全力,才能按捺住捡起石头的冲动。尽管冻得瑟瑟发抖,他依然渴望将其握在手中。有人躲在不为人知的巢穴、伦敦的黑暗角落,就是为了追求这种刺激,但凯尔和他们可不是同道中人,对这种原始的力量无欲无求。也不需要。魔法不是他所渴望的,而是他所**拥有**的。但此时此刻,他的血管感到了饥渴,急切地想要**得到**它。

在他彻底失去控制力之前,莱拉跪在石头旁边。"真是聪明的小家伙。"她说着,伸手去捡。

A Darker Shade of Magic

"别——"凯尔来不及阻止,她已经用手帕将其包了起来。

"总要有人带着它,"她把符文石塞进口袋,说道,"我敢说,这个任务交给我是最好的。"

凯尔抓着桌子,等待魔法消失,血管的黑色一点一点地淡去。

"还好吗?"莱拉问。

凯尔吞了吞口水,点点头。石头是毒药,他们必须将其处理掉。他稳住心神。"我没事了。"

莱拉扬起眉毛。"是啊。你看上去健康得很。"

凯尔叹息着,跌坐在一把椅子上。外面的码头山呼海啸,庆典活动达到高潮。烟火不时地打断音乐声和欢呼声,有店铺的墙壁阻隔,噪音虽然有所缓和,但仍震耳欲聋。

"他是什么样的人?"莱拉盯着一个陈列柜,问道,"那个王子。"

"莱?"凯尔捋了捋头发,"他……英俊、娇气、慷慨、多情、爱玩。他甚至可以跟一把舒服的软椅调情,但他从不当真。"

"他和你一样惹了很多麻烦吗?"

凯尔微微一笑。"噢,多多了。不管你信不信,我得罩着他。"

"但你们俩关系很好。"

凯尔收敛笑意,又点点头。"是的。国王和王后虽然不是我的生身父母,但莱是我的兄弟。我愿意为他而死。我愿意为他杀人。我也确实杀过。"

"噢?"莱拉对一顶帽子产生了兴趣,"说说。"

"过程可不讨人喜欢。"凯尔坐直了身子。

"那我更想听了。"莱拉说。

凯尔注视着她,叹了口气,又低头盯着自己的双手,"莱十三岁那年遭人绑架了。当时我们在王宫的院子里玩一个愚蠢的游戏。不过,据我对莱的了解,他起初应该是心甘情愿跟人走的。从小到大,他总是轻信于人。"

莱拉把帽子放到一边。"发生了什么?"

"红伦敦是个好地方,"凯尔言之凿凿,"王室善良仁慈、公正无私,大多数人安居乐业。不过,"他又说,"我去过三个伦敦,我可以说:痛苦在哪里都存在,只是形式不同。"

他想起了取之不尽、金光灿灿的财富,以及那些没有财富的人所过的日子。那些因为犯罪而被剥夺力量的人,还有那些不够幸运、生来就穷困潦倒的人。凯尔忍不住设想,莱·马雷什如果不是出生在王室,会是什么样子?他会在哪里?当然了,莱依靠自己的魅力和笑容就能生存下来。他总有办法应付。

"我的世界是由魔法组成的,"他说,"那些拥有天赋的人是幸运儿,王室希望那些没有天赋的人也能成为幸运儿。希望他们的慷慨,他们的关怀,惠及每一个市民。"他与莱拉四目相对。"但我见过这座城市的黑暗面。在你的世界,魔法极为罕见。在我的世界,没有魔法才是怪事。那些缺乏天赋的人常常被鄙视,受到的待遇可想而知。人们相信魔法做出了选择。因为它进行了审判,所以他们也可以审判。他们称之为 Aven essen。*神圣的平衡*。"

但根据这个逻辑,是**魔法**选择了凯尔,而他并不相信。别人也可以觉醒,或者说带上**安塔芮**的记号,被领进奢华的红色羊圈,不一定非得是他。

"我们活得亮堂堂的,"凯尔说,"无论如何,我们的城市生机勃勃。光芒四射。但是有光的地方……这么说吧,好些年前,一个组织建立起来。他们以阴影社自称。那五六个男女——有的拥有力量,有的没有——认为红伦敦的力量燃烧得太过明亮,毫不怜惜,挥霍无度。在他们看来,莱不是普通的小男孩,而是一切错误的象征。于是他们抓走了他。我后来得知,他们打算把他的尸体挂在宫门上。感谢圣徒,他们没有这个机会。

"事情发生时我十四岁,比莱大一岁,还在学习使用力量。国王和王后听说儿子被绑架,派出皇家侍卫全城搜寻。公共广场和各家各户的所有占卜板都在播报紧急通知,寻找被绑走的王子。我知道他们找不到他。我打心眼里知道。

"我去了莱的房间——我记得当时王宫里空空荡荡,所有侍卫都出去搜寻王子了——找了一样确实属于他的物品,是他雕刻的一匹小木马,只有巴掌大小。我使用信物制造过一些门,但从未这样做过,从未针对人,而是针对地点。但有一个**安塔芮**的词语可以用于**寻找**,所以我想兴许能成功。必须成功。确实也成功了。房间的墙壁退开了,通向一艘船的底部。莱躺在地板上,没了呼吸。"

莱拉吸了一口气,嘶嘶作响,但她没有插嘴。

"我学了不少有用的血令咒,"凯尔说,"As Athera。增长。As Pyrata。燃烧。As Illumae。发光。As Travars。旅行。As Orense。开启。As Anasae。驱散。还有 As Hasari。治疗。于是我尝试治疗他。我割开手掌,按在他胸前,念出这个词。但没有效果。"凯尔永远忘不了那幅画面:莱躺在潮湿的甲板上,面色惨白,一动不动。只有在那个时候,他看起来小得可怜。

"我不知道怎么办,"凯尔接着说,"我以为使用的血量不够。于是我割开手腕。"

他翻过手掌,低头看着隐约可见的伤疤,感到莱拉的目光直直地射来。

"我记得我跪在他面前,手掌按在他身上,一遍又一遍地念着血令咒，胳膊隐隐作痛。As Hasari。As Hasari。As Hasari。我当时并不知道，治疗咒语——即便是血令咒——需要时间。其实念过第一次后，就已经起效了。过了好一会儿，莱醒过来了。"凯尔悲伤地笑了笑。"看见我趴在他身上，血流不止，他问的第一句话不是'怎么了？'或者'我们在哪里？'他摸着胸膛上的血说，'是你的吗？都是你的吗？'我点点头，他突然哭了，然后我带他回家。"

他迎上莱拉的目光，她的眼睛睁得老大。

"那个阴影社怎么样了？"发现故事已经讲完，她问道，"抓他的那些家伙？他们在船上吗？你们回去找他们了吗？你们派卫兵去了吗？"

"是的，"凯尔说，"国王和王后逮捕了阴影社的全部成员。莱宽恕了他们所有人。"

"什么？"莱拉嘶声说道，"他们当时可是要杀了他啊！"

"这就是我兄弟的做事方式。他很顽固，大多数时候靠身体上的各个部位思考，除了大脑，但他是个好王子。他拥有很多人缺乏的特质：同情。他原谅了绑架他的劫匪。他理解他们为何犯罪，体会了他们的痛苦。他相信如果能宽大处理，他们就不会再伤害他。"凯尔低垂目光，"而我确保他们不能再伤害他。"

当莱拉理解了他的意思，眉头微微皱起。"你刚才不是说过——"

"我说莱原谅了他们。"凯尔站了起来，"我没说我原谅了他们。"

莱拉盯着他，表情既不惊讶也不恐惧，反而带有敬意。凯尔活动了一下肩膀，又抚平了外套。"我想我们最好开始找了。"

她眨了眨眼睛，又眨了眨，显然有话想说，但凯尔的姿态再清楚不过，这场特殊的谈话已经结束。"我们要找什么？"她问道。

凯尔搜寻着堆得满满当当的货架、箱子和柜子。

"一枚白色的棋子。"

Ⅲ

凯尔在红宝石地的废墟里翻找了半天,却忘了去看看早先遇袭的小巷——他在那里留下了两具尸体——也就是几个小时前的事情。如果他冒险回去,就会发现其中一具尸体——被石头困住的杀手——不见了。

那个杀手这时候正在路边行走,他感受到太阳的温暖,又听见远处的欢呼声,嘴里低声哼哼着。

他的身体状况不大好。当然了,比另一具肉体强,那个来自无趣伦敦的醉鬼没能坚持多久。这个更好,强多了,但内部已经烧完,开始变黑,黑暗顺着血管蔓延,覆盖了皮肤,就像污渍。他现在看起来不大像人,倒像一截烧焦的木头。

不过都在意料之中。毕竟他一直在忙活。

昨天晚上,黑暗中的妓院灯火通明、诱惑万端,一个浓妆艳抹的女人站在门口,满脸堆笑,头发是火焰的颜色,生命的颜色。

"Avan,res nastar。"她咕哝着地道的阿恩语。她说话时提起裙子,裸露的膝盖一闪而过。"不想进来吗?"

于是杀手进去了,口袋里的钱币叮当作响。

女人领着他进了走廊——这里很黑,比外面还黑——他乖乖地跟在后面,牵着女人的手,享受着对方的触感——说实话,是脉搏。女人没有看他的眼睛,否则会发现它们比走廊更黑。她的注意力在他的嘴唇、衣领和腰带上。

他仍未完全适应这具肉体的细微动作,但还是将破裂的嘴贴上了女人柔软的唇。有东西在他们的唇齿之间传递——那是一种纯粹黑火的余烬——女人浑身颤抖。

"As Besara。"他在女人耳边低语。索取。

他扒下女人的衣服,同时深深地亲吻,黑暗掠过她的舌头,钻进她的脑袋,令人神魂颠倒。力量。人人都想要,渴望亲近魔法,亲近魔法的源头。女人敞开怀抱迎接它。也迎接他。当魔法攫住他们,享用新鲜的生命、血液和肉体时,他们的神经也受到刺激。他强行占据过醉鬼布思的肉体,但一个心甘情愿的宿主当然会好些。至少,他们维持得更久。

"As Herena,"他把女人推到床上,柔声说道。给予。

"As Athera。"当一方进入、一方接纳的时候,他呻吟道。增长。

他们一同动作,就像完美匹配的脉搏,相互融合。等一切结束,女人的眼睛扑闪着睁开,映着他的眼睛,都是光滑亮泽的黑色。她的两片红唇在幕后黑手的操纵下,露出扭曲的笑容。

"As Athera。"她从床上爬起来,复述道。他起身跟了上去,他们——一个思想,两个身体——离开妓院,消失在夜色之中。

是的,他一直在忙活。

他感到自己在城里蔓延,不断接近等候已久的红河,魔法和生命的脉搏横陈于此,如同一场早已许下的盛宴。

IV

弗莱彻的铺子就像迷宫,乱七八糟的陈设只有那家伙自己搞得清楚。凯尔在抽屉里找了足足十分钟,翻开了各式各样的武器和护身符,还有一把普普通通的遮阳伞,但就是没有白色的伞。他呻吟一声,把遮阳伞扔到一边。

"你就不能使用魔法找到那该死的东西吗?"莱拉说。

"整个铺子都施加了守护魔法,"凯尔回答,"防止探测咒语。还防贼,所以把那个放回去。"

莱拉把手里的玩物搁在柜子上,她本打算将其收为己有。"这么说,"她打量着一个玻璃箱子里的东西,问道,"你和弗莱彻是朋友?"

凯尔想起那晚弗莱彻输掉全部赌注时的表情。"算不上。"

莱拉扬起眉毛。"很好,"她说,"偷敌人的东西更有趣。"

*敌人*这个词儿很准确。有意思的是,他们本可以成为搭档。

"走私贩和销赃犯,"他曾经说,"我们可是黄金组合。"

"我不干。"凯尔说。但当圣徒牌玩到了最后一手,明知胜券在握的时候，他提出了一个弗莱彻无法拒绝的条件。"Anesh，"他故作慷慨，"如果你赢了，我就替你干活。"

弗莱彻面带贪婪的笑容，打出最后一手牌。

凯尔也微笑着出牌，赢走了一切，留给弗莱彻的是受伤的自尊心和一枚小小的白色棋子。

别记仇。

凯尔已经翻找了一半的库存，在寻觅信物的同时，隔一会儿就张望店门，而他的面孔仍在占卜板上默默地注视他们。

寻人

这时候，莱拉停止了翻找，盯着一幅带框的地图。她眯起眼睛，歪着脑袋，皱着眉头，似乎发现了什么问题。

"怎么了？"凯尔问。

"巴黎在哪里？"她指着大陆上本该是巴黎的地方问道。

"没有巴黎，"凯尔一边在壁橱里翻找，一边回答，"没有法兰西，也没有英格兰。"

"如果没有英格兰，哪儿来的伦敦？"

"我说过，城市是语言的怪象。这里的伦敦是阿恩的都城。"

"那么你们所谓的阿恩就是英格兰。"

凯尔笑了。"不，"他摇着头走到莱拉身边，"阿恩包括大半个你们那里的欧洲。这座岛——你们的英格兰——叫做拉斯卡。意思是王冠。不过它只是整个帝国的一端。"他的手指沿着国境线比划。"在我们国家之外，北边是维斯克，南边是法若。"

"再远些呢？"

凯尔耸耸肩。"更多的国家，大大小小。毕竟是一个完整的世界。"

她的目光久久停留在地图上，眸子亮闪闪的，嘴角掠过一抹隐约的笑意。"是的，没错。"

她离开地图，走进隔壁的房间。过了一会儿，她大喊："啊哈！"

凯尔吃了一惊。"你找到了吗？"他喊道。

她捧着宝贝出来了，但不是棋子，是一把刀。凯尔大失所望。

"没有，"她说，"这个设计是不是很聪明？"她举起来给凯尔看。刀柄不仅是用来抓握的；护着指节的铁环呈波浪形，与柄身相连。

"用来击打。"莱拉解释道，似乎担心凯尔理解不了铁环的作用。"你可以刺杀对方，也可以打掉他们的牙齿。或者两样都来。"她摸着刀尖说，"当然不能同时做到。"

"那是，"凯尔关上橱柜的门，说道，"你很喜欢武器。"

莱拉一脸茫然地瞪着他。"谁不喜欢？"

"你已经有一把刀了。"他说。

"所以呢？"莱拉欣赏着刀柄，"刀是永远不嫌多的。"

"你很暴力。"

她挥舞着刀。"我们可没本事放点血外加咕哝几声就变出武器。"

凯尔气不打一处来。"那不是咕哝。再者，我们来这儿不是为了偷东西。"

"我还以为就是来干这个的呢。"

凯尔叹息着，继续在铺子里搜寻。他到处都翻遍了，包括弗莱彻那间狭小的偏房，结果一无所获。弗莱彻应该不会卖掉……会卖吗？凯尔闭上眼睛，感知周遭的一切，希望觉察到异世界的魔法。但这个地方充满了力量的嗡鸣，纷乱交缠，全是禁用魔法，无法将其与异世界的魔法区分开来。

"我有个问题。"莱拉说，她的口袋里叮当作响，十分可疑。

"毫不意外，"凯尔叹口气，睁开眼睛，"另外，我记得我说了不能偷东西。"

她咬着嘴唇,掏了几块石头出来,还有一种连凯尔都不认识的金属装置,统统放进一个箱子里。"你说过,世界被分离开来。那么这个家伙——弗莱彻——怎么有白伦敦的东西呢?"

凯尔仔细检查着一张桌子,他敢肯定已经翻找过了,但这次又摸到了隐藏的抽屉。"因为是我给他的。"

"好吧,你要那个做什么?"她眯起来眼睛,"是你偷来的吗?"

凯尔皱着眉头。确实是偷的。"不是。"

"骗人。"

"我不是为了自己收藏,"凯尔说,"你们的世界只有极少数人知道我的世界。那些知情者——收藏家和魔法迷——愿意付大价钱买一件小东西。一个小玩意儿。一个信物。在我的世界,大多数人知道你们的世界——少数人也对你们与魔法隔绝的生活感兴趣,就像你们世界的人对魔法感兴趣——而所有的人都知道**另一个**伦敦。白伦敦。对于来自**那个**世界的物品,有人愿意出高价收购。"

莱拉露出揶揄的笑容。"你是走私贩。"

"一个小贼好意思说别人,"凯尔反唇相讥。

"我知道自己是贼,"莱拉说着,从箱子上拿起一枚红色令币,在指节上翻转。"我也接受。你不接受不是我的错。"令币消失了。凯尔张开嘴准备抗议,不过眨眼的工夫,令币出现在她的另一只手掌里。"虽然我不大明白,既然你是王室——"

"我不是——"

莱拉白了他一眼。"既然你和王室同吃同住,又属于他们,那么你肯定不缺钱。为什么冒险干走私的活儿?"

凯尔咬紧牙关,回想起莱是如何恳求他停止这种愚蠢的游戏。

"你不会明白的。"

莱拉眉头一拧。"作案动机从来都不复杂,"她说,"人们偷东西是因为偷到什么就获得什么。如果不是为了钱,那就是为了控制。偷窃和破坏规则的行为,令他们产生力量感。他们纯粹是为了反抗。"她转过身去。"有人偷东西是想活下来,有人偷东西是想感受活着的价值。就这么简单。"

"你是哪种?"凯尔问。

"我偷东西是为了自由,"莱拉说,"我认为两者都有。"她走进两间房中的一截过道。"你就是这样得到黑石的吗?"她喊道,"你做了个交易?"

"不,"凯尔说,"我犯了个错误。我想弥补,所以我要找到那个该死的东西。"他沮丧地关上抽屉,用力很猛。

"当心点,"一个粗哑的声音响了起来,说的是阿恩语,"别碰坏了东西。"

凯尔闻声回头,发现是店主,他倚着一个衣柜,看样子有些困惑。

"弗莱彻。"凯尔说。

"你是怎么进来的?"弗莱彻问。

凯尔强迫自己耸耸肩,目光扫向莱拉所在的位置,她很机灵,躲在过道里没动。"可能是你布置的防线弱化了。"

弗莱彻抄起胳膊。"我不信。"

凯尔又偷偷地瞟了莱拉一眼,但她已经不在过道里了。他心里发慌,更可怕的是,过了一会儿,她出现在弗莱彻身后。她脚步极轻,手里闪着刀的寒光。

"Tac,"弗莱彻举起手来,说道,"你的朋友太无礼了。"与此同时,莱拉的脚步戛然而止。她的面部肌肉绷紧了,试图与无形的力量对抗，却徒劳无功。弗莱彻拥有罕见又危险的能力，他能控制骨头，借此操纵身体。正是这种能力使他有了束缚咒的伤疤，他也因为将其打破而骄傲满满。

不过，莱拉不以为然，嘴里骂骂咧咧。弗莱彻张开了手指。凯尔听见类似冰层裂开的响动，莱拉忍不住哀号一声，刀子从手中脱落。

"我还以为你喜欢独来独往。"弗莱彻的口气像是在聊天。

"放开她。"凯尔喝道。

"你要逼我就范吗，安塔芮？"

凯尔握手成拳——铺子里有十几道防线，专门对付不速之客和飞贼，以及任何有意伤害弗莱彻的人，比如凯尔——不过店主咯咯一笑，放下手来，莱拉当即趴在地上，她抓着手腕，恶狠狠地骂着脏话。

"Anesh，"他淡淡地说，"什么风把你吹到了敝店？"

"我曾经给过你一件东西，"凯尔说，"我想借用一下。"

弗莱彻嘲弄地哼了一声。"我不做借东西的生意。"

"那我就买回来。"

"要是不卖呢？"

凯尔强颜欢笑。"你比谁都清楚，"他说，"什么东西都可以卖。"

弗莱彻模仿着凯尔的笑容，却是冷冰冰、干巴巴的。"我不卖给你，但我说不定会卖给她。"他望向莱拉，她已经爬起来，躲到墙边低声咒骂。"只要价钱合适。"

"她不懂阿恩语，"凯尔说，"她根本不知道你在说什么。"

"噢？"弗莱彻摸向下半身，"我一定能让她听懂。"说完他抓着裤裆，朝莱拉的方向抖了抖。

莱拉眯起眼睛。"下地狱吧，你这——"

"要是我的话，绝对不找她，"凯尔打断了她的话，"她咬人。"

弗莱彻叹了口气，摇摇头。"你到底碰上了什么麻烦啊，凯尔大师？"

"没什么麻烦。"

"肯定有，所以才来。再者，"弗莱彻笑得更欢了，"他们不会没事把你的脸挂在板子上。"

凯尔瞟了一眼墙上的占卜板，整整一个小时都在播放他的肖像。突然，他面色煞白。底下的圆圈，也就是标记*如发现此人，请触摸此处*的位置，闪着亮绿色的光芒。

"你干了什么？"凯尔吼道。

弗莱彻报以微笑。

"别记仇。"他沉声说道，然后店门猛地打开，皇家侍卫一拥而入。

V

  留给凯尔整理情绪、恢复镇定的时间只有短短一瞬，侍卫们突然冲了进来，动静很大，一共有五人。

  他逃不掉——**无处**可逃——也不想伤害他们，还有莱拉……好吧，他不知道莱拉去哪儿了。刚才她还在那边靠着墙，一眨眼的工夫就消失不见（不过凯尔注意到，她在消失之前，手摸进了外套口袋，他感到石头的魔法在空气中轻微嗡鸣，当时在红宝石地，霍兰德一定也感觉到了这种响动）。

  凯尔强迫自己站在原地，假装从容不迫，其实他的心脏在胸膛里剧烈跳动。他提醒自己，他不是罪犯，王室仅仅是担心他失踪。他没做错任何事，至少没有当着王室的面。王室并不**知情**。除非在他旅行期间，莱向国王和王后告发了他的罪行。不会的——凯尔**希望**他不会——但就算他说了，凯尔是**安塔芮**，也是王室家族的一员，受人尊敬，乃至畏惧。想到这些，他懒洋洋地靠上了背后的桌子，甚至带有几分傲慢。

当皇家侍卫们看见他安然无恙地站在那里，一副漠不关心的样子，无不面露茫然之色。莫非他们以为看见的是一具尸体？或者做好了打斗的准备？一半人当场跪下，另一半人手扶剑柄，还有一人皱着眉头，站在他们当中。

"埃利斯。"凯尔冲着带队的皇家侍卫点头。

"凯尔大师，"埃利斯跨步上前，应道，"您还好吗？"

"当然。"

埃利斯看样子焦躁不安。"我们都很担心您。整个王宫都是。"

"我不想惊扰到谁，"他扫视着周围的侍卫们，"你们也瞧见了，我好得很。"

埃利斯环顾四周，又望向凯尔。"只是……先生……您出去执行任务就没有回来……"

"我有事耽搁了。"凯尔说，希望对方识相，不再提问。

埃利斯皱起眉头。"您没有看到通告吗？到处都发布了。"

"我刚刚回来。"

"那么，恕我冒昧，"埃利斯指着当铺问道，"您来这种地方做什么？"

弗莱彻的眉头拧紧了。虽然他只会说阿恩语，但他显然能听懂皇家语言，知道自己受到了侮辱。

凯尔挤出一丝笑意。"为莱准备礼物。"

侍卫们笑了，神色依旧紧张。

"您愿意跟我们走吧？"埃利斯问道，凯尔明白他的言下之意。否则只能动粗。

"当然。"凯尔直起身子，捋平外套。

侍卫们看样子松了口气。凯尔转念一想，扭头感谢弗莱彻的帮助。

"Mas marist，"店主闷闷地应道。我的荣幸，"履行我作为市民的义务。"

"我会回来的，"凯尔这次说的是英语（引得皇家侍卫们直皱眉头），"等我办完事。我必须找到我需要的东西。"这话是对莱拉说的。凯尔能感觉到她还在房间里，能感觉到藏起了她的石头。石头低声回应。

"先生，"埃利斯摆手示意店门，"您请。"

凯尔点点头，跟着他出去了。

★ ★ ★

莱拉眼疾手快，在听见侍卫们闯进来的一瞬间，她立刻握住石头，命令道："隐藏我。"

石头又一次服从了指示。

她感到一阵悸动掩在皮肤之下，顺着胳膊向上涌来，令人迷醉——上一次使用符文石的时候，有这种美妙的感觉吗？——然后纱巾再次将她覆盖，她消失了。与前次一样，她可以看见自己，但外人看不见她。侍卫看不见，弗莱彻看不见，连凯尔也看不见，他的双色眸子张望着莱拉，但好像只能投向她刚才所在的位置，不能随她移动。

虽然凯尔看不见她，但她看得见凯尔，在他脸上掠过一丝忧虑，从他的声音里听不出来，但从他的姿态上可以看出，那是一种警告，掩藏在他故作平静的话语之下。

等着，他好像在劝阻莱拉，然后才开始冲着房间说话，很明显是对她说的。所以她等在铺子里，不动声色，目送凯尔和四名侍卫走到

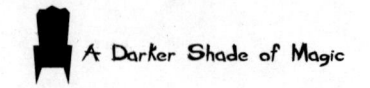

街上。最后一名侍卫没有立刻离开，他头盔上的面罩遮挡了脸庞，看不到表情。

弗莱彻对他说了什么，摊开手掌，分明是要赏钱。侍卫点点头，摸向腰间，与此同时，弗莱彻扭头望向窗外的凯尔。

莱拉看见了将会发生的事情。

弗莱彻没有看见。

侍卫掏出来的不是钱袋，而是刀。铺子里灯光昏暗，只见寒光一闪，刀锋抵在弗莱彻的咽喉处，悄无声息地拉了一道红线。

★ ★ ★

一辆密封严实的马车在店外等候凯尔，拉车的是御用白马，鬃毛上还缠着游行时的金色和红色的丝带。

凯尔在走向马车的途中脱下外套，从左到右地翻了个面，换上红色袖子的专属正装。他开始思考如何向国王和王后汇报——当然不能实话实说。不过，国王倒是有一样白伦敦的物件，是装饰品，搁在他私人房间的书架上，如果凯尔能拿到，就回来找莱拉和石头……莱拉和石头就在城里，想想就愁人。但愿她留在那里，一会儿就好。千万别惹麻烦。

埃利斯跟在凯尔半步开外，三名侍卫紧随其后。最后一名侍卫留下来与弗莱彻说着话，可能是在落实赏金的事情（凯尔确信弗莱彻对他恨之入骨，即使无钱可赚也乐意告发他）。

顺着王宫的方向望去，白天在河边的庆典活动已经结束——不，不是结束，而是**转移阵地**——变成了夜间的狂欢。音乐声几不可闻，码头和集市上的人群渐渐稀少，他们去了城里的各家酒馆和旅店，继续以莱的名义欢度良宵。

"请吧,先生。"埃利斯说着,为他拉开了车门。这辆马车里的座位不是面对面的,两排长凳都朝前;两名侍卫坐在后排,另外一人登上车夫旁边的座位,埃利斯则与凯尔并肩坐在前排,然后拉上车门。"我们带您回家。"

一想到回家,凯尔的胸口就疼。自从石头——尤其是如何处理它的艰巨任务——落在他手里,他就尽量不去想家,无论他多么想回去。而此时此刻,他满脑子想的都是见莱一面,最后拥抱一次,他暗自庆幸能有这个机会。

当埃利斯拉上窗帘,他颤颤悠悠地吁了口气,瘫在长凳上。

"很抱歉这么做,先生。"他说。凯尔正要问他此话怎讲,就被他手里的布捂住了嘴,肺里顿时充满苦涩而甜腻的气味。他拼命地挣扎,但对方的铁手套牢牢地钳着他的腕子,把他按在长凳上不能动弹。很快,他眼前一黑。

★ ★ ★

莱拉倒吸一口凉气,在纱巾的遮掩下没人能听见。这时,侍卫松开了弗莱彻的肩膀,任其扑向前去,随着一声闷响,他倒在老旧的地板上,气息全无。

侍卫仍旧站在那里,丝毫不为杀人所困扰,似乎也没有注意到身上的血迹。他扫视着房间,目光掠过莱拉,透过头盔上的目窗,莱拉好像看到对方眼里闪烁着异彩。类似魔法。确认这儿没别人需要解决之后,侍卫心满意足地收刀回鞘,转身离开店铺。沉闷的铃声随之响起,过了一会儿,莱拉听见马车动了起来,顺着街道辘辘驶去。

弗莱彻的尸体趴在自家店铺的地上，鲜血浸透了他刚硬的金发，染红了胸膛底下的木板。他那副自命不凡的表情消失了，取而代之的是震惊，凝固在僵死的脸上，犹如琥珀里的昆虫。他两眼大睁，空洞无神，有一件灰白的东西从衬衫口袋里滚落，夹在尸体和地板之间。

那东西看起来酷似一枚白色的棋子。

莱拉四下张望，确定周围没有人，便驱散了隐藏咒语。解除魔法很容易，松开石头则相当艰难，花了好长时间；等她终于松开手，把符文石丢进口袋，整个房间似乎都在倾斜。一阵战栗袭来，夺走了她的体温以及别的什么。使用魔法之后，她感到……*怅然若失*。莱拉早已习惯了饿肚子的滋味，但石头带来的饥饿感是骨子里的。空虚。

该死的石头，她心里想着，脚尖伸到弗莱彻的肩膀底下，把尸体翻了过来，他无神的眼睛瞪着天花板，瞪着莱拉。

她跪下来，避开那摊不断扩张的血泊，捡起了血淋淋的棋子。

莱拉骂了一句脏话，站起身来，掂量着棋子。乍一看，它很寻常，然而，当她握着石头——或骨头，管它是用什么材料雕刻的——她察觉到它的能量和这个伦敦有所不同。区别微乎其微，也许是她的错觉，但棋子就像温暖房间里拂过的凉风。那种凉意不多不少，正好有那么一点格格不入。

她撇开这些念头，把棋子塞进皮靴（她不清楚魔法如何运作，但她感觉若不是有特殊的需要，把两块魔法石放在一起不大明智，而且，除非万不得已，她也不会再碰那块偷来的石头）。她在裤子上擦掉了弗莱彻的血。

万事俱备，莱拉颇有成就感。她手里有黑伦敦的石头*和*白伦敦的信物。如今只缺凯尔。

莱拉转身面对店门，又裹足不前。凯尔叫她留在这里，可是看到尸骨未寒的弗莱彻，她担心凯尔会遇上麻烦。尽管她来红伦敦不过一天时间，但皇家侍卫割人喉咙似乎并不寻常。也许凯尔没事。可万一有事呢？

她的直觉认为要走，而多年的偷盗生活教会她的是，应当听从自己的直觉。况且，据她推断，城里没人找她。

莱拉走向店门，快走到的时候，又看见了那把刀，也就是她很想要的那把，仍然搁在箱子顶上。凯尔警告过她不能偷店里的东西，但眼下老板已经死了，刀在那里无人问津。她一把将其抓起，轻轻地摸了摸刀身。真是漂亮极了。她望向店门，不知道防盗魔法是否随着施法者的死亡而消失。不妨试一试。于是她小心翼翼地打开店门，把武器放在地板上，用脚尖将其踢过门槛。她绷紧神经，等着发生什么反应——一股能量，一波疼痛，甚至是小刀去而复返——结果什么也没有。

莱拉贪婪地笑了，跨步上街。她捡起小刀，插在腰间，去寻找——很可能是*营救*——凯尔，不管他遇到了什么麻烦。

VI

　　帕里什和吉恩在庆典活动上晃悠，一手夹着头盔，一手端着酒杯。帕里什赢回了他的钱——事实上，他们经常打牌下注，兜里的钱来来回回，谁也谈不上赚或亏——作为赢家，还给吉恩买了杯酒。

　　说到底，今天是个好日子。

　　莱王子非常慷慨，给最为亲密的贴身侍卫放了几个小时的假，让他们参加在艾尔河边举行的盛大庆典。帕里什生性多疑，犹豫不决，但吉恩分析，今天是莱最受瞩目的日子，即使没有他们俩，王子也能得到很好的照顾。至少，离开一会儿不会有事。于是两人来看热闹了。

　　庆典活动绕河举行，集市比日常热闹三倍，河流两岸人潮涌动，欢呼声、音乐和魔法无处不在。庆典活动的规模一年比一年壮大，以前是一两个小时即告结束，现在是整整一天的狂欢（接下来还有好几天的冷却期，热情逐渐消退，直到生活恢复常态）。而今年的这一次，早晨的游行已经让位给下午的美食、佳酿和烈酒，最后还有晚上的舞会。

今年是一场化装舞会。

王宫门前的宽大台阶已被清理干净，收来的鲜花摆放在门廊的两边。王宫内外挂着光球，犹如低垂的繁星，还有铺开的深蓝色地毯，等到晚上，王宫就不是自河上升起的旭日了，而是在璀璨繁星簇拥下，高悬于夜空的一轮明月。整个伦敦城，年轻漂亮的人儿和名流雅士都会戴上面具，锦衣华服地钻进他们的马车，一路上默默练习英语。等进了王宫，他们会以敬神的热情膜拜王子，他也会一如既往，为报答民众的爱慕而举杯畅饮，陶醉其中不能自拔。

化装舞会在王宫里举行，受到邀请者方可参加，但在河边的庆典活动是没有限制的，午夜过后会变成其特有的形式，直到接近尾声，人们才会意犹未尽地回到家中。

帕里什和吉恩很快便会回到王子身边，但此时他们仍靠着集市上的一根帐篷柱子，东张西望，享受难得的假期。帕里什时不时碰碰吉恩的肩膀，默不作声地提醒他保持警惕。虽说他们今天并不当值，他们（至少是帕里什）仍以自己的职务为荣，披挂皇家侍卫的盔甲（女士们好像喜欢全副武装的男人，但也无关紧要）留意现场有无闹事的迹象。整个下午的大部分时间，所谓的闹事无非是某人为莱庆生的热情过了头，不过偶尔也有斗殴事件，亮刀子或亮魔法也需要他们调解。

吉恩显然无忧无虑，但帕里什越发地焦躁不安。他的搭档断言，是因为帕里什只喝了一杯酒，他却认为并非如此。空气中有一股能量，尽管他也知道嗡鸣声很可能来自庆典活动，但还是导致他精神紧张。不仅因为能量比平常**强烈**，感觉也**不大一样**。他转动着空酒杯，试图放松下来。

附近有个戏班子正在表演火魔法，把火焰扭曲成龙、马和鸟的模

A Darker Shade of Magic

样，帕里什一眼望去，被魔法火焰的光芒晃得头昏眼花。等他恢复了视力，他看到前面有一个女人，花枝招展，金发红唇，丰满性感，酥胸半露。他的目光从女人的胸脯移向眼睛，眉头随之皱起。那双眼睛不是蓝色，不是绿色，不是棕色。

是黑色。

黑如不见星月的夜空，黑如占卜板。

黑如凯尔大师的右眼。

他眯起眼睛确认无疑，便喊吉恩来看。发现同僚并未作声，他扭头看见吉恩盯着一个年轻小伙子——不，是**女扮男装**，而且衣服的样式既土气又怪异——挤过人群，向王宫走去。

吉恩微微皱眉，似乎觉得那个女孩打扮奇怪、与众不同，虽然也是事实，但比不上黑眼女人奇怪。帕里什抓住吉恩的胳膊，强行拽了过来。

"Kers?"吉恩吼道，酒水差点泼了他一身。*干什么？*

"那儿有个蓝衣女人，"帕里什回头望向人群，"她的眼睛……"他没能说下去。黑眼女人不见了。

"勾走了你的魂儿？"

"不是，我发誓，她的两只眼睛都是**黑色**的。"

吉恩扬起眉毛，喝了一口酒。

"也许是你玩昏了头。"他说着，拍了拍对方的胳膊。越过同僚的肩膀，帕里什目送身着男装的女孩消失在一座帐篷里，这时候，吉恩皱着眉头又说了一句。"看来你不是唯一一个玩昏了头的。"

帕里什循着他的目光望去，看见了一个男人，背对着他们，在集市中心抱住了一个女人。那人手上的动作有点大，即便在这种热闹的场合也太过夸张了，女人似乎不大乐意。她的双手挡在男人胸前，试图将其推开,但男人竟报以深深的一吻。吉恩和帕里什离开帐篷柱子,走了过去。突然,女人停止了挣扎。她的双手无力地垂落,脑袋也耷拉下来,男人随即放开了她,过了一会儿,她摇摇晃晃地跌坐在地上。与此同时,男人转身走开,深一脚浅一脚地挤过人群。

帕里什和吉恩亦步亦趋,慢慢拉近距离,以免引发恐慌。对方在人群中时隐时现,最后穿过帐篷群,向河边走去。侍卫们加快步伐,在那人刚刚消失的瞬间追了上去。

"那边的。"吉恩大喊着,抢先上前。他一向如此。"站住。"

走向艾尔河的男人放慢脚步,停了下来。

"转身。"吉恩喝道,他手扶剑柄,逼近对方。

那人照做了。帕里什看见那张陌生的面孔,顿时瞪大了眼睛。两汪池水,亮闪闪,黑漆漆,犹如夜里河底的石头,那是眼睛所在之处,周围的皮肤则密布黑色纹理。那人扯动嘴角,强作笑容,尘土似的碎片纷纷脱落。

"Asan narana。"他说的不是阿恩语,同时伸出手来,令帕里什大吃一惊,整只手都是黑的,指尖仅剩烧焦的骨头,锐利如针。

"以国王的名义——"吉恩开口了,但没有机会说完,因为那人微微一笑,乌黑的手指刺破侍卫的盔甲,插进他的胸膛。

"黑心。"他这次说的是英语。

帕里什惊惧交加,呆若木鸡,与此同时,那人,或者说那头怪物,抽回了鲜血淋漓的残手。吉恩瘫软在地,帕里什回过神来,开始行动。他冲上前去,同时拔出皇家短剑,刺进黑眼怪物的肚子。

一时间,那头怪物面露戏谑的表情。随后帕里什的剑开始发光,剑刃上的咒语立刻生效,阻断了对方的魔法。他双目圆睁,眼睛和血管里的黑色迅速消退,最后恢复了正常人的样貌(虽然是垂死之人)。他吃力地喘息着，抓住帕里什的盔甲——他的手背上刻着一个X，是杀人犯的标志——然后在帕里什的剑下灰飞烟灭。

"圣徒啊。"帕里什盯着那堆在风中飘散的死灰，骂道。

疼痛突如其来，在他背后炸开，剧烈到无以复加，他低头看见剑尖透胸而过。伴随着湿闷的、令人反胃的声音，剑尖收了回去，帕里什双膝一软，跪在地上，凶手绕到了他面前。

他抖索地吸了口气，肺里灌满血水，抬头看见吉恩挺身而立，手提血淋淋的短剑。

"为什么？"帕里什低声说。

吉恩的一对黑眼睛注视着他，冷冷一笑。"Asan harana。"他说，"高贵的心。"

然后，他手里的剑高举过头，用力劈下。

# Part eleven

Shades of Magic

化装舞会

I

当天光散落西下,王宫泛着金色的光晕,犹如悬在艾尔河上方的又一轮太阳。莱拉迎着光走去,一路经过熙熙攘攘的集市——随着时间流逝,人们酒意渐浓,庆典活动越发混乱不堪——同时她琢磨着,等到了王宫该怎么**进去**。石头在她的口袋里搏动,以一个再简单不过的答案诱惑她,但她决定不再使用魔法,除非万不得已。石头窃取得太多,而且悄无声息,狡猾透顶。不行,只要有别的办法进去,她一定能找到。

等距离王宫近了些,前面的台阶映入眼帘,莱拉瞅到了机会。

王宫大门敞开着,丝织的蓝色地毯如夜晚的河水,从台阶上倾泻而下,宾客们络绎不绝地逆流而上。看样子他们是去参加舞会的。

不是普通的舞会,她望着人流,心想。

是化装舞会。

男男女女都化了装。有的戴着涂了颜色的皮面具,有的就华丽多了,装饰物包括角、羽毛和珠宝,有的仅仅遮住眼睛,还有的则挡得严严实实。莱拉坏坏地笑了。她不用伴装当地人混进去。她根本不需要露脸。

但有一样东西是每位宾客必须出示的：**请柬**。这玩意儿恐怕不好搞到手。恰好此时运气来了，又或是老天睁眼，莱拉听见一阵高亢、甜美的笑声，扭头看到三个年龄不比她大的女孩，被人扶下马车。她们全副盛装，春风满面，叽叽喳喳地站在街上聊天。莱拉立马认出了她们，正是早上游行时遇见的那几个女孩，她们为莱和"黑眼王子"神魂颠倒，而莱拉已经知道后者就是凯尔。而且她们那时在练习英语。**情有可原**。因为只有上流社会，以及那些想巴结上流社会的人才说英语。莱拉乐不可支。或许凯尔说得对，在别的场合，她的口音会显得非常另类。而在此时此地，反倒有所助益，为莱拉**混迹其中**提供便利。

其中一个女孩——对自己的英语水平颇为骄傲的那个——取出一张烫金的请柬，三个人欣赏了好一会儿，她又将其夹在胳膊下。莱拉走上前去。

"请问，"她拉着女孩的胳膊肘说，"化装舞会什么时候开始？"

女孩好像不记得她了。她慢慢地上下打量莱拉——那副模样十分欠揍，让人恨不得打掉她几颗牙齿——然后生硬地笑了笑。"现在就开始了。"

莱拉报以同样的笑容。"好的。"她说。女孩挣脱她的手，却没有发现身上少了一张请柬。

三个女孩向王宫台阶走去；与此同时，莱拉端详着刚刚到手的战利品，摸了摸请柬的金边以及华丽的阿恩文字。她再次抬头，望向王宫大门前的队伍，但没有急着参与其中。拾级而上的男男女女无不身着珠光宝气的礼服和样式考究的深色套装，披着奢华的斗篷，发间夹杂闪闪发亮的金丝。莱拉低头看看自己，破烂斗篷外加棕色旧靴，相比之下格外寒酸。她从口袋里取出自己的面具——一块皱巴巴的黑布。就算有了请柬，说一口流利的英语，她也进不去，这副行头肯定不行。

她把面具塞回斗篷的口袋，环顾集市上的摊位。远处售卖的是食物和酒水，但在这儿，最靠近王宫的位置，售卖的货物大不相同。有各种护身符，还有手杖、鞋子和漂亮衣服。附近的一座帐篷灯火通明，里面挂满了衣服，于是莱拉挺起胸膛，走了进去。

迎接她的是对面墙上的一百张脸，全都戴着面具。从简单的到复杂的，从漂亮的到怪诞的，每一张脸都斜着眼睛瞪她。莱拉走过去，从钩子上取了一张下来。这是一张黑色的半脸面具，太阳穴的部位生着一对弯曲的角。

"A tes fera, kes ile?"

莱拉吓了一跳，发现身边站着一个女人。她个子矮小，身材滚圆，六七根辫子像蛇一样盘在脑袋上，当中插着形似面具的发簪。

"抱歉，"莱拉一字一顿地说，"我不会说阿恩语。"

女人微微一笑，双手交叠在大肚子上。"啊，但你的英语说得很好。"

莱拉松了口气。"你也是。"她说。

女人脸色一红。看来马屁拍对了地方。"我为舞会服务，"她回答，"会说才行。"然后她指着莱拉手里的面具说，"你不觉得颜色有点深吗？"

莱拉看了看面具。"不，"她说，"我觉得很合适。"

莱拉翻转面具，看见了一串数字，毫无疑问是价格。单位不是先令或英镑，但莱拉敢肯定，不管是哪种货币单位，她绝对负担不起。

她百般不情愿地把面具放回钩子上。

"既然很合适,为什么放回去?"女人追问。

莱拉悲叹一声。假如老板娘不在面前,她是打算偷走的。"我没有钱。"她把手插在口袋里,说道。她摸到了那块银怀表,吞了吞口水。"但我有这个……"她把怀表掏了出来,递过去,希望女人不会注意到上面的血迹(她已经尽量擦干净了)。

但女人摇了摇头。"An,an,"她说着,合上莱拉的手掌,"我不能要你的钱。不管以什么形式。"

莱拉皱起眉头。"我不明白——"

"今早我见过你。在集市上。"莱拉想起了因为偷东西差点被抓的那一幕。但女人说的并不是偷东西的事。"你和凯尔大师,你们是……朋友,对吧?"

"算是吧。"莱拉说,发现女人面露神秘的微笑,她顿时羞红了脸。"不,"她立刻改口,"不,我不是那个意思……"对方拍了拍她的手。

"Ise av eran,"女人轻声说,"我没有资格……"她顿了顿,寻找合适的词儿,"……打探你们的关系。但凯尔大师是aven——**受到祝福的人**——他是本城王室的宝贝。如果你属于他,或者他属于你,我的铺子也就属于你。"

莱拉难受极了。她最讨厌接受施舍。不要钱的东西,往往会成为一根锁链、一副重担,导致一切失去平衡。莱拉宁可偷来,也好过欠上人情。可她急需一身衣服。

女人似乎觉察到她眼里的犹豫。"你不是本地人,所以你不懂。阿恩人付账的方式多种多样。并不是只有钱币。我现在不需要你的任何东西,所以你可以下次付给我,以你的方式。好吗?"

莱拉不知如何是好。这时候，王宫里钟声响起，深沉洪亮，震得她五脏六腑都在颤动，于是她点点头。"很好。"她说。

老板娘笑了。"Ir chas，"她说。"那么，我来给你搭配一下。"

★★★

"嗯。"老板娘——她自称卡拉——咬着嘴唇，"你真的不想试试束腰胸衣？或者长裙？"

卡拉想带莱拉看裙子，可她直勾勾地盯着男式外衣不放。肩部平直，领子高挺，纽扣锃亮，真是漂亮极了。

"不，"莱拉说着，从架子上提起一套衣服，"这就是我想要的。"

老板娘着了迷似的打量她，不过眼神仍有那么一点——应该说，非常非常少，而且极力掩饰——评判的意味，然后说："Anesh。如果你确定选这种风格，我就去给你找双靴子。"

过了几分钟，莱拉站在帐篷角落的帘子后面，手里的衣服料子之精良，是她从未摸过的，更别提拥有过了。借来的，她纠正自己的说法。直到付了钱为止。

莱拉清空了身上的诸多口袋——装着黑石、白色棋子、血迹斑斑的银怀表、邀请函——把东西放在地上，然后脱下靴子和破旧的斗篷。卡拉给了她一件崭新的黑色上衣——简直就像是为她量身定做的，她甚至怀疑衣服上是不是被施加了某种缝纫魔法——还有一条勉强能穿的裤子，对于她细瘦的身材来说有点宽松。她坚持系上自己的腰带，卡拉表现得非常得体，在为她送来靴子时，并未对挂在腰带上的各色武器大惊小怪。

每个海盗都需要一双好靴子，而眼前这双可谓上品，它们以黑色皮革制成，内衬比棉花还柔软，莱拉穿上时情不自禁地欢呼了一声。然后是外套。简直梦幻，高高的领子，漂亮的款式，纯正的黑色——醇厚而深沉——完美贴合的腰部，自带的短斗篷收拢在咽喉两侧的红扣子上，从肩膀覆盖到后背。莱拉抚摸着胸前乌黑光滑的纽扣，赞叹不已。她从不追求这种华丽的服饰，一心只要咸腥的海风和一艘牢固的船，以及一张空白地图，但此时此刻，她锦衣华服地站在异国他乡的店铺里，终于开始理解其魅力所在。

最后，她拿起早就搁在一边的面具。挂在墙上的很多面具都非常漂亮，缀有羽毛和花边，还以玻璃装饰，精巧别致。但这张面具是一种另类的美丽，甚至完全相反。它带给莱拉的不是翠袖红裙、绫罗绸缎的感觉，而是精美的刀子和夜里行在海上的船只。它充满危险的意味。她将其戴在脸上，面露微笑。

角落里有一面镀银的穿衣镜，她欣赏着镜中的自己。她已经不怎么像故乡通缉令上的影贼，更不像为了逃离底层生活而苦苦攒钱的瘦弱姑娘。那双锃亮的靴子上及膝盖，使得她的腿更显修长。外套加宽了肩膀，收紧了腰部。面具沿着脸颊逐渐变窄，头部的黑角弯曲向上，形态既优雅又怪异。她久久地端详着自己，就跟刚才遇见的女孩一样，不过毫无藐视之意。

迪莱拉·巴德就像国王。

不，她挺起胸膛，心想，她像征服者。

"莉拉？"老板娘的声音从帘子外传来，名字被她念成了"莉"音。"合适吗？"莱拉把私人物品放进新外套的丝边口袋里，掀开帘子。皮靴的后跟在石头地上敲得自信满满——不过，她早就查看过台阶，到时候在舞会现场走路是不会有脚步声的——卡拉笑了，虽然嘴里啧啧作响，眼中却闪着调皮的光彩。

"Mas aven,"她说,"你好像是去攻城略地,而不是吸引男人。"

"凯尔会喜欢的。"莱拉信誓旦旦地说,而且提到他的名字时,语气带有一丝温存和亲热,老板娘听了兴奋得发抖。钟声再一次敲响,响彻全城,莱拉暗暗骂了一声。"我得走了,"她说,"再次感谢你。"

"你会付钱的。"卡拉如是回应。

莱拉点点头。"我会的。"

她刚走到帐篷口,老板娘又说:"照顾好他。"

莱拉冷冷一笑,拉起外套领子。"我会的。"她重复了一遍,然后消失在街上。

II

　　色彩在凯尔头顶绽放，红色、金色和浓郁的深蓝色若隐若现。起初它们呈现为宽大的带状，但等他恢复了视力，他发现那是王宫里的帷幔，垂在每一间寝宫的天花板上，拉扯成天空的造型。

　　凯尔眯着眼睛抬头张望，发现这里是莱的寝宫。

　　他之所以认得，是因为他自己寝宫的天花板是夜空，近乎全黑的布条上点缀着银丝，而王后寝宫的天花板是正午的湛蓝天空，万里无云，国王的则是黄色和橙色组成的落日景象。只有莱的房间是这样的。黎明的天空。凯尔感到头晕目眩，随即闭上眼睛，深吸一口气，试图拼凑四分五裂的记忆。

　　他躺在沙发上，身体陷进柔软的垫子里。墙外传来音乐声，是乐队在演奏，夹杂着欢声笑语。是了，莱的生日舞会。这时候，有人清了清嗓子，凯尔使劲睁开眼睛，扭头一看，莱坐在他对面。

　　王子靠在一把椅子上，跷着二郎腿，一边抿着茶水，一边气呼呼地瞧他。

"兄弟。"莱举起茶杯打招呼。他一袭黑衣，衣裤和靴子上装饰着许多金色纽扣。一张面具——花里胡哨的，缀着成千上万块小金片，闪闪发亮——戴在他头上，就在平常戴王冠的位置。

凯尔想撩开眼前的头发，忽然发现自己做不到。他的双手都被铐在背后。

"你开什么玩笑……"他挣扎着坐起来，"莱，你这样铐着我是什么意思？"这副手铐不是灰伦敦常见的普通货色，那种铁链子。也不是白伦敦的束缚魔法，只要反抗就激发剧烈的疼痛。都不是，而是用一整块铁制成，并且加持了阻断魔法的咒语。威力肯定不如皇家佩剑的那么大，但确实管用。

莱把茶杯搁在一张装饰华丽的边桌上。"我不能再让你跑了。"

凯尔叹息一声，仰头靠着沙发。"太荒唐了。所以你就下令把我迷晕？真是荒唐，莱。"

莱抄着胳膊。他显然一肚子怒气。凯尔抬起头，环顾四周，注意到房间里还有两名皇家侍卫，披盔戴甲，头盔的面罩也拉了下来。但凯尔熟悉莱的贴身侍卫，即使穿着盔甲也能认出来，他们不是往常的那两个。

"吉恩和帕里什呢？"凯尔问。

莱懒洋洋地耸耸肩。"玩得有点上瘾了，我想。"

凯尔挪了挪身子，试图脱开手铐。可实在太紧了。"你不觉得这样做有点过火了吗？"

"你去哪儿了，兄弟？"

"莱，"凯尔冷着脸说，"放开我。"

莱的脚从膝盖上滑下来，稳稳地踩在地上。他坐直了身子，端端正正地面对凯尔。"是真的吗？"

凯尔皱起眉头。"什么是真的吗?"

"你带了一件黑伦敦的东西?"

凯尔神色一凛。"你说什么?"

"是不是真的?"王子追问。

"莱,"凯尔缓缓地说,"谁告诉你的?不可能有人知道,除了那些想让石头消失,以及想得到石头的人。"

莱悲伤地摇摇头。"你带了什么到我们城里啊,凯尔?你给我们带来了什么啊?"

"莱,我——"

"我警告过你。我也说过,如果你再干这种事情,你会被逮捕,到时候连我都无法保护你了。"

凯尔如坠冰窖。

"国王和王后知道了吗?"

莱眯起眼睛。"没有。暂时没有。"

凯尔稍稍松了口气。"他们不需要知道。这件事我不得不做。我要把它送回去,莱。送回那座沦陷的城市。"

莱的眉头拧成一团。"我不能让你这样做。"

"为什么?"凯尔问,"那是它唯一该去的地方。"

"它现在在哪里?"

"安全的地方。"凯尔回答,但愿他说的是真的。

"凯尔,如果你不告诉我,我就没法帮你。"

"我负责解决,莱。我向你保证。"

王子摇摇头。"保证不顶用,"他说,"别说了。告诉我石头在哪里。"

凯尔一愣。"我没告诉你那是块石头。"

两人沉默不语,气氛凝固了。莱死死地盯着他。终于,那两片嘴唇扯出阴沉的笑意，五官随之扭曲，失去了王子的风度。

"噢，凯尔。"他说着俯身向前，胳膊肘撑在膝盖上，凯尔瞥见他衬衣领子里的东西，当即惊呆了。是吊坠。一条边缘血红的玻璃项链。他之所以认得，是因为几天前刚刚见过。

就在阿斯特丽德·戴恩身上。

凯尔一跃而起，然而侍卫立刻冲过来，把他按了回去。他们的动作惊人的一致，力气大得可以捏碎骨头。受人控制。毫无疑问。难怪他们放下了面罩。他们眼里有被控制的迹象。

"你好啊，鲜花小子。"虽然声音和莱一样，却不是他在说话。

"阿斯特丽德，"凯尔嘶声喝道，"你把王宫里的每一个人都控制了吗？"

莱的嘴唇吐出一声轻笑："还没有，不过我正在做这件事。"

"你把我的兄弟怎么了？"

"借用他的身体罢了。"莱从衬衫领子里拉出吊坠。这个玩意儿只可能是一样东西：附体咒符。"安塔芮的血，"她得意地说，"可以让咒语不受限制地存在于两个世界。"

"你会付出代价的，"凯尔吼道，"我要——"

"你要怎样？伤害我吗？连你最亲爱的王子也不顾？我深表怀疑。"冰冷的笑意再次掠过嘴角，在莱的脸上格外陌生。"石头在哪里，凯尔？"

"你来这里做什么？"

"这还用我说吗？"莱一挥手，"开疆拓土。"

凯尔拼命地挣扎，手铐却越扣越紧。它的阻断力量极其强大，足以抑制元素魔法和咒语的施放，但不能对付安塔芮的魔法。只要他能——

A Darker Shade of Magic

"告诉我你把石头藏在哪里了。"

"告诉我你为什么占用我兄弟的身体。"他反问，为的是拖延时间。

阿斯特丽德在王子的躯壳里叹了口气。"你对战争太无知了。战斗或许是从外部发起，但战争永远赢在内部。"她指着莱的身体说，"多少王国和国王败在萧墙之内。固若金汤的最强堡垒，也抵挡不了来自内部的一次攻击。假如我选择兵临城下，又怎么可能做到如今的成就？如今，没人知道我来了。国王不知道，王后不知道，人民不知道。我是他们敬爱的王子，以后也是，一切都在我的掌握之中。"

"我知道，"凯尔说，"我知道你是什么人，是什么货色。你要怎么做，阿斯特丽德？杀了我吗？"

莱的脸上泛着喜悦的光彩，尤显怪异。"不，"他脱口而出，"但我敢肯定，你宁愿我杀了你。好了……"莱抬起凯尔的下巴。"我的石头呢？"

凯尔盯着兄弟那对琥珀色的眸子，那头怪物就潜伏在深处。他很想恳请莱奋起抗争，打破咒语。但那样做没用。只要阿斯特丽德还在里面，他就无能为力。

"我不知道在哪里。"凯尔说。

莱笑得更欢了，笑容里透露着残忍和凶狠。"你知道……"莱说着举起手，端详着细长的手指，指节上戴满了闪闪发亮的戒指。他转动戒指，使得镶嵌珠宝的一面朝向手心。"我还真有那么一点点希望你这样回答。"

然后莱握手成拳，击中凯尔的下巴。

凯尔的脑袋偏向一边，差点翻倒，但侍卫们抓得很牢，使他无法动弹。凯尔尝到了血腥味，莱则面带残酷的微笑，捏着指节。"接下来会很有趣的。"

III

　　莱拉拾级而上，崭新外套上的短斗篷在身后飘荡。随着她的步伐，星光熠熠的夜色地毯微微泛起涟漪，仿佛真实的水波。别的宾客都是成双成对，或三五成群，莱拉则是独自一人，但仍尽量模仿他们高傲的姿态——肩膀后收，昂首阔步。她或许并不富有，却偷过不少富人，能模仿他们的行为举止。

　　走到台阶尽头，她向一个身着黑金色衣服的人出示了请柬，对方鞠了一躬，恭请她进入一间铺满鲜花的门厅。莱拉这辈子从未见过这么多鲜花。玫瑰、百合、牡丹、水仙、杜鹃，还有许多她根本叫不出名字。一簇簇形似雪花的小小白花，一朵朵仿若向日葵的粗茎大花，却是天蓝色的。门厅里花香四溢，但还不到叹为观止的地步。或许她已经逐渐习惯了。

　　前方的廊道挂着门帘，音乐声悠悠传来，一种神秘感吸引着莱拉快步走过鲜花门厅。当她拉开门帘，一个仆人赫然出现，挡住了她的去路。莱拉顿时紧张起来，生怕自己的打扮和邀请函不合要求，被发

A Darker Shade of Magic

现是冒名顶替，不是本地人。她不由自主地摸向藏在外套里的刀。

结果对方面带微笑，用生硬的英语说："我介绍谁？"

"什么？"莱拉压低嗓门，粗声粗气地问道。

那人皱起眉头。"我如何宣布您的头衔和姓名，先生？"

"噢。"她如释重负，收回了手，笑容绽放在嘴角。"巴德船长，"她说，"*海王号*。"侍从看样子有些迟疑，但还是转过身，一字不漏地通报了。

名字的回声荡漾着，不等她迈进房间就倏然消失。

莱拉一进门，就惊得合不拢嘴。

与内部的景致相比，五彩斑斓的外部世界顿时黯然失色。这座王宫有着玻璃拱顶、亮丽的织锦，以及犹如光线一样无处不在的**魔法**。空气中充满了生机。它不是石头那种神秘诱人的魔法，而是喧嚣、耀眼，环绕在四面八方的。凯尔对莱拉说过，魔法就像一种超常的感觉，位于视觉、嗅觉和味觉之上，如今她终于理解了。它无处不在。无所不在。令人神魂颠倒。她说不出这股能量是来自房间里的上百个人，还是来自房间本身。它在房间里折射、**放大**，就像回音壁上的声响。

而且它竟然有种——**简直不可思议**——似曾相识的感觉。

透过魔法可见，或者说正是因为魔法，整个空间五光十色，鲜活动人。她没去过圣詹姆斯宫，但那里不可能有这般金碧辉煌。她所在的伦敦无法与之媲美。两相对比，她所在的伦敦是彻头彻尾的灰色，单调乏味，莱拉恨不得亲吻石头，感谢它赐予自由，把她带到这里，这个珠光宝气的国度。目力所及之处，全是金灿灿的财宝。她手指发痒，难以抑制掏兜的冲动，但她知道自己身上带的物品太重要了，万一被抓住，后果不堪设想。

挂着门帘的廊道通向一方平台，台阶顺势而下，与大厅光滑的地板相接，消失在无数靴子和旋转的裙摆底下。

国王和王后候在台阶的尽头，迎接每一位客人。他们身披金袍，长身而立，风度翩翩。莱拉从未近距离地接触王室成员——她没算上凯尔——也知道最好的选择就是避而不见，但实在忍不住炫耀自己的这身装扮。再者，不去问候主人也是失礼的行为。胡闹，脑子里有声音吼道，但莱拉依然面带微笑，顺着台阶走下去。

"欢迎，船长。"国王紧紧地握着莱拉的手。

"陛下。"她极力压低声音，然后当着国王的面小心翼翼地揭开面具，以免那对角戳到对方。

"欢迎。"王后也发出同样的问候，与此同时，莱拉亲吻了她的手。礼毕之后，王后又说，"我们好像没有见过。"

"我是凯尔的朋友。"莱拉依然低着头，故作轻松地应道。

"啊，"王后说，"欢迎你。"

"说实话，"莱拉接着说，"陛下，我正在找他。您知道他可能在哪里吗？"

王后呆呆地注视着她，回答道："他不在这里。"莱拉皱起眉头，王后又说，"但我不担心。"她的语调平稳得过分，仿佛是在背诵别人教给她的话。不祥的预感愈加强烈。

"我相信他会来的。"莱拉抽回手。

"一切都会好的。"国王说，他的声音同样空洞。

"是的。"王后补充道。

莱拉眉头紧锁。事情不对劲。她顾不上礼节了，抬头与王后对视，发现对方眼中微微闪耀异彩。她在割开弗莱彻喉咙的侍卫眼中也见过。是某种咒语在起作用。其他人都注意不到吗？还是因为他们有

A Darker Shade of Magic

所顾忌，不敢直视国王和王后的眼睛？

莱拉背后的一位宾客清了清嗓子，于是她移开视线。"对不起，耽误您了。"她匆匆道歉，绕过国王和王后，走进舞厅。她避开一群群跳舞和喝酒的人，搜寻王子的身影，但现场的气氛仍未达到高潮，众人期待的目光不断地飞向大门和台阶，据此推断，他尚未现身。

她悄悄地打开舞厅角落的一扇门，来到一条走廊上。除了一名侍卫和一个年轻姑娘，再无他人，两人正在耳鬓厮磨，情意绵绵，莱拉趁机溜走，推开了另一扇门。接着又是一扇门。因为长年厮混于伦敦街头，她熟悉这种迷宫似的地方，越靠近中心就越热闹，反之则越冷清。她绕着王宫跳动的心脏，穿过一间又一间厅堂，始终保持一定距离。所到之处，她遇见了一些宾客、侍卫和仆人，但没有凯尔的影子，没有王子的踪迹，迷宫也不见任何异常。最后，她发现了一截盘旋而上的楼梯。楼梯造型优美，却狭窄难行，明显不是供公众使用的。她回头看了一眼舞厅的方向，然后拾级而上。

楼上极其安静，看来是私人领域，她知道距离越来越近，安静是一方面，口袋里的石头也开始嗡鸣。似乎它能感应到凯尔在附近，而且渴望向他靠拢。莱拉又有了被冒犯的感觉。

这里的走廊七弯八拐，起初空无一人，但情况很快就发生了变化。莱拉刚一拐弯，立刻屏住了呼吸。她死死地贴在一处阴影里，堪堪避开一名侍卫的视线。那人守在一扇装饰华丽的大门前，而且并非独自一人。实际情况是，走廊上的房间大都无人看守，独独尽头的那扇大门少说有三个手持兵刃、全副武装的家伙护卫。

莱拉吞了吞口水，从腰间拔出新近收获的小刀。她踌躇不决。又是一对三，已经是短时间内的第二次了。这一次非赢不可。她握紧刀柄，思考着怎么做才不至于送命。石头又发出有节奏的嗡鸣，尽管她百般不情愿，但还是准备把它掏出来，突然，她有了新的发现。

走廊上的房门不在少数，虽然最远的那一扇有人看守，但最近的一扇是半开半掩的。那是一间奢华的寝宫，里头有一个阳台，窗帘在夜风中飘摇。

莱拉微微一笑，收回刀子。

她有主意了。

IV

凯尔冲着漂亮的拼花地板吐了一口血，玷污了繁复的花纹。如果莱本人在场，他会不高兴的。可惜他不在。

"我的玫瑰花。"阿斯特丽德性感的声音从莱的嘴唇里钻了出来，"石头在哪里？"

凯尔挣扎着跪起身来，双臂依然被铐在背后。"你打算拿它做什么？"他吼道，与此同时，两名侍卫把他拽了起来。

"夺取王位，这还用问。"

"你已经有王位了。"凯尔说。

"统治的是一个奄奄一息的伦敦。你知道它为何快死了吗？因为你们。因为你们这座城市胆小怕事，导致我们成了挡箭牌。如今我们快死了，你们却兴旺发达。占领你们的城市作为补偿，是我应有的权利。这是报应。"

"就算你办到了，那又怎样？"凯尔问道，"你要把你的兄弟丢弃在那个腐烂的世界不管不问，你在这儿坐享其成吗？"

莱的喉咙里发出一声冰冷、干涩的笑。"当然不是。那我这个姐妹可做得太差劲了。阿索斯和我将共同统治两个世界。并肩统治。"

凯尔眯起眼睛。"你什么意思?"

"我们准备恢复世界的平衡。重新打开大门。准确地说,拆掉现在的大门,重建一扇永不关闭的大门,允许任何人——无论是谁——都可以穿越。结合体,如果你愿意这样描述的话,两个辉煌的伦敦结合在一起。"

凯尔面色苍白。即便是在尚未闭关锁国的时期,大门也是存在的。而且始终闭合。世界之间保有一扇永远敞开的大门,不仅是危险的问题,其自身就是不稳定的。

"石头的力量不足以实现你的愿望。"他试图以不可置疑的语气打消对方的念头。但他并不肯定。石头为莱拉打开了门。但是话说回来,在布上刺一个小孔,不代表能将整块布一分为二。

"你确定吗?"阿斯特丽德揶揄道,"也许你说得对。也许你那一半石头的力量不够强。"

凯尔全身的血都冰冷了。"我那一半?"

莱扬起嘴角。"难道你没注意到是它是残破的吗?"

凯尔心惊胆战。"有一面凸凹不平。"

"阿索斯找到它的时候就是两瓣儿。没错,他喜欢寻宝。从小到大都是。小时候,我们常常沿着海岸,在石堆里翻找值钱的东西。这个习惯他一直保持到现在。只不过他的行动老练了一些,目标明确了一些。当然了,我们知道黑伦敦的大清洗,知道所有的物品均被销毁,但他坚信一定有什么——无论是什么——能帮助我们垂死的世界获得新生。"

"于是他找到了,"凯尔说着,手腕慢慢地扎进铁手铐里。边缘是

A Darker Shade of Magic

光滑的，并不尖锐，虽然痛感在胳膊上蔓延，但皮肤终究没有破裂。他低头盯着吐在地板上的那一摊血，侍卫则牢牢地抓着他，不曾松懈分毫。

"他仔细地搜寻，"阿斯特丽德又以莱的唇舌说话，"在很远的地方找到了几个没用的东西——一本笔记和一块布——然后，哇哦，他找到了石头。断成了两瓣儿，没错，不过我相信你已经发现了，即使如此也没有妨碍它发挥威力。毕竟它就是魔法。石头的力量不因一分为二而减弱。即使分隔两地，它们依然连接在一起。每一半都有改变世界的强大力量。但你也看到了，它们渴望合二为一，隔着世界之墙，仍然彼此吸引。如果你的一滴血就足以创造大门，想想一块完整的石头有多大的能耐。"

可以拆掉墙，凯尔心想。**撕裂现实。**

莱的指头在椅背上轮流敲击。"我承认这是我的主意，把石头给你，让你带过来。"

凯尔面露痛苦的表情，手腕在铁手铐里扭动着。"为什么不用霍兰德？"他尽量拖延时间，"让他直接把石头带来？那条项链毫无疑问是他送给莱的。"

阿斯特丽德挑起莱的嘴角，微微一笑，又轻轻地抚摸凯尔的脸颊。"我想要你。"莱接着摸上去，拨弄着凯尔的头发，阿斯特丽德凑近了，那张强取豪夺而来的面孔贴在凯尔血迹斑斑的脸颊上，轻声耳语道。"我对你说过，我要拥有你的生命。"凯尔扭过头，莱放开了手。

"还有，"她叹道，"这才是明智的选择。如果事情出了岔子，霍兰德被抓了，那么罪责就落在我们王室头上，我们将再无机会翻身。如果事情出了岔子，而你被抓了，那么罪责由你承担。我知道你有那些爱好，凯尔。你以为焦骨酒馆里还有什么秘密可守？我对城里的事情*无所不知*。"莱打了个响舌。"一个有走私恶习的皇家奴仆夹带石头越界。听起来很有说服力。如果事情顺利，我成功夺取这座城堡、这个王国，我当然不能放任你下落不明，处心积虑对抗我。我要你留在这里，留在家中。留在我脚边。"

黑能量在莱的掌心噼啪作响，凯尔严阵以待，但阿斯特丽德似乎控制不住它，莱的技能太差劲了。闪电射向左边，击中了王子的铁床脚。

凯尔强迫自己轻轻一笑。"你应该挑个更好的身体，"他说，"我兄弟向来缺乏魔法天赋。"

阿斯特丽德转了转莱的手腕，端详着他的手指。"无所谓，"她说，"我有一大家子人可以利用。"

凯尔灵光一闪。"你为何不挑一个更强大的呢？"他怂恿道。

"比如你？"阿斯特丽德不动声色，"你愿意我到你的身体里玩玩？"

"你不妨试试。"凯尔说。如果哄骗她取下项链，戴到自己身上……

"当然可以，"她轻声道，"但附体咒符对*安塔芮*没用。"她干巴巴地说。凯尔心里一沉。"我知道，你也知道。想得挺美。"凯尔看着兄弟转过身，从旁边的桌上提起一把刀。"不过，*强迫咒*，"他——应该是她——欣赏着寒光闪闪的刀锋，"就不一样了。"

莱紧握刀柄，凯尔拼命地退缩，却无路可逃。侍卫们死死地抓着他，王子慢吞吞地上前一步，举起刀来，割掉了凯尔衬衫上的纽扣，又扯开衣领，露出他胸前光滑白皙的皮肤。

"伤疤太少了……"莱说着，刀尖抵在凯尔的皮肤上，"我们来解决这个问题。"

"住手。"一个声音从阳台上传来。

凯尔一扭头,看见了莱拉。她换了装,一袭黑衣,戴着长角的面具,立在栏杆上,扶着门框,枪口对准王子的胸膛。

"这是家务事。"阿斯特丽德用莱的声音喝道。

"你的事儿我也听了不少,你们不是真正的一家人。"莱拉竖起枪口,又直直地指向莱,"立刻离开凯尔。"

莱冷冷一笑,突然一甩手。这一次,闪电正中目标,打在莱拉的胸前。她倒吸一口气,松开了抓着门框的手,向后栽倒,踩在栏杆上的靴子随即滑开,整个人掉了下去。

"莱拉!"凯尔高喊,她却已经消失在栏杆外。他猛地挣脱了侍卫,手铐终于卡进手腕,鲜血渗出。他当机立断,捏着铁手铐,喝令其解开。

"As Orense。"开启。

手铐应声脱落,凯尔恢复了力量。侍卫们冲过来,但他双手一挥,两人就飞了出去,一个撞上了墙,另一个撞上了莱的铁床架。凯尔拔出匕首,面朝王子,作势欲扑。

然而,莱不为所动,反而笑嘻嘻地望着他。"现在你打算怎么办,凯尔?只要我还在你兄弟的身体里,你就不会伤害我。"

"但是我会。"又是莱拉的声音,紧接着是一声枪响。痛苦和惊讶同时在莱的脸上闪现,继而有一条腿无力地跪倒,鲜血染红了裤腿。莱拉站在外面,但不是刚才的栏杆,而是半空中,脚下踩着一团黑烟。凯尔松了口气,随即惊慌失措。她不能进来。她会把石头带进来的。

"要想杀我,你还得多下点功夫。"她说着跳下黑烟,落在阳台上,然后大步走进房间。

莱站了起来。"你这是挑衅我吗？"侍卫们也恢复了神志，一个摸到莱拉背后，另一个在凯尔背后徘徊。

"快跑。"他对莱拉说。

"我也很高兴见到你。"她恨恨地说着，把符文石放进了口袋。凯尔注意到她流露出一丝使用魔法后的疲惫，但只在眼睛里和下巴上有一丝痕迹。她太善于掩饰了。

"你不应该过来，"凯尔吼道。

"的确，"莱说。"你不该来。可你已经来了。还给我带了礼物。"莱拉下意识地按着口袋，莱扭曲嘴唇，再次露出可怖的笑容。凯尔做好了迎战的准备，不料莱扬起手来，刀尖抵在自己的肋骨之间，就在心脏的下方。凯尔神色大变。"把石头给我，不然我杀了王子。"

莱拉皱着眉头，目光在莱和凯尔之间来回跳跃，犹豫不决。

"你不会杀他。"凯尔试探道。

莱扬起浓黑的眉毛。"你真的这么想吗，鲜花小子，或者仅仅是你的期望？"

"你选择他的身体，因为他是你计划的一部分。你不会——"

"千万别假装了解你的敌人。"莱手上使力，刀尖没在肋骨之间。"我有一屋子国王可用呢。"

"住手，"凯尔喝道，鲜血从刀尖周围冒出。他试图操纵莱胳膊里的骨头，使其不能动弹，但阿斯特丽德的强大意志寄居在王子体内，导致凯尔的控制力大为削弱。

"你可以控制多久？"阿斯特丽德向他叫板，"只要你稍不注意，会有什么后果？"那对琥珀色的眸子望向莱拉。"他不希望我伤害他的兄弟。你最好给我石头，不要等到无可挽回。"

莱拉迟疑了，而莱的另一只手握住附体咒符，将其取了下来，置于掌心。"石头，莱拉。"

"不要。"凯尔说，他也不知道是对阿斯特丽德说的，还是对莱拉说的，或许两者都是。

"石头。"

"阿斯特丽德，别这样，"凯尔的声音在颤抖。

就在那一刻，莱露出得意的笑容。"你是我的，凯尔，我要摧毁你。先摧毁你的心。"

"阿斯特丽德。"

太晚了。莱冲着莱拉一拧身，嘴里吐出一个词——接着——然后把吊坠抛向空中，刀尖刺进胸膛。

V

一切发生在电光石火之间,吊坠和刀同时在运动。凯尔看见莱拉纵身一跃,避开了咒符,又一回头,看见莱把刀子插进肋骨之间。

"不要!"凯尔尖叫着,冲向前去。

项链顺着地板滑行,停在一名侍卫的脚边,莱则向前栽倒,胸口只剩刀柄,凯尔手忙脚乱地爬过去,拔出刀来。

莱——现在是莱了——呻吟了一声,凯尔血淋淋的手掌随即按在兄弟的胸前。莱的衬衫已经湿了一大片,在凯尔的触碰之下,他的身体瑟瑟发抖。凯尔正要开口,命令魔法治疗王子,侍卫一拳将他打翻,两人双双躺在拼花地板上。

数英尺开外,莱拉正与另一名侍卫缠斗,袭击凯尔的侍卫则一手抓着咒符,一手掐着凯尔的喉咙。凯尔又踢又打,挣脱开来,等那名侍卫(那是阿斯特丽德)追击而至,他挥手反击。盔甲——连同里面的身体——飞了出去,没有撞在墙上,而是撞上了阳台的栏杆,强劲的冲击力导致栏杆断裂,侍卫的身体摔了下去,随着一声巨响,落在院子的石头地板上,引起了一阵尖叫。凯尔跑上阳台,看见十几个参加舞会的宾客围着尸体。他们当中有一个人,一个绿裙飘飘的女人,好奇地从地板上捡起吊坠。

"别碰!"凯尔大喊,然而为时已晚。女人握住吊坠的一瞬间就发生了变化,她打了一个长长的寒战,附体咒流遍全身,然后她抬头望着凯尔,露出冰冷的笑容。她飞快地转过身,冲进王宫。

"凯尔!"莱拉喊道,他闻声扭头,发现房间里一片狼藉,混乱不堪。另一名侍卫躺在地上一动不动,一把匕首刺透了头盔的面罩,莱拉伏在莱身边,她已经取下面具,手忙脚乱地按着王子的胸口。她浑身都是血,但不是她的血。莱的衬衫彻底浸湿了。

"莱。"凯尔哽咽着说,声音带着哭腔。他跪在兄弟身边,拔出自己的匕首,割开手掌,伤口很深。"坚持住,莱。"他按住王子的胸膛——仍在起伏,节奏极不稳定——命令道,"As Hasari。"

治疗。

莱咳了一口血。

底下的院子闹哄哄的,透过破烂的阳台听得尤其真切。纷乱的脚步声在走廊上回荡,拳头在门上猛砸,凯尔这时候才发现上面潦草地画了一道咒语。锁门咒。

"我们得走了。"莱拉说。

"As Hasari。"凯尔又念了一次,按得更用力了。失血太多了。太多了。

"对不起。"莱喃喃道。

"闭嘴,莱。"凯尔说。

"凯尔。"莱拉喝道。

"我不能丢下他。"他说。

"那就带他一起走。"凯尔犹豫不决,"你说过,魔法需要时间才能起作用。我们没时间等了。如果你愿意,就带他一起走,我们非走不可。"

凯尔吞了吞口水。"对不起。"他说,然后咬着牙扶起了莱。王子痛得大口喘息。"对不起。"

他们不能从正门出去。不能让身负重伤的王子暴露在光天化日之下,吓坏满满一王宫为他庆生的宾客。况且,阿斯特丽德·戴恩还藏在人群之中。好在莱和凯尔的寝宫之间有一条密道,他们从小就经常使用。此时此刻,他半拖半抱着兄弟,钻进了一扇隐蔽的门。他带着王子和莱拉穿过狭窄的秘道,墙上画着奇奇怪怪的记号——打赌、比赛和得分记录,至于具体玩的是什么,他们早就忘了。秘道里留下了他们与众不同且不为人知的童年。

如今留下了他们的斑斑血迹。

"坚持住,"凯尔说,"坚持住。莱。听我说话。"

"真好听。"莱耷拉着脑袋,轻声说道。

"莱。"

凯尔刚进自己的寝宫,就听见隔壁传来盔甲的铿锵声,他关上通向走廊的房门,染血的掌心按着木头,念道:"As Staro。"封闭

与此同时,一副铁装置从他掌底伸展开来,把房门锁得严严实实。

"我们不能老是从一间卧室跑到另一间卧室,"莱拉厉声说道,"我们必须离开王宫!"

凯尔也知道。他们非走不可。他带着两人来到最远处的书房,也就是门背后有血印记的那间。去往城里好几个地方的捷径。其中一个是红宝石地,现在已经没用了,但别的地方还行。他琢磨了一番,挑了一个——唯一一个——他认为安全的地方。

"能成吗?"莱拉问。

凯尔不敢肯定。世界**之内**的大门虽然难以创造,但用起来很容易;只有**安塔芮**能开门,不过其他人都可以——*理论上*——通过。凯尔也确实带着莱走过传送门,就在船上找到他的那天,不同的是,那时候他们是两人,如今有三人。

"别松手。"凯尔说。他用鲜血勾勒了一遍记号,紧紧地抱着莱和莱拉,唯愿那扇门——以及*魔法*——足够强大,带他们一起去往圣堂。

Part twelve

Shades of Magic

圣堂与牺牲

I

伦敦圣堂坐落在接近城市边缘的一处河湾，是一栋石头建筑，造型简朴大方，庄严肃穆。善男信女常常前去那里学习魔法，同时也敬拜魔法。这里的学者和老师穷尽一生，为的是领悟——以及与其发生联系——力量的精髓、起始和源头。理解蕴藏魔法的自然元素。无所不在又不可触及的神秘事物。

小时候，凯尔待在圣堂的时间不少于在王宫里，他跟着导师，也就是提伦大师，在那里做研究——同时被研究。近些年来，虽然他回来拜访过，但从不曾久留（凯尔每次离开，莱就乱发脾气，说凯尔不是常客，而是家人）。不过，提伦坚持为他在圣堂里留一个房间，所以凯尔在寝宫的墙壁上用血画了那扇门的记号，是一个简单的圆圈，里面打一个X。

那是圣堂的标志。

这时候，他和莱拉——两人架着血糊糊的莱——跌跌撞撞地前行，离开了金碧辉煌却混乱不堪的王宫，走进一间朴素的石头房子。

A Darker Shade of Magic

烛光在平滑的岩壁上跳跃，房顶很高，空间狭小，家具寥寥无几。圣堂拒绝扰人心智的俗物，私人房间里仅配备必需品。凯尔虽然是aven——受到祝福的人——但提伦一视同仁，对他从不另眼相待（凯尔为此心怀感激）。因此，他的房间与别人的无甚差别：一张木头书桌靠着墙，一张低矮的床靠着另一面墙，床边有小桌子。桌上一如既往地亮着一根永远燃不尽的蜡烛。房间里没有窗，只有一扇门，空气凉爽，沁人心脾，仿佛身处地窖。

地板上刻着一个圆圈，边上画有潦草的符号。这是正念强化阵，供人冥想所用。凯尔和莱拉架着莱到了床前，扶他躺下去，一路上滴落的鲜血把圆圈一分为二。

"坚持住。"凯尔反复地说，然而，莱已经不再轻声答复"当然""好的""如你所愿"，只剩沉默和轻浅的呼吸。

凯尔念了多少遍 As Hasari？这句咒语又成了他低声吟诵、思来想去，甚至与心跳同步的经文，但莱并未好转。魔法到底需要多久起效？必须起效。恐惧在凯尔的喉咙里抓挠。他应该看一眼阿斯特丽德的武器。应该细心观察上面有无记号。她是不是要什么花招阻断了他的魔法？为什么没有效果呢？

"坚持住。"凯尔喃喃低语。莱已经不再动弹。他双目紧闭，下巴也松弛了。

"凯尔，"莱拉轻声说，"我想已经太晚了。"

"不，"他抓着床沿说，"不晚。魔法需要时间。你不懂魔法是如何生效的。"

"凯尔。"

"需要时间。"凯尔按着兄弟的胸膛，强忍泪水。胸膛停止了起伏。他感觉不到肋骨底下的心跳。"我不能……"他喘息着说，仿佛他也不能呼吸了。"我不能……"凯尔的声音带着哭腔，双手抓着那件浸透鲜血的衬衫。"我不能放弃。"

"结束了，"莱拉说。"你什么都做不了。"

其实不是。还有可以做的。凯尔的体温似乎离他而去。但是，犹豫、迷惑和恐惧也随之远去。他知道该做什么。只能做什么。"把石头给我。"他说。

"不。"

"莱拉，把该死的石头给我，不然就来不及了。"

"已经来不及了。他——"

"他没死！"凯尔吼道。他伸出一只沾满血污、战栗不已的手。"给我。"

莱拉摸向口袋，却又停了下来。"交给我保管是有原因的，凯尔。"她说。

"该死，莱拉。求你了。"

她颤颤悠悠地吁了口气，掏出石头。凯尔一把抓了过来，毫不理会那股力量在他胳膊上的搏动，扭头面对莱的身体。

"你亲口对我说过，它不是什么好东西，"当凯尔把石头放在莱停止跳动的心脏上，又用手掌压住时，莱拉说，"我知道你很难过，但这样做……"

然而他根本听不见。莱拉的声音连同周围的一切都消失了，凯尔聚精会神地感受着在血管里流动的魔法。

救他，凯尔命令石头。

力量在他的血液里歌唱，掌心黑烟升腾，爬上他的胳膊，萦绕在莱的肋部，慢慢变成纠缠着他们的黑色绳索。把他们维系在一起，捆绑在一起。但莱依然躺在那里，纹丝不动。

我的生命就是他的生命,凯尔心想。*他的生命就是我的生命。把我们的生命捆绑在一起,带他回来。*

他感觉到魔法的饥饿和渴望,蠢蠢欲动,试图钻进他的身体、他的力量、他的生命力。这一次,他放行了。

顿时,黑色绳索收紧了,凯尔的心脏突然一抖,漏跳了一拍,而莱的心脏接上了,在凯尔的掌心底下跳了一下。一时间,他满心喜悦,如释重负。

接着是疼痛。

仿佛神经被扯断,一次断裂一根。凯尔尖叫着弯下腰,趴在王子身上,但仍未放手。莱弓起背部,魔法之线牢牢地捆着他们。疼痛更加剧烈,在凯尔的皮肤上灼烧,刻进他的心脏、他的生命。

"凯尔!"莱拉的声音穿透迷雾而来,凯尔看见她上前一步、两步,很快就要制止他,把他从魔法中拽出来了。*住手*,他心想。但他什么都没有说,连一根指头都没动,但魔法在脑子里听见了他的愿望,奔涌而出。黑烟如潮水,猛地推向莱拉。她重重地撞到石墙上,瘫软在地。

凯尔的脑袋里有一个声音蓦然响起,低吟细语,含糊不清。**大错特错**,它说。*这是……*紧接着又有一波疼痛袭来,令他头晕目眩。力量在他血管里乱撞,他的脑袋抵在兄弟的肋部,任凭疼痛撕扯着他的皮肤和肌肉、骨骼和灵魂。

莱吸了口气,凯尔也一样,他的心脏又一次在胸腔里跳动。

然后停止了。

II

房间死一般的寂静。

凯尔的手从莱的胸前滑落，身体也从床上跌到石头地上，发出软绵绵的撞击声。莱拉挣扎着爬了起来，耳鸣仍然很严重，刚才她的脑袋碰到了墙壁。

凯尔没有动。没有呼吸。

过了一会儿，好像长达几个小时，他抖索地、深长地吸了口气。莱也一样。

莱拉放下心来，骂了一句脏话，跪在他身边。他的衬衫敞开了，腹部和胸脯满是血迹，隐约可见一个黑色的符号——同心圆——印在皮肤上，正好在心脏的位置。莱拉抬头望着床上。同样的符号也出现在莱血淋淋的胸口。

"你做了什么？"她叹道。她对魔法所知不多，但想想也知道，复活死人绝对是**大忌**。既然使用魔法都有代价，那么凯尔付出了什么？

好像是在回答莱拉的疑问，他悠悠地睁开眼睛。发现其中一只仍是蓝色，莱拉如释重负。刚才有那么一会儿，在魔法发生作用的时候，他的一对眼珠子都变成了纯黑色。

"欢迎回来。"她说。

凯尔呻吟着，莱拉扶他坐了起来，石头地面冰冷刺骨。他的目光投向床上，莱的胸膛起伏着，缓慢且平稳。他看了看王子身上的符号，又低头看了看自己的，两者一模一样。他伸手一摸，脸上掠过一丝痛苦。

"你做了什么？"莱拉问。

"我把莱的生命和我自己的绑在一起了，"他嘶声答道，"只要我活着，他就活着。"

"这种咒语听起来非常危险。"

"这不是咒语。"他轻声说。莱拉不清楚他是因为筋疲力尽，无法提高嗓门，还是担心吵醒了兄弟。"这是灵魂封印。咒语可以打破。灵魂封印无法解除。是永久性的魔法。但这个，"他揉搓着胸前的符号，又说，"这个……"

"是禁用的魔法？"莱拉接道。

"是根本不可能的，"凯尔说，"这种魔法根本不存在。"

他站起来时晕头转向，精神恍惚。这时候，莱拉发现他还抓着石头，胳膊上布满黑色的血管，她吓了一跳。"你得放开它了。"

凯尔低下头，好像忘了石头仍在手里。而当他好不容易张开手指，符文石也没有掉落。黑线从石头上四散而出，下至指尖，上到手腕。他瞧了石头好一阵子。"看来我摆脱不掉了，"他说。

"那岂不是糟糕透了？"莱拉追问。

"是的，"他淡淡地说，最令莱拉担忧的就是他的平静，"……不过我别无选择……我必须……"他望着莱，没有说下去。

"凯尔，你还好吗？"在这种情况下似乎是多此一问，所以凯尔瞟了她一眼，并未回应，于是莱拉接着说，"你在发动那个咒语的时候，不像是你本人。"

"我现在是了。"

"你确定吗？"莱拉指着他的手，大声说道，"这可是前所未有的。"凯尔皱着眉头。"石头是坏魔法，你亲口说的。它以能量为食。以人为食。现在它绑在你身上了。你可别告诉我你一点儿也不担心。"

"莱拉，"他沉声说道，"我不能看着他死。"

"但你所做的反而——"

"我做了非做不可的事情，"他说，"况且也无关紧要。我本来就没救了。"

莱拉脸色一沉。"什么意思？"

凯尔的眼神柔和了些。"必须有人把石头送回黑伦敦，莱拉。这不是打开一扇门，扔一个东西过去那么简单。我需要带着它进去。"凯尔低头看着无法与手掌分离的石头，"我根本不指望自己能回来。"

"老天啊，凯尔，"莱拉叫道，"既然你连活着都不在乎，那这样做有什么意义？你不要命了，为什么还把莱的生命跟你的绑在一起？"

凯尔面色尴尬。"只要我活着，他就不死。再者，我没说我打算去死啊。"

"可你刚才说——"

"我说的是回不来了。封印黑伦敦的目的，与其说是防止外人进入，不如说是阻挡里面的人出来。我无法打破咒语。就算我能做到，我也不会那么干。在咒语完好无损的情况下，我制造一扇大门闯进黑伦敦，封印是绝对不会放我出来的。"

"你可从来都不愿意提到这件事。你想要我跟着你有去无回——"

"你说你想要一场冒险,"凯尔打断她的话,"还有,我根本没打算让你——"

就在这时,房门打开了。凯尔和莱拉同时闭嘴,回音仍在逼仄的空间里荡漾。

一位身披黑袍的长者站在门口,一手扶着门框,一手托着白色光球。他的模样还不到老态龙钟的地步。相反,他身姿挺拔,肩宽体阔,唯有白发和满脸的皱纹出卖了他的年纪,而掌上的白光在脸上投下阴影,导致皱纹更加深刻。凯尔扯紧外套,把被石头污染的那只手插进口袋。

"提伦大师。"他若无其事地说,似乎轻松的语气就可以掩饰他和莱拉浑身是血、王子生命垂危的事实。

"凯尔,"那人眉头紧蹙。"Kers la? Ir vanesh mer..."然后他顿了顿,望向莱拉。他的眸子是淡得惊人的蓝色,似乎看穿了她。长者皱起眉头,又开口了,这次说的是英语。好像他一眼就看出莱拉不是当地人,听不懂刚才的话。"什么风把你们吹来了?"他提问的对象是两个人。

"您说一直留着我的房间,"凯尔疲惫地回答,"我正好需要它。"

他走到一边,让提伦大师看见受伤的王子。

那人瞪大眼睛,指头摸着嘴唇,做了一个类似祈祷的手势。"他是不是……"

"他还活着,"凯尔摸着衣领说,试图遮挡胸前的符号,"但王宫受到了袭击。我暂时没办法解释清楚,但您必须相信我,提伦。王宫落在叛徒手里了。他们施展禁用的魔法,控制了周围所有人的身体和思想。谁都不安全——哪里都不安全——谁都信不过。"等他说完,已是上气不接下气。

提伦缓步上前，走了过来。他捧起凯尔的脸，动作极为亲热，然后他看着对方的眼睛，就像刚才看着莱拉一样，仿佛能看到他们的内心。"你对自己做了什么？"

凯尔的声音哽在喉咙里。"我非做不可的事情。"他的外套敞开了，长者的目光移向凯尔胸前的黑色符号。"拜托，"他听起来有些害怕，"我不该把危险带到这里，但我别无选择。"

长者放开了手。"圣堂可以抵御黑暗。王子在这里不会有事。"

凯尔的表情放松了些。提伦又扭头望着莱拉。

"你不是当地人，"他开口便说。

莱拉伸出手来。"迪莱拉·巴德。"

对方握住她的手，一种类似战栗，却温暖如春的感觉，在她身上蔓延，随之而来的是平静。"我是提伦大师，"他说，"我是伦敦圣堂的 onase aven——意思是首席牧师。也是治疗者。"他又说，好像是为了解释莱娜刚才的感受。等两人松开手，提伦来到王子身边，瘦骨嶙峋的手指搭在莱的胸前，轻若鸿毛。"他伤得很重。"

"我知道，"凯尔颤抖着说，"我感觉得到，就像在我身上一样。"

莱拉紧张起来，提伦则面色阴沉。"那么我会尽力缓解他的疼痛，还有你的。"

凯尔感激地点点头。"是我的错，"他说，"但我会改正的。"提伦正准备说什么，凯尔打断了他。"我不能告诉您实情，"他说，"但我需要您的信任和指导。"

提伦的嘴唇抿成一条细线。"我带你们去隧道，"他说，"你在那里能找到路。无论你们决定前往何方。"

★★★

A Darker Shade of Magic

自从离开狭小的房间，凯尔就一直沉默不语。他没有看一眼兄弟，也没有道别，只是吞了吞口水，略一点头，转身就跟着提伦大师出去了。莱拉在后面整理着心爱的外套，把袖口上莱的干涸血渍搓掉（估计这双手——还有袖口——迟早还会弄脏的）。当他们在圣堂内部行进时，她盯着凯尔，而后者的目光始终落在提伦身上，似乎期待对方说点什么。但牧师闭口不言，目视前方，最后凯尔放慢步伐，与莱拉并肩走在首席牧师身后。

"衣服很适合你。"他的语气异常平静，"我有没有必要知道你是怎么弄来的？"

莱拉歪过脑袋。"不是偷的，如果你想问的就是这个。是从集市上一个叫卡拉的女人那里买的。"

凯尔听到那个名字，微微一笑。"那你付钱了吗？"

"还没有，"莱拉急切地说，"但不代表我以后不会付。"她低垂目光。"只是我不知道什么时候有这个机会……"

"你会有的，"凯尔说，"因为你要留下来。"

"才怪。"莱拉倔强地说。

"圣堂会保护你。"

"我不要被你丢下。"

凯尔摇摇头："你当初也不想走到这一步。那时候我答应带你走，就是打算把你留在这里，留在我的城市里，把我的事情转告国王和王后。"莱拉吸了口气，正要反驳，却见他举起那只没有受伤的手，"同时也保护你。白伦敦不是灰世界的人能去的地方。谁都不应该去那里。"

"我会自己做判断，"她说，"我要跟你去。"

"莱拉,这不是游戏。已经死了很多人,我不能——"

"你说得对,这不是游戏,"莱拉毫不退让,"这是策略。我听见女王说石头摔成了两瓣儿。你需要把两瓣儿都处理掉,而到现在为止,你只有一半石头。另一半在白国王手里,对吧?也就是说,我们需要分开行动。是我们,凯尔。他们有两个人,我们也应该有两个人。你去对付国王,我来搞定女王。"

"你根本不是阿斯特丽德·戴恩的对手。"

"你告诉我,你是低估所有人呢,还是唯独瞧不起我?因为我是女的吗?"

"因为你是普通人,"他厉声说道,"因为你也许是我见过的最勇敢、最无畏的人,可你依然是肉体凡胎,一点儿力量也没有。而阿斯特丽德·戴恩是魔法和邪恶的产物。"

"是的,好吧,她很强,厉害得很,可她根本不在自己的身体里,不是吗?她在这儿,在红伦敦玩得正开心呢。所以她的身体是毫无防备的。"莱拉得意洋洋地笑了,"我虽然是普通人,可也走到这一步了。"

凯尔眉头紧锁。

怪了,莱拉心想,他的皱纹好少。

"的确,"他说,"但也到此为止了。"

"这个女孩有力量。"提伦头也不回地说。

莱拉高兴坏了。"瞧?"她骄傲地叫道,"我一直都是这么告诉你的。"

"什么样的力量?"凯尔挑起眉毛。

"别这么不相信人。"莱拉不满地说。

"尚未培养,"提伦说,"尚未磨炼。尚未唤醒。"

"那么来吧，onase aven，"她举起双手，说道，"唤醒它。"

长者回头一望，笑意掠过嘴角。"它将自行觉醒，迪莱拉·巴德。如果你小心呵护，它就会成长。"

"她来自另一个伦敦，"凯尔说。提伦似乎并不吃惊，"没有魔法的伦敦。"

"没有哪个伦敦是完全没有魔法的。"牧师说。

"不管我是不是普通人，"莱拉的话里带刺儿，"我提醒你，你之所以还活着，都是因为我。正是因为*我*，白女王才没有把你当成外套穿起来。*而且我还有一样你需要的东西。*"

"是什么？"

莱拉从口袋里掏出白色的棋子。"钥匙。"

凯尔的眼睛惊讶地瞪大了些，又眯了起来。"如果我想夺过来，你以为你保得住它吗？"

不过眨眼的工夫，莱拉一手攥着棋子，一手握着刀。刀柄上的黄铜指套在烛光中闪闪发亮，与此同时，石头低沉而平稳地嗡鸣，仿佛在对凯尔低语。

"试试看啊。"她冷笑着说。

凯尔停下脚步，盯着她。"你有*毛病*吗？"听口气他是真的不明白，"你怎么就不在乎自己的性命呢，随随便便就接受几个小时的冒险，甚至是惨烈的死亡？"

莱拉皱着眉头。她承认，一开始她想要的就是一次冒险，但那不是她坚持到现在的原因。事实是，她见识了凯尔的转变，看到他召唤狡猾而又可怕的魔法时眼里席卷而来的阴影，也看到了他竭力恢复神志而不得的艰难。他每次使用石头，似乎都失去了一部分自我，而且一次比一次多。所以莱拉希望跟他一起去，并不只是因为自己的冒险精神。也不只是想给他做伴。是因为他们已经走到了这一步,她担心凯尔单枪匹马功败垂成。

"我的性命是我自己的,"她说,"我不要浪费在这里,无论你的城市多么美好,多么安全。我们是约定好了的,凯尔。现在你有提伦守着你的故事,治疗你的兄弟。我帮不了他的忙。让我帮你的忙吧。"

凯尔注视着她的眼睛。"等一切结束,"他说,"你会被困在那里。"

莱拉打了个寒战。"也许吧,"她说,"也许我会跟随你到世界尽头。毕竟是你激发了我的好奇心。"

"莱拉——"他的眼睛因为痛苦和忧虑而暗淡无光,而莱拉只是笑了笑。

"一次一趟冒险之旅。"她说。

他们抵达了隧道的另一头,提伦推开一扇铁门。红色的河水在他们脚底流淌,光芒万丈。他们站在河流北岸,王宫就在远处,周围星光熠熠,一切看似平静如常。

提伦抚着凯尔的肩膀,咕哝了一句阿恩语,又用英语说:"愿圣徒和源头与你们同在。"

凯尔点点头,与牧师握了握手,抬脚踏进夜色之中。莱拉正准备跟上去,提伦拉住了她的胳膊。他眯着眼睛打量莱拉,仿佛在刺探什么秘密。

"怎么了?"莱拉问。

"你是怎么失去它的?"他问。

莱拉大惑不解。"失去什么?"

提伦枯瘦的手指抬起她的下巴。"你的一只眼睛。"

莱拉扭头挣脱他的手,摸了摸一对褐色眸子之中颜色较深的那一只。它是玻璃的。很少有人注意到。她有头发遮挡，而且，即使与人对视，时间不长也难以被人发现差异。"我不记得了，"她说。不是谎话。"我当时很小，据说是一场意外。"

"嗯，"提伦若有所思地说，"凯尔知道吗？"

她眉头深锁。"有关系吗？"

过了一会儿，长者扬起头来。"我想没有。"他说。

凯尔回头张望莱拉，原地等候。

"如果黑暗控制了他，"提伦的声音几近耳语，"你必须结束他的生命。"他直视着莱拉。再次看穿了她。"你能做到吗？"

莱拉不知道提伦问的是她的能力还是意愿。

"如果他死了，"她说，"莱也会死。"

提伦叹了口气。"那就听天由命吧，"他悲伤地说，"世界注定不是现在的样子。"

莱拉吞了吞口水，点点头，走向凯尔。

"那么，去白伦敦？"她攥着棋子走到凯尔身边，问道。凯尔一动不动。他的目光越过河流，投向横跨其上的王宫。莱拉以为他留恋他的伦敦、他的家乡，正在心里默默告别，没想到他开口了。

"每个世界的骨架是一样的，"他指着城市说，"除此之外各不相同。不同的程度就像这个世界和你的世界。"他又指着河流对岸的伦敦城区，"我们要去的城堡在那里。阿索斯和阿斯特丽德也在那里。一旦我们穿越过去，记得跟紧我。千万不要离开我身边。现在这里是夜晚，所以白伦敦也是夜晚，那座城市黑影遍地。"凯尔看着莱拉。"你现在改主意还来得及。"

莱拉挺起胸膛，竖起衣领，面露微笑。"想都别想。"

III

王宫里乱成一团。

宾客们蜂拥而出,在皇家侍卫的护送下,他们惊慌失措地离开王宫。关于暴行、死亡和王室成员受伤的流言犹如火势迅速蔓延。关于**叛国**、**政变**和**刺杀**的各种说法席卷全城,一发不可收拾。

有人说一名侍卫被杀死了。有人说亲眼看见那名侍卫从王子寝宫的阳台摔到底下的院子里。又有人说一个绿裙女人从谋杀现场偷了一条项链,冲进了王宫。还有人声称他看见女人把项链塞进另一名侍卫手里,然后倒在他脚边。侍卫没有救她,而是大步走开,向王室成员的寝宫去了。

国王和王后却不置一词,异常镇定,宾客们越发摸不着头脑。那名侍卫消失在他们的寝宫里,过了一会儿国王突然现身,一反平日处事不惊的风度,高呼着"叛国"二字。他宣称王子被刺伤,凯尔是罪魁祸首,下令逮捕**安塔芮**。如此一来,困惑升级为恐慌,当夜全城不得安宁。

A Darker Shade of Magic

吉恩接近王宫时，台阶上挤满了忧心忡忡的宾客。潜伏在吉恩盔甲里的东西转动黑色的眼珠，望向跳跃的灯火和混乱的人群。吸引他的不是祸端。是气味。有人使用了强大的魔法，美丽的魔法，他想找到那人。

他拾级而上，挤过激动不安的宾客。似乎没人注意到他的盔甲已经碎裂，护着心脏的铁皮翻卷剥落，胸前的污渍犹如凝固的黑蜡。也没人注意到血迹——帕里什的血——在盔甲上溅得到处都是。

等他爬到台阶尽头，他深深地吸了口气，面露微笑；夜空中弥漫着恐慌和力量，肺部充满能量，犹如炭火熊熊燃烧。他闻到魔法了。他尝到了。

他饥渴难耐。

选择这具躯壳真是再合适不过了；侍卫们忙于应付骚乱，见到他并不拦阻。不过，等他离开摆满鲜花的前厅，走进空荡荡的舞厅，一个戴着头盔的人挡住了他的去路。

"吉恩，"那名侍卫问他，"你去哪儿……"当对方看到他的眼睛，后半句话哽在了喉咙里。"Mas aven——"

吉恩的剑打断了对方的咒骂，砍开了锁子甲，刺进了肋部。那名侍卫抖抖索索地吸了一口气，正要高呼，剑尖向上一顶，他顿时没了声息。等尸体瘫软下去，披着吉恩皮囊的东西收剑回鞘，取下侍卫的头盔，戴在自己头上。他拉下面罩，乌黑的眸子藏在目窗里，只剩闪烁的微光。

急促的脚步声在王宫四处响起，下达命令的呼叫声在头顶回荡，他挺起胸膛。空气中充满鲜血和魔法的气味，他要追根溯源。

★ ★ ★

石头仍在凯尔手中吟唱，但有了一些变化。这时候的旋律，也就是能量的嗡鸣，好像不在身外，而在他的骨子里。每时每刻，他都在心跳中，在脑袋里感觉到。随之而来的是一种奇异的平静和安宁，比最初汹涌而来的力量更不可信任。那种平静对他喃喃低语，温情脉脉，告诉他一切都会好的，让他忘记一切都是错误，忘记手里还握着石头。这是最糟糕的部分。石头绑在他手上，却游离于他的感知之外，他必须奋力挣扎，才能想起它在身上。它在**体内**。每一次他想起来，如同从可怕的噩梦中惊醒，却又只能沉沉睡去。在短暂的清醒时刻，他渴望摆脱石头，将其从皮肤上扯掉、剥离、割走。但他并未付诸行动，因为抛弃石头的渴望被抵消了，另一种完全相反的欲望促使他握着石头，享受它的温暖，像一个快被冻死的人。**他需要它的力量。比任何时候都需要。**

凯尔不希望莱拉察觉到自己的恐惧，但无论如何她都会知道的。

他们向市区前进，这一带的街道荒无人烟，但还要经过横跨艾尔河的一座拱桥。太危险了，毫无遮挡。尤其是走在半路上，遍布大街小巷的占卜板又放出了凯尔的肖像。

不过这一次，写在上面的不是：

寻人

而是：

通缉

罪名是**叛国、谋杀和绑架**。

凯尔感到胸口闷得慌，但又想到莱现在安全了——就目前的情况而言，再安全不过了。他摸向胸前的印记；只要他集中精神，就能感到莱的心跳，比他自己的心跳滞后一点点。

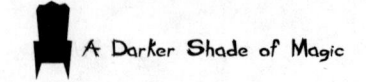

A Darker Shade of Magic

他环顾四周，尽力在脑海中勾画街道的方位，除了此地的图像，还有白伦敦的图像，再将两者叠加。

"这是必须做的。"他说。

他们所在的巷子口对面是一排泊船——莱拉已经好好地欣赏了一番——等他们到了白伦敦，面前将是一座桥。对岸街道的尽头就是白城堡的城墙。一路上，凯尔对莱拉描述了另一个伦敦的危险之处，从孪生统治者到忍饥挨饿、渴求力量的民众。然后他描述了城堡，以及大致的计划，因为他也只有大致的计划。

还有希望。希望他们能够成功，希望他能在保有自我意识的时间里，打败阿索斯，夺回另一半石头，然后——

凯尔闭上眼睛，平缓地呼了口气。*一次一趟冒险之旅*，莱拉的话在他脑海里回荡。

"我们还等什么？"

莱拉靠在墙上，敲着砖块。"快啊，凯尔。开门啦。"她满不在乎的态度，迎难而上的活力，面对危险仍然无忧无虑、无所畏惧的劲头，**鼓舞**着凯尔，给他带来了勇气。

他掌心的割伤被黑石挡住了一部分，仍可看见其尚未愈合。他摸了摸伤口，在面前的砖墙上画了一条线。莱拉和他手拉手，掌心对掌心，石头夹在中间吟唱。凯尔接过了她递来的白色棋子，按在鲜血勾画的记号上，吞着口水以掩饰紧张的心情。

"As Travars。"他命令道，两人齐步前进，周围的世界变得柔软且暗淡，为他们开辟了一条通道。

或者说，本应如此。

他们刚走到半路，一股冲击力撞得凯尔连连后退，他被迫松开莱拉的手，从世界之间的通道回到了红伦敦坚硬的石板地上。凯尔感到一阵眩晕，眨着眼睛抬头张望，发现他并非独自一人。有人站在面前。一开始他看到的是模糊的人影，卷着袖子，随即发现对方的衣领上有银环闪烁。

霍兰德俯视着他，眉头微皱。

"这么快就要走了？"

IV

莱拉的黑靴子踩在白色的街道上。时空的忽然改变，导致她有点头晕，于是倚靠在墙上。她听见背后传来凯尔的脚步声。

"不错，有进步，"她扭头说道。"至少我们这次在同一个地方……"

但他不在那里。

莱拉的面前是一座桥，白城堡坐落在河对岸，河水既不是灰色，也不是红色，而是珍珠白，处于半冰冻的状态，在沉沉的夜色中闪着微光。岸边的一排街灯燃着淡蓝色的火焰，为这个世界披上一张诡异的苍白面纱，而莱拉的一身黑衣，就像暗处的灯火一样引人注目。

她脚边有什么东西在闪光，低头一看，竟是那枚白色的棋子，沾着凯尔的血迹。却不见凯尔。她捡起棋子，装进口袋，按捺住内心的恐慌。

不远处，一只饿犬盯着她，眼神空洞。

很快，莱拉察觉到周围不止那一双眼睛。它们隐藏在窗口和门廊里，潜伏于一团团暗淡灯火之间的阴影中。她摸向带有铁指套的那把刀。

"凯尔?"她轻声呼唤,但无人应答。或许和上次一样,两人临时分开了,凯尔正在找来。或许是的,不过莱拉在穿越途中感到了奇怪的拉力,凯尔的手瞬间消失在她的掌心。

脚步声仍在回荡,她慢慢地转了一圈,却没有看到人。

凯尔警告过她,说这个世界非常危险,但莱拉所在的世界在很大程度上也符合他的描述,所以她并不是特别上心。毕竟凯尔在王宫里长大,而莱拉打小混迹于街头,自信见识过的阴暗巷道和恶棍歹徒比凯尔多得多。此时此刻,莱拉一个人站在这里,才意识到凯尔所言不虚。任何人——即使是养尊处优的王公贵族——也能看到这里有多么危险。甚至能闻到,死亡、灰烬和寒冬的气息。

她打了个寒战。不是因为冷,而是因为恐惧。一种透彻骨髓、明白无误的危机感。就像当时与霍兰德的黑眼睛对视一样。莱拉头一次希望身上不止有几把刀加一把燧发枪。

"Övos norevjk。"右边传来一个声音,她扭头望去,看到了一个秃头男人,裸露在外的每一寸皮肤,从头顶到手指,都覆盖着文身。他说的不像阿恩语,喉音浓重,粗暴无礼。虽然不知道什么意思,但听得懂语气,是她很不喜欢的那种。

"Tovach ös mostevna。"另一个声音在她左边说,那人的肤色与羊皮纸无异。

第一个人咯咯直笑。第二个人啧啧赞叹。

莱拉拔刀相向。"别过来。"她喝道,同时希望自己的姿势能打破语言不通的障碍。

两人交换了一下眼神,然后抽出了锯齿状的武器。

一阵冷风吹过,冻得莱拉差点打哆嗦。对方露出了令人作呕的笑

A Darker Shade of Magic

容。她放下了刀。突然，她以迅雷不及掩耳之势从腰间拔出手枪，对准第一个男人的眉宇之间扣动扳机。对方像一袋石头轰然倒地，莱拉微微一笑，随后意识到枪声太响了，在街巷间久久不散。直到这个时候，她才发现白伦敦安静得可怕。他们周围的房门纷纷打开，一时间人影憧憧。街角传来含糊的低语，先是一声两声，很快就有五六声此起彼伏。

第二个人，也就是皮肤像羊皮纸的家伙，看了看死去的同伴，又盯着莱拉。他低声咆哮着什么，莱拉对于听不懂这种语言感到庆幸。她没兴趣知道对方说了什么。

在那人握着的刀子周围，暗能量噼啪爆裂。她发现背后也有人正在靠近，黑影渐渐成形，消瘦且灰暗。

*快来啊，凯尔，*她心里想着，再次举起手枪。*你在哪里？*

V

"让我过去。"凯尔说。

霍兰德扬起眉毛,不说话。

"拜托了,"凯尔说,"我可以结束这一切。"

"是吗?"霍兰德反问,"我不相信你还有这个能力。"他的目光移向凯尔的手,黑魔法缠绕其上。"我警告过你,魔法不是平衡。是支配。你要么控制它,要么被它控制。"

"我还能控制。"凯尔咬牙切齿地说。

"不,"霍兰德说,"你不行。一旦你放魔法进去,你就迷失了心智。"

凯尔的心揪紧了。"我不想跟你打,霍兰德。"

"你别无选择。"霍兰德的手上戴着一枚尖锐的戒指,用它在掌心割了一道伤口。鲜血滴落在街上。"As Iser。"他柔声念道。**冰冻**。

暗红的血滴撞上地面的瞬间,变成了黑色的冰,迅速蔓延开来。凯尔慌忙后退,然而冰的移动速度太快,不过短短几秒钟,他就摇摇

A Darker Shade of Magic

晃晃地站在冰面上了。

"你知道你为什么软弱无能吗?"霍兰德问道,"因为你从来不需要变得强大。你从来不需要奋起抗争。你从来不需要战斗。毫无疑问,你也从来不需要苦苦搏命。但今晚不一样,凯尔。今晚,如果你不战斗,你就会死。如果你——"

凯尔没有等他说完。一阵旋风卷起,扫向霍兰德,反冲力差点让凯尔失去了平衡。旋风裹着安塔芮,将他彻底吞没。风声呼啸,但凯尔听见了一种鬼魅般的低沉声音。他忽然意识到是笑声。

霍兰德在笑。

须臾,霍兰德那只血迹斑斑的手掌出现了,风墙被一分为二,完好无损地从中走了出来,旋风随即消散无踪。"空气无法变得尖锐,"他训斥凯尔。"伤不了人,更杀不了人。你挑选元素时应该动动脑筋。瞧着。"

霍兰德的动作快若闪电,看清楚都不容易,更别提做出反应了。转眼之间,他单膝跪地,摸着地面念道:"As Steno。"

破裂。

他手掌底下的铺地石碎成十几块,锋利如刀。在他起身之时,碎石也飘了起来,悬在空中,就像他在小巷里控制的铁钉一样。他轻抖手腕,碎石朝着凯尔疾射而来。掌心的石头突然吟唱,凯尔急忙抬手——符文石闪闪发亮——喝了一声:"停。"

黑烟喷薄而出,半路截住碎石,将其碾为齑粉。在命令魔法反击的同时,凯尔感到力量汹涌澎湃,随之而来的还有某种黑暗且冰冷的东西。他不禁倒吸一口凉气。他感到魔法在皮肤上下爬行,于是竭尽全力阻止它,黑烟消散了。

霍兰德连连摇头:"继续啊,凯尔。你就用石头对付我吧。虽然你会死得更快，但也许有赢我的机会呢。"

凯尔暗暗咒骂着，又召唤了一阵旋风，这一次停在他面前。然后他打了个响指，掌心冒起一团火焰，风火交缠，火借风势，越烧越旺。火旋风朝着霍兰德席卷而去，融化了地上的冰。霍兰德抬起手来，石头拔地而起，形成盾牌，又在火焰熄灭的一瞬间，将石墙推向凯尔。他急忙举起双手，奋力抵抗，不料霍兰德玩的是声东击西，一个浪头从背后拍中了他。

河水的凶猛一击，打得凯尔趴在地上，他还来不及反应，河水翻卷，缠上身来。不一会儿，凯尔就被困在水里，呼吸困难，然后整个人彻底被淹没。他奋力反抗，却不是河水的对手。

"阿斯特丽德要你活着，"霍兰德从斗篷里拔出弯刀，"怎么说也不听。"他的另一只手握成拳头，河水压力陡增，凯尔肺里的空气跑光了。"但我相信她能理解，为了夺回石头，我别无选择，只有杀了你。"

霍兰德在冰封的路面上步步逼近，弯刀提在腰间，凯尔拼命扑腾，绝望地寻找着用得上的东西。他试图操纵霍兰德手里的弯刀，发现它受到了防护，纹丝不动。凯尔快要窒息了，而霍兰德已经来到面前。这时候他透过水幕，隐约看见了桥边的船用物资，成堆的木板、长杆和盘在墩子上的黑色铁链。

凯尔一弹手指，距离最近的一副铁链飞了过来，缠住霍兰德的手腕，转移了他的注意力。河水顿时失去形状，分崩离析。凯尔摔倒在地，浑身湿透，大口大口地喘息。霍兰德仍在对付铁链，凯尔知道机不可失。又一副铁链从另一座墩子上飞来，绕在**安塔芮**腿上，直至腰部。霍兰德打算使用弯刀，但第三副铁链缠住他的胳膊，绷得紧紧的。这个状态无法保持太久。凯尔又用意念召来了船坞上的一根铁

A Darker Shade of Magic

杆，使其悬在半空中，就在霍兰德背后一英尺左右。

"我不能让你赢。"凯尔说。

"那你最好杀了我，"霍兰德吼道，"如果你不动手，这事儿永远没完。"

凯尔拔出绑在前臂上的小刀，作势欲扑。

"你需要再加把劲儿。"霍兰德话音未落，动作突然定格，他的骨头被另一个安塔芮的意志治得服服帖帖。正中凯尔下怀。趁着霍兰德的注意力集中在小刀上，凯尔行动了，不是正面进攻，而是背后偷袭，拼尽全力操纵那根铁杆飞向前去。

铁杆破空而过，击中了霍兰德的背部，力道之大，洞穿了斗篷、皮肤和骨头，从他胸前钻了出来，铁和血模糊了心脏上方的烙印。银胸针应声碎裂，掉在地上，霍兰德双膝一软，短斗篷从肩头滑落。

霍兰德伏在潮湿的街道上，凯尔晃晃悠悠地站起来，走向安塔芮，巨大的悲伤占据了他的全副身心。他们俩来自同一个种族，一个几近灭亡的种族。如今只剩他一个。用不了多久，一个也不会剩下。或许是理所应当。也是时势所需。

凯尔握着鲜血淋漓的铁杆，从霍兰德的胸前拔了出来，扔到一边。铁杆坠地，沉闷的响声犹如一次紊乱的心跳。凯尔跪在霍兰德身边，看见鲜血越积越多。他摸了摸安塔芮的脉搏，还有，但是极浅，极弱。

"对不起。"他说。事已至此，道歉是愚蠢的，但他的怒火消散无影，他的悲伤、他的恐惧、他的失落，全都化作隐隐的阵痛，仿佛永远也摆脱不掉。他在安塔芮的衣领里摸到了一根绳子，吊着一件来自白伦敦的信物。

霍兰德是知道的。他发现了危险，但并未阻止。就在铁杆从背后击中他的瞬间，霍兰德放弃了攻击。仅仅一秒钟而已，不够一次呼吸的时间，却足以让凯尔占尽上风，获得良机。在被铁杆洞穿之后、倒地之前，掠过他脸上的表情不是愤怒，也不是痛苦。是解脱。

凯尔扯断挂绳，直起腰来，可他不忍心把**安塔芮**丢在街上。他的目光从信物移向等候已久的墙壁，然后拽起了霍兰德的身体。

VI

凯尔来到白伦敦看见的第一个场面，就是莱拉双手持刀，疯狂挥舞，刀身猩红刺目。她已经杀出了一条血路——几具尸体躺在街上——但还有四五个人正在靠拢，更多人徘徊在不远处，瞪着饥渴的眼睛，用喉音浓重的当地话絮絮低语。

"漂亮的红血。"

"是魔法的气味。"

"把她开膛破肚。"

"看看里面是什么。"

凯尔把霍兰德的尸体放在地上，向前走去。

"Vös rensk torejk！"他大喝一声，犹如洪钟雷鸣，经久不息。离她远点。

人群闻声而动——有的跑了，有的好奇心太强，仅仅退了一两步。莱拉看见他，立刻眯起眼睛。

"你来得真是太晚了。"她吼道。平静的面具碎裂了，紧张和恐惧暴露在外。"你怎么湿透了？"凯尔低头看着身上水淋淋的衣服。他伸手轻抚，用意念逼走水滴，过了一会儿，除了沾在靴子上的泥浆，大部分都干了。

"遇见麻烦了。"他指着背后的霍兰德说，忽然发现有几个家伙在奄奄一息的安塔芮身上摸索，眼睛幽暗无光。有人抽出一把小刀，准备割开霍兰德的手腕。

"住手。"凯尔叫道，一阵疾风应声而来，击退了对方。他拉起安塔芮，架在肩膀上。

"别管他了，"莱拉啐了一口，"就让他们把他吃干抹净。"

但凯尔直摇头。

"如果你不愿意，"莱拉说，"他们就会把我们吃干抹净。"

凯尔扭头一看，男男女女慢慢地围拢过来。

白伦敦的人们知道国王颁布的法令，如果有人敢碰孪生戴恩的远方朋友，就有掉脑袋的危险，但时值深夜，新鲜的魔法和毫无反抗能力的霍兰德对他们充满了诱惑——"让我拿他做一顶王冠。"有人喃喃道；"我打赌还有血没流干净。"另一个人说——看样子他们完全丧失了理智。莱拉和凯尔不断退后，一直退到了桥上。

"莱拉？"上桥后，凯尔说道。

"嗯？"她嗓音低沉，极度紧张。

"跑。"

她没有犹豫，猛地转身，朝着河对岸全力奔跑。凯尔一抬手，一堵石墙拔地而起，为他们争取时间。然后他也掉过头，以最快的速度狂奔。霍兰德的身体架在他瘦小的肩膀上晃动，黑魔法在血管里激荡。

等凯尔来到桥中央——莱拉快到另一头了——人们终于推翻石

A Darker Shade of Magic

墙，蜂拥上桥。凯尔刚刚跑到对岸，就跪在地上，血淋淋的手掌按着桥面。

"As Steno，"他命令道，与霍兰德不久前念的咒语一样。桥面顷刻瓦解，石块和人纷纷掉进冰冻的希尔特河。凯尔喘息不定，脉搏狂跳，耳际轰鸣不休。莱拉站在一旁，瞪着不省人事的霍兰德。

"他死了吗？"

"快了。"凯尔说着拉起了安塔芮。

"但愿你让他吃够了苦头。"她啐了一口，转身走向那座阴森森的城堡。

不，凯尔心里想着，跟了上去。他已经吃了太多的苦头。

穿街走巷的时候，凯尔感觉到一双双眼睛在暗中观察他们，但没人离开自家的房子。他们距离城堡不过咫尺之遥，而城堡也有眼睛。很快，城堡矗立在眼前，那是一座围着高墙的石头要塞，拱门犹如血口大张，里面是黑漆漆的院子和无数雕像。

石头在掌心嗡鸣，凯尔知道，它不仅仅是在呼唤他。它在召唤自己的另一半。身边的莱拉又从外套里变出一件武器。不是普通的刀。是一把来自红伦敦的皇家短剑。

凯尔惊得目瞪口呆。

"你是怎么搞到的？"他问。

"从一个想杀我的卫兵身上摸来的。"她欣赏着手里的短剑。凯尔看见剑刃上覆满记号。那是阻断魔法的力量。"我说过，刀永远是不嫌多的。"

凯尔伸手过去。"能给我用吗？"

莱拉看了他好一会儿，耸耸肩，递了过来。凯尔握住剑柄，莱拉拔出手枪，开始装子弹。

"准备好了吗?"她把玩着手枪,问道。

凯尔透过拱门,观察着静悄悄的城堡。"没有。"

听到这个回答,莱拉似笑非笑。"很好,"她说,"那些自认为准备好了的人,通常都死了。"

凯尔勉强挤出一丝笑意。"谢谢你,莱拉。"

"谢什么?"

凯尔没有回答,迈步走进等候已久的黑暗。

Part thirteen

Shades of Magic
等待的国王

I

一团黑云悬在白王座厅的半空，那是苍白背景中的一块醒目补丁。它的边缘磨损得厉害，卷曲变形，色泽暗淡，但中间极其平滑，就像阿索斯手里的半块石头，或者占卜板的表面，国王正是用石头召唤了它。

阿索斯·戴恩端坐于自己的王座上，姐妹的身体则在旁边的王座上。他一边把玩着石头，一边观察着走进城堡前院的凯尔及其同伴。

画面是随着另一半石头移动的。

在那个遥远的伦敦，画面模糊不清，随着凯尔和同伴越来越近，画面也越来越清晰和真切。阿索斯亲眼看着一桩桩事情在不同的城市接连发生——凯尔的逃跑，女孩的狡诈，仆从的失败，姐妹的愚蠢，受伤的王子，还有被杀死的**安塔芮**。

他握紧了符文石。

阿索斯将一切尽收眼底，既愤怒又好笑，同时还有几分激动。失去霍兰德令他火冒三丈，但是一想到能亲手杀死凯尔，他就兴奋得不

A Darker Shade of Magic

能自已。

阿斯特丽德肯定会暴跳如雷。

阿索斯扭过头，注视着倚在王座里的姐妹，魔法的力量在她的咽喉处搏动。她或许还在另一个伦敦大肆破坏，但在这儿，她一动不动地坐着，肤色苍白如雕刻王座的石头。她的双手搭在扶手上，几缕白发垂在紧闭的双眼前。阿索斯冲着姐妹喷喷了几声。

"Ös vosa nochten，"他说，"你应该让我去化装舞会。如今我的玩物死了，你的那个闹得天翻地覆。你还有什么好说的？"

当然，她没有回答。

阿索斯若有所思，苍白而修长的手指敲着王座。如果他打破咒语，唤醒姐妹，恐怕她只会让事情变得更复杂。不，他已经给过机会了，允许阿斯特丽德自行处置凯尔，而她失败了。现在轮到他动手了。

阿索斯冷笑着，起身离座。他轻轻一握石头，凯尔的影像消散成烟，无影无踪。力量的嗡鸣在国王的身体里肆虐，魔法索求无度，但他始终将其压制，仅仅满足最低的需求。这个东西需要被掌控，而阿索斯绝不是慷慨的主人。

"别担心，阿斯特丽德，"他对魔咒缠身的女王说，"我会让一切回归正轨。"

然后他捋了捋头发，整了整白斗篷的领子，出去迎接客人了。

II

白伦敦的要塞矗立在阴森森的院子里,犹如一根刺眼的光柱。按照计划,莱拉溜进石像丛林,凯尔径直走向前方的台阶。他把霍兰德放在一条石头长凳上,手握皇家佩剑和黑伦敦的符文石,登上台阶。

继续啊,凯尔。霍兰德曾怂恿他。你就用石头对付我吧。虽然你会死得更快,但也许有赢我的机会呢。

绝不。他发誓。他上次在战斗中使用石头,导致黑暗持续蔓延。黑线已经爬上了他的手肘,朝着肩膀进发,凯尔无力承担进一步丧失自我的后果。事实上,每一次心跳好像都在扩散毒素。

他带着耳际的轰鸣,拾级而上。凯尔还不至于蠢到自以为能悄无声息地接近阿索斯,在这儿是不可能的。对方肯定知道凯尔来了,只不过放任他安然无恙地进门。平时有十个眼神空洞的卫兵守在台阶两侧,如今也没了人影,凯尔的前方畅通无阻。畅通无阻的道路本身就是危险。这种傲慢的举动非常符合白伦敦国王的作风。

凯尔宁可面对一支军队,也不愿闯进无人把守的大门,谁知道等在里面的是什么。每当不受阻拦地前进一步,他就更紧张一分。待他爬到顶上,已是双手颤抖、胸口憋闷。

他抖索地按着门,用力吸了一口冰冷的空气,然后向前一推。城堡的大门打开了,无需使力,也用不着魔法,凯尔的影子投射在走廊里。他跨过门槛,一排排火把蓦地燃起苍白的火焰,上至拱顶,下至厅堂,照亮了十来张卫兵的面孔,他们整整齐齐地列队肃立。

凯尔深吸一口气,严阵以待,但卫兵们纹丝不动。

"他们是不会碰你的,"一个悦耳的声音传来,"除非你企图逃跑。"阿索斯·戴恩从阴影处现身,仍是一袭白衣,褪色的五官在火光的照耀下毫无血色。"杀死你的乐趣归我独享。"

阿索斯松松垮垮地握着另一半黑石,凯尔一看见它,就感到力量的嗡鸣汹涌澎湃。

"当然了,阿斯特丽德会生气,"阿索斯接着说,"她希望把你当宠物养着,可我一直觉得你死了更好,免得惹麻烦。我想,最近发生的事也证实了我的观点。"

"结束了,阿索斯,"凯尔说,"你的计划失败了。"

阿索斯面露狞笑。"你很像霍兰德,"他说,"你知道他为何没能夺取王位吗?他从不享受战争。他视杀戮和战斗为终结战争的手段。点到即止。但我永远享受过程。我向你保证,我会好好品尝这一战的滋味。"

他握紧了半块石头,黑烟喷涌而出。凯尔没有犹豫。他操纵那些靠着墙的盔甲——连同里面的卫兵——在他和国王之间组成一道屏障。但还不够。黑烟绕过、钻过、透过盔甲之墙,扑到凯尔身边,试图缠上他的胳膊。他一边操纵盔甲之墙逼近阿索斯,一边挥舞皇家佩剑,切开黑烟。但国王没有丢掉石头,魔法也很聪明,闪避着凯尔的剑招,拽住他的手腕,然后化为铁链。铁链的另一头不在地上,而在前厅两侧的墙壁上。

铁链扯紧了,强行拉开凯尔的双臂,与此同时,阿索斯轻轻松松地跃过卫兵,稳稳落地,来到他面前。铁链逐渐收紧,割破了凯尔已经受伤的手腕,阿索斯一甩银鞭,皇家佩剑也脱手掉落。鞭子从他手上流泻而出,蜿蜒如蛇,分叉的鞭头舔着石板地。

"让我见识一下你有多能忍?"

阿索斯正准备扬起鞭子,凯尔突然抓住铁链。他手掌上的血快干了,但这次用力很猛,伤口再度裂开。

"As Orense。"他在鞭子破空而过的瞬间念道,铁链应声断裂,他堪堪躲开分叉的银蛇。凯尔就地打滚,捡起那把短剑,血淋淋的手掌按在石头地上,回想着霍兰德的招式。

"As Steno。"他喝道。掌心底下的地板当即崩裂,变成十来块尖锐的碎石。凯尔起身时,碎石也随之飘起,在他的指挥下射向国王。阿索斯漫不经心地抬起握着石头的手,一面盾牌在他身前成形,碎石如雨,纷纷被弹飞。

阿索斯森然一笑。"没错,"他放下盾牌,说,"我会好好品尝这一战的滋味。"

★ ★ ★

莱拉在石像丛林中穿行,它们垂着脑袋投降,高举双手告饶。

她绕过高耸的要塞——看起来很像一座大教堂,不同之处在于它以柱子支撑,没有彩绘玻璃,只有铁和石头。除此之外,要塞狭长的形状和教堂一样,大门在北边,还有三扇门稍小,但依然宏伟,分别位于东、南和西边。莱拉怀着一颗怦怦直跳的心,慢慢接近南门,通

A Darker Shade of Magic

向台阶的小径两边排列着讨饶者的石像。

她宁愿翻墙，从楼上的窗户爬进去，也比起堂而皇之地上台阶更靠谱，可她身上没带绳索和抓钩，就算带了这些飞檐走壁的装备，凯尔也警告过她别这样干。

孪生戴恩，他说，谁都信不过，城堡是国王的住处，也是陷阱。"大门在北面，"他说，"我走那边。你进南门。"

"不危险吗？"

"在这个地方，"他如实回答，"什么都危险。但即使你进不了门，至少不会从高处摔下来。"

于是莱拉答应他直接进门，尽管她老在担心这是陷阱。全都是陷阱。她来到南门的台阶前，用带角的面具遮住眼睛，然后开始攀登。台阶尽头的门一推即开，莱拉的直觉又一次催促她快快离开，另寻蹊径，但她有生以来头一次无视警告，抬脚进门。门里一片漆黑，在她跨过门槛的一瞬间，灯火辉煌，莱拉立刻停下脚步。数十个卫兵在墙边列队，好像活动的全副盔甲。他们齐刷刷地扭头望向打开的门，望向莱拉，她摆开架势，准备迎接即将发起的进攻。

结果他们迟迟不来。

凯尔告诉过她，在白伦敦，王权的夺取——以及维持——无不藉由武力，这种上位方式通常无法赢得人们的忠诚。卫兵们明显受到魔法控制，被某种束缚咒语所困。但是，强迫他人违背意愿做事就有一个问题。你必须有明确的指示。他们别无他法，只能服从命令，但也不大可能超过命令的范围行事。

慢慢地，一抹笑意浮现在她的嘴角。

无论阿索斯国王对手下的卫兵下达了什么命令，似乎与莱拉无关。在他们空洞目光的追随下，她尽可能从容地走过去。就好像她生活在这里。就好像她不是来刺杀女王的。在他们面前经过时，莱拉颇为好奇，不知道多少人希望她能得手。

红王宫简直和迷宫没两样，而白王宫的廊道纵横交错，井然有序，进一步证明这座城堡的早期功用与教堂类似。莱拉按照凯尔的说明，在一间又一间厅堂里穿行，最后来到王座厅的门前。

凯尔还说过，这儿空无一人。

而情况并非如此。

一个少年守在王座厅的门口。他比莱拉年幼，瘦得像麻秆，与那些双目无神的卫兵不一样，他的眼睛周围满是淤青，眸子暗淡，还有几分狂热。看到莱拉走来，他拔剑出鞘。

"Vösk。"他命令道。

莱拉的眉头拧成一团。

"Vösk，"他又说了一次，"Ös reijkav vösk。"

"喂，"她没好气地说，"滚开。"

少年急切地说着什么，声音低沉，仍然听不懂。莱拉摇摇头，拔出那把带有黄铜指套的刀。"给我滚开。"

料想对方应该明白了自己的意思，莱拉抬脚便走。但是少年举起剑来，生生挡在她面前，又说，"Vösk。"

"听着，"她厉声说道，"我根本不知道你在说什么……"

年轻的卫兵环顾四周，烦躁不安。

"……但我强烈建议你滚到一边去，假装没有碰到我——喂，你到底以为自己在干什么？"

少年摇摇头，轻声咕哝着什么，突然举剑在自己的胳膊上割了一道口子。

"喂，"莱拉喊道，却见少年咬紧牙关，接二连三地割开口子。

"住手。"

莱拉一把抓住他的手腕,但他已经停止了自残的行为,盯着她的眼睛说:"走。"

一时间,莱拉以为自己听错了。因为少年说的是英语。她低头一看,原来他在皮肤上刻的是某种符号。

"走,"他又说了一次,"快。"

"给我滚开。"莱拉应道。

"我做不到。"

"小子——"她警告道。

"我做不到,"他又说,"我必须把守这扇门。"

"不然呢?"莱拉反问。

"没有不然。"他拉开衬衫领子,露出一个乌黑且肿胀的记号,犹如皮肤上的疤痕,"他命令我守门,所以我必须守着。"

莱拉皱着眉头。他身上的记号和凯尔的不一样,但毫无疑问是某种封印。"如果你退到一边会怎样?"她问。

"我做不到。"

"如果我砍倒你会怎样?"

"我会死。"

他的语气既悲伤又淡定。**真是一个疯狂的世界**,莱拉心想。

"你叫什么名字?"她问。

"贝洛克。"

"你多大了?"

"够大了。"他骄傲地扬起下巴,莱拉看到他眼里的火苗。不屈不挠。但他还是太年轻了。实在可惜。

"我不想伤害你,贝洛克,"她说,"别逼我。"

"我也不想逼你。"

他迎着莱拉上前，双手持剑，指节泛白。"你必须踏着我的尸体过去。"

莱拉低声咆哮，握住刀柄。

"求你了，"他又说。"求你踏过我的尸体。"

莱拉久久地注视着他。"怎么做？"她开口道。

他疑惑不解地扬起眉毛。

"你想怎么死？"她说。

他眼里的火苗猛地一颤，继而恢复了平静，答道："痛快点。"

莱拉点点头。她扬起手里的刀，而少年放低了剑，就那么一点点，恰到好处。然后他闭上眼睛，自顾自地低声说着什么。莱拉没有犹豫。她知道怎么使刀，怎么伤人，怎么毙命。她疾步上前，一刀插进贝洛克的肋骨之间，向上一挑，少年还来不及完成祷告，就一命呜呼。这不是最糟糕的死法，但她依然在心里痛骂，诅咒阿索斯、阿斯特丽德和这座被遗弃的城市，同时把少年的尸体轻轻放到地上。

她在衣角上擦净了刀子，收回鞘中，走向王座厅的大门。木头上刻着一圈符号，一共十二个。她抬起手，想起凯尔的指示。

"把它想象成一面钟，"他比画着说，"一，七，三，九。"此时此刻，莱拉摸了摸一点钟位置的符号，指头掠过圆盘，又来到七点钟位置，继而绕回到三，最后横穿至九。

"你真的学会了吗？"凯尔问她，莱拉叹了口气，吹开眼前的头发。

"我说过，我学得快。"

一开始，什么都没有发生。须臾，她的指头和木门之间有什么动静，里面的锁打开了。

"都说了嘛。"她咕哝着，推开那扇门。

III

阿索斯在笑。笑声令人毛骨悚然。

他们周围混乱不堪，眼神空洞的卫兵堆在一起，帷幔被撕得破破烂烂，火把散落在地上，仍在燃烧。凯尔的眼底有了新鲜的瘀伤，阿索斯的白斗篷烧得焦黑，沾满了深色的血迹。

"要不要再来一次？"阿索斯说。话音未落，一束黑能量犹如闪电，从国王的盾牌上激射而出。凯尔一抬手，两人之间的地板即刻升起，可惜还是慢了一拍。闪电击飞了他，他猛地撞上城堡大门，木头嘎吱呻吟。他头晕眼花，剧烈地咳嗽着，喘不上气，却没时间休息。空气噼啪作响，翻腾奔涌，又一道闪电击中了他，大门随即碎裂，凯尔跌进了夜色之中。

一时间，眼前一片漆黑，但凯尔很快又恢复了视力，发现自己正在下坠。

上涌的空气接住了他，至少缓和了坠落的冲击力，但他还是撞到了台阶底下的石板地上，差点摔断骨头。皇家佩剑弹了几下，滑到数英尺开外。鲜血从凯尔的鼻孔里滴落。

"我们都有宝剑在手,"阿索斯一边走下台阶,一边教训他,白斗篷在身后飘荡,显得威风凛凛,"你非要用缝衣针跟我斗。"

凯尔挣扎着爬起来,嘴里骂骂咧咧。黑石的魔法好像没有影响到国王。他的血管一直都是黑色,双眼也始终是冰蓝。控制权在他的手中,凯尔头一次怀疑霍兰德说得有道理。或许没有所谓的平衡,只有成王败寇。他是不是已经输了?黑魔法在身体里嗡鸣,求他释放。

"你必死无疑,凯尔,"阿索斯来到院子里,说道,"你还不如拼死一搏。"

黑烟从阿索斯的石头里喷薄而出,涌向凯尔,突然变成无数锃亮的黑色尖刀。他抬起手,试图以意念操控,但它们是魔法的产物,并非真正的铁器,所以没有屈服,速度丝毫不减。就在尖刀之墙快要切碎凯尔的刹那,他的另一只手——与石头紧密结合的手掌——仿佛有了自我意识,飞快地扬起,命令在他脑海里回荡。

保护我。

想法刚一成形,就立刻变成现实。黑影迅速裹着他,与尖刀之墙相撞。力量在凯尔的体内奔涌,火焰、冰水和能量同时迸发,他倒吸一口气,感到黑暗在皮肤底下扩散、漫卷,从石头里丝丝缕缕地飘飞,掠过胳膊,透过胸膛。尖刀被魔法之墙弹开,转而扑向阿索斯。

国王急忙闪躲,用石头发射的冲击波挡开尖刀。绝大多数尖刀落在地上,只有一把除外,它深深地插进阿索斯的大腿。国王倒吸一口气,拔出尖刀,扔到一边。他直起腰来,森然一笑。"越来越有意思了。"

★ ★ ★

莱拉的脚步声在王座厅里回荡。这个圆形的空间犹如巨大的洞穴，纯白如雪，周围立着一圈石柱，正中央的高台上并排摆着两个王座，都是用一整块白色石头雕成的。其中一个王座空着。

另一个王座上坐着阿斯特丽德·戴恩。

她的头发——极浅的金色，接近无色——盘在头顶，酷似王冠，几绺散发细如蛛丝，落在眼前，脑袋低垂着，仿佛正在打盹。阿斯特丽德面无血色，一袭白衣，但不是童话里的女王喜爱的奶白，而且不着丝绒，不镶花边。这位女王的衣服如同盔甲裹在身上，在衣领和腕部陡然收紧。别的女人爱穿裙子，而阿斯特丽德·戴恩身着紧身裤，脚蹬亮白色的靴子。她修长的手指抓着王座扶手，其中半数戴着戒指，不过她浑身上下真正有颜色的就是挂在脖子上的吊坠，边缘是血红色。

莱拉盯着纹丝不动的女王。她的吊坠与莱在红伦敦佩戴的一模一样，当时莱不是本人。附体咒符。

看情形，阿斯特丽德·戴恩仍在咒语的影响下。

莱拉上前一步，靴子的声音响彻空荡荡的大厅，异常清晰，吓了她一跳。*真聪明*，莱拉心想。王座厅的造型不仅为美观起见，还能灵敏地传播声音。非常适合生性多疑的统治者。尽管莱拉的动静很大，女王仍未受到惊扰。莱拉继续前行，随时准备迎敌，以防有卫兵从某些隐蔽的角落——实际上根本没有——冲过来救驾。

但一个人影都不见。

活该，莱拉心想。数百卫兵，只有一人举剑，但求一死。可怜的女王。

吊坠在阿斯特丽德的胸前闪着微光，隐隐搏动。在另一个世界的另一个城市的某处，她占据了一具躯壳——可能是国王，或者王后，或者侍卫队长——但在这儿，她毫无防备。

莱拉冷冷一笑。她本来不想赶时间，让女王付出应有的代价——为凯尔报仇——但也知道最好别以身试险。她从皮套里拔出手枪。一枪即可。干脆利落，轻而易举。

她举起枪口，瞄准女王的脑袋，开火。

枪声响彻王座厅，紧接着是一道闪光，一阵雷鸣般的炸响，莱拉的肩膀感到剧烈的疼痛。她踉跄着后退，手枪掉落在地。她抓着胳膊，深吸一口气，恶狠狠地咒骂起来，鲜血浸湿了衬衫和外套。她中枪了。

子弹被弹回来了，但究竟撞上了什么？

莱拉眯起眼睛打量王座上的阿斯特丽德，这才发现白衣白裤的女人周围并非空无一物；开枪过后，空气有轻微的波动，突如其来的攻击引起了它的震颤，以及玻璃碎片似的闪光。有*魔法*。莱拉紧咬牙关，放开受伤的肩膀（以及破损的外套），摸向腰间。她再次拔刀——上面还沾着贝洛克的血——缓缓靠近，来到王座的正前方。她的气息喷在几乎看不见的屏障上，又弹了回来，扫过她的脸颊。

她慢慢地举起刀，刀尖冲着前方，碰上了魔法屏障。空气突然噼啪作响，闪着冰冷的光芒，但毫无退缩的迹象。莱拉暗暗骂了一声，目光低垂，掠过女王的身体，落在脚边的地板上。她的眼睛眯成了一条缝。王座底部的石头上有些符号。她当然看不懂，但见符号交缠着环绕整个王座，而女王的存在更凸显了它们的重要性。各个符号环环相扣，形成一条咒语。

而环与环之间是可以破坏的。

莱拉蹲在地上，提刀探向距离最近的符号。她屏住呼吸，刀锋划过地板，顺着她所在的方向开始刮擦，最后清除了一小截用墨水或鲜

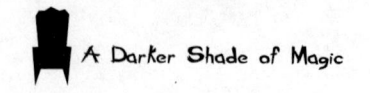

血或别的什么玩意儿写成的咒语（她根本不想知道）。

王座周围的空气停止了闪烁，暗淡无光，莱拉紧张地站起来，她知道保护女王的无论是何种魔法，现在已经失效了。

莱拉握着刀柄的手指松开又收拢。

"永别了，阿斯特丽德。"她说着，转过刀尖，对准女王的胸膛刺去。

然而刀尖尚未刺进白色外衣，莱拉的手腕突然被抓住了。她低头一看，阿斯特丽德·戴恩的淡蓝色眸子正盯着她。醒了。女王的嘴角隐隐掠过一抹冰冷的笑意。

"讨厌的小贼。"她轻声说道。阿斯特丽德手上加力，莱拉的胳膊疼得像是断掉了。她听见有人在尖叫，好一会儿才意识到是从自己的喉咙里发出来的。

★ ★ ★

鲜血顺着阿索斯的脸颊流淌。

凯尔喘息不定。

国王身上的白斗篷破烂不堪，凯尔的大腿、手腕和腹部有浅浅的割伤。他们所在的院子里，大半雕像已经倒塌、破损，魔法横冲直撞，犹如燧石一般火花四射。

"我要挖出你那只黑眼睛，"阿索斯说，"挂在我脖子上。"

他再度施法，凯尔奋力反击，意志对抗意志，石头对抗石头。不过，凯尔同时在进行两场战斗，一个敌人是国王，另一个敌人是自己。黑暗仍在蔓延，每时每刻，一举一动，都在扩张它的领地。他赢不了；照这个速度下去，他要么输掉战斗，要么丧失自我。牺牲在所难免。

阿索斯的魔法在凯尔的阴影盾牌上找到了一道缝隙,狠狠地击中了他,打断了几根肋骨。凯尔咳嗽着,嘴里充满血腥味,他拼命地睁着眼睛,紧盯国王。非得做点什么不可,而且要快。皇家短剑在不远处闪着寒光。阿索斯举起石头,准备再次发起攻击。

"你就这点能耐吗?"凯尔咬着牙关挑衅对方,"反反复复地使用同一个招式?还是你的姐妹有创造力。"

阿索斯眯起眼睛。然后,他举起石头,召唤了一个新东西。

不是一堵墙,不是一把刀,也不是一根铁链。都不是,黑烟在他周围盘旋,形成一道弯弯曲曲的可怕影子。一条巨大的银蛇,眼睛乌黑,它吐着信子立起来,比国王还高。

凯尔故作轻松地嘲笑一声,虽然低沉,却牵扯到了断掉的肋骨,疼痛难忍。他从地上捡起皇家短剑。剑刃有了缺口,沾满灰尘和鲜血,但还能看清刻在剑身上的符号。"我一直在等着你这样做,"他说,"创造一个有能力杀死我的怪物。因为凭你自己是做不到的。"

阿索斯皱起眉头。"死法不同又有什么关系呢?反正你都是死在我手里。"

"你说过你想亲手杀死我,"凯尔反唇相讥,"可我怀疑你也只有这么点本事了。去吧,躲在石头的魔法后面。假装是你亲手杀了我。"

阿索斯低吼一声。"没错,"他嘶声说道,"你的性命应该——也将会——由我亲手解决。"

他握紧石头,显然有意驱散巨蛇。巨蛇一直在国王周围游移,这时候停了下来,却没有消失。相反,那对乌黑明亮的蛇眼转而盯着阿索斯,与莱拉房间里那个复制的凯尔一样。阿索斯抬头瞪着巨蛇,发动意念进行控制。见它并不服从,国王说话了。

"你听我调遣，"阿索斯命令道，巨蛇吐着信子。"你是我的造物，我是你的——"

他再也没有机会说完这句话了。

巨蛇向后一扬，猛攻而至。蛇口大张，尖牙利齿一下子咬住阿索斯握着石头的手，国王来不及叫喊，巨蛇就把他缠得严严实实。银色的蛇身勒住他的胳膊和胸膛，然后攀上脖子，随着一声脆响，脖子断了。

凯尔深吸一口气，看着阿索斯·戴恩的脑袋耷拉下来，可怕的国王转眼就成了一具软绵绵的尸体。巨蛇松开国王，任其滚落在破碎的地板上。然后巨蛇掉转头，亮晶晶的乌黑眸子对准凯尔，以骇人的速度向他扑去，但凯尔已经做好准备。

他手中的皇家短剑刺进巨蛇的腹部，洞穿了粗糙的蛇皮。布满剑身的咒语瞬间闪耀，在巨蛇猛烈的挣扎下，短剑随即断为两截。巨蛇战栗着坠落下来，消失于无形，在凯尔脚边化作一片阴影。

在阴影当中，有一块残破的黑石。

IV

莱拉的后背重重地撞上柱子。

她摔落在王座厅的石头地板上,又挣扎着撑了起来,鲜血流进了假眼。她的肩膀疼得厉害,其他部位也好不到哪里去。她试着尽量不去在意。与此同时,阿斯特丽德似乎心情愉悦。她懒洋洋地冲着莱拉微笑,就像玩弄耗子的猫。

"我要把你的笑脸割下来。"莱拉奋力爬起来,吼道。

她打过的架不少,但从未应付过阿斯特丽德·戴恩这样的对手。这个女人不仅有惊人的爆发力,而且优雅得难以置信,刚才还慢悠悠的,一眨眼就发起闪电般的攻击,而莱拉只能干瞪眼。勉强活命。

莱拉知道自己输定了。

莱拉知道自己*死定了*。

但如果死得毫无价值,那就太见鬼了。

根据城堡外围地面的响声判断,凯尔正忙得不可开交。至少莱拉能保证他只用面对一个戴恩。为他争取一点时间。

说真的,她到底怎么了?南伦敦的莱拉·巴德从来只为自己着想。那个莱拉绝不会为别人浪费生命。如果错误的选择意味着活命,那么她从未做过正确的决定。她也从未因为报恩转而帮助陌生人。莱拉啐了一口血,挺起胸膛。也许她不该偷那块该死的石头,但此时此地,面对化身为苍白女王的死神,她并不后悔。她渴望自由。她渴望冒险。她并不介意死在路上。她唯一的心愿是不要这么痛苦。

"你当绊脚石的时间太长了。"阿斯特丽德抬起双手,说道。

莱拉扬起嘴角。"看来我有当绊脚石的天赋。"

阿斯特丽德开始用喉音浓重的语言说话,莱拉曾在街上听到过。但在女王的嘴里,似乎又不尽相同。她吐出的字句奇异、刺耳、动听,仿佛微风拂过枯枝败叶的窸窣。令莱拉想起莱的生日游行上,那一曲遮天蔽日的音乐,有了实体的声音。**充满力量**。

莱拉不至于蠢到洗耳恭听,坐以待毙。她的手枪打光了子弹,丢在不远处,那把不久前才到手的刀子扔在王座底下。她背后还有一把匕首,于是飞快地将其抽了出来。但不等匕首离开她的手指,阿斯特丽德就念完了咒语,一波能量迎面撞上莱拉,她肺里的空气吐得精光,整个人狠狠地摔在地上,滑行了数英尺之远。

她打了个滚,翻身蹲伏,大口大口地喘气。女王在耍她玩。

阿斯特丽德抬起手,准备再次发起攻击,莱拉知道这是自己唯一的机会。她捏着匕首,对准女王的心脏奋力掷去,既快又猛。匕首飞向阿斯特丽德,但她不躲不闪,随随便便一伸手,就将其凌空夺下。用的是另一只手。莱拉心里一沉,看着女王把匕首折为两截,扔到一边,根本不耽误她施法。

见鬼,莱拉心想,脚底的石头地板轰隆作响,摇晃不定。她极力保持平衡,差点没注意到砸向头顶的一波碎石。石子倾泻而下,犹如疾风骤雨，她慌忙低头躲开。莱拉的反应很快，但还不够快。她的右半身一阵剧痛，那条腿，从脚踝到膝盖，都被埋在石堆里，是一种夹杂着白色石屑的灰色岩石。

不对，不是白色石屑，莱拉惊恐地发现。

是骨头。

莱拉慌忙抽出右腿，但阿斯特丽德来了，一把将她掀翻在地，膝盖压在她的胸口上。阿斯特丽德扒开莱拉戴着的有角面具，扔到一边。她捏着莱拉的下巴，扭了过来，正对着自己。

"真是个漂亮的小家伙，"女王说，"虽然满脸是血。"

"下地狱去吧。"莱拉啐了一口。

阿斯特丽德微微一笑，指甲掐进莱拉受伤的肩膀。莱拉强忍着没有尖叫，在女王的挟持下拼命挣扎，可惜全是徒劳。

"如果你要杀我，"她嘶声说道，"动手就是了。"

"噢，我会的，"阿斯特丽德拔出指甲，莱拉肩膀止不住地颤抖，"但不是现在。等我解决了凯尔，再来对付你，我要慢慢地夺取你的生命。等我玩够了，就把你埋在地板底下。"她伸出手，给莱拉看她血淋淋的指尖。在女王苍白皮肤的衬托下，血色格外鲜艳欲滴。"不过首先……"阿斯特丽德的指头在莱拉的眉间画了一个图案。

莱拉奋力挣扎，但阿斯特丽德的力气大得惊人，压得她动弹不得，又在自己苍白的额头上画了一个血记号。

阿斯特丽德再次沉声说起了那种语言，语速极快。莱拉绝望地扑打着，试图大喊大叫，以打断咒语的施放，但女王死死地捂着她的嘴。阿斯特丽德的咒语逐渐在周围的空气中成形。一根冰钉扎进莱拉的身体，魔法随之翻涌，皮肤刺痛难忍。压在她身上的女王开始变脸了。

A Darker Shade of Magic

她的下巴变尖，脸颊从陶瓷白变成健康而温暖的色调。她的嘴唇变红，蓝眼睛变成棕色——而且有色差——而她的头发，曾经盘在头顶、纯白如雪，此时落在面前，变成了栗棕色，而且紧贴着下巴。她的衣服起伏变幻，换成了再熟悉不过的样式。女王面露笑容，犹如刀锋一般锐利。莱拉惊惧万分地盯着对方，而对方不再是阿斯特丽德·戴恩，是自己的镜像。

阿斯特丽德开口时，嗓音竟然与莱拉一模一样。"我该走了，"她说，"我相信凯尔需要帮手。"

莱拉绝望地挥拳打去，结果被阿斯特丽德一把抓住手腕，按在地上，全然不当回事。她低下头，在莱拉耳边低语。"别担心，"她嘶声说道，"我会转达你的问候。"

然后阿斯特丽德猛地一拍，莱拉的后脑勺撞在破损的地板上，顿时眼前一黑。

★ ★ ★

凯尔站在石头院子里，周围是破败的雕像，一个死去的国王，一块残缺的黑石。他血流不止，伤痕累累，但一息尚存。他松开手，断裂的皇家佩剑铿锵坠地，他颤抖地吸了一口气，寒气在肺里烧灼，又化作白雾，从血糊糊的嘴唇里吐出来。有东西在他身体里移动，温暖又冰凉，静谧又危险。他很想停止挣扎，举手投降，但他不能这样。一切尚未结束。

半块石头贴着他的掌心搏动。另一半在地上闪着微光，就在巨蛇消失之处。它在召唤凯尔，他的身体情不自禁地走过去。石头引导他的手指摸向破裂的地面，在等候已久的碎石周围收拢。两块石头甫一接触，凯尔感到咒语在唇边蠢蠢欲动。

"As Hasari。"他脱口而出，声音是他的，又不是他的。在他手中，两瓣儿石头相互结合。它们融为一体，裂缝自行消失，表面恢复了光滑，以及纯粹的黑色，然后有一股极其强大的力量——清澈，美妙，甘甜——流遍凯尔全身，带来了一种确然的感觉。完整的感觉。胸中满是平静。安详。魔法沉稳而单调的节奏使他昏昏欲睡。凯尔满脑子想的都是放弃，在力量、黑暗和宁静中沉没。

*放弃吧，*一个声音在脑海里说。他的眼睛慢慢地闭上，脚下踉跄不稳。

然后他听见了莱拉的声音，在呼唤他的名字。

宁静之海泛起涟漪，凯尔强行睁开眼睛，看到她走下台阶。她好像远在天边。一切都那么遥不可及。

"凯尔。"她又喊了一声，走到面前。她环顾四周——破败不堪的院子，阿索斯的尸体，凯尔伤痕累累的模样——然后看到了完整的符文石。

"结束了，"莱拉说。"该放手了。"他低头看着那块符文石，黑线变粗了，就像绳索一样缠绕着他的躯体。"拜托，"她说。"我知道你做得到。我知道你听得见我说话。"她伸出手来，忧心忡忡地睁大眼睛。凯尔眉头紧锁，力量依然在体内奔涌，扭曲了他的视野和思想。

"拜托。"她又说。

"莱拉。"他柔声说道，充满渴望。他伸出手，扶着她的肩膀，站稳了。

"我在，"她轻声说，"把石头给我。"

他注视着符文石，手指收拢，黑烟四溢。他无需说话。魔法已经在他的脑袋里，知道他的所思所想。转眼间，黑烟变成一把刀。他盯

A Darker Shade of Magic

着寒光闪闪的刀锋。

"莱拉。"他又说。

"什么事，凯尔？"

他握紧了刀柄。"接着。"

然后他一刀捅进了莱拉的肚子。

莱拉痛得倒吸一口气，接着浑身颤抖、抽搐，变回了原形。是阿斯特丽德·戴恩的模样，深色的血迹在她的白衣上晕染开来。

"怎么……"她正要怒吼，凯尔控制了她的身体，闭紧了她的嘴巴。任何语言——任何咒语——都不能拯救她。他要杀死阿斯特丽德·戴恩。不仅如此，他要她受罪。为他的兄弟报仇。为他的王子。因为在那一刻，盯着那双睁大的蓝眼睛，他看到的是莱。

莱戴着她的吊坠。

莱一闪而过的微笑，充满了不属于他的残酷和冷淡。

莱掐住凯尔的喉咙，在他耳边念叨着陌生人的语句。

莱一刀捅进他的腹部。

莱——他的莱——瘫软在石头地板上。

莱血流不止。

莱奄奄一息。

凯尔渴望将她碎尸万段，那是她应得的下场。在他手里，想法化作意志，插在腹部的刀锋随即释放了黑暗。它爬过她的衣服，在她的皮肤底下潜行，所到之处，一切都变成洁白的石头。阿斯特丽德张开嘴，不知是想说话还是要尖叫，但还来不及从牙缝里挤出一丁点声音，石头就覆盖了她的胸膛、喉咙和褪色的红唇。石头没过了她的腹部，顺着双腿一路向下，蔓延到靴子，最后抵达坑洼的地面。凯尔站在原地，盯着阿斯特丽德·戴恩的雕像，她惊恐地睁着眼睛，嘴唇凝固成咆哮的形状。她看起来与院子里的其他雕像一般无二。

但还不够。

他很想把阿斯特丽德及其兄弟的尸体留在破烂的院子里，但他不能这样做。魔法和万物一样，终有凋零之时。咒语会解除。阿斯特丽德将会重获自由。他不能允许这种事情发生。

凯尔抓住她纯白的石头肩膀。他的指头上沾着血，与其他部位一样，*安塔芮*的魔法来得轻而易举。"As Steno。"他说。

深深的裂痕出现在女王的脸上，呈锯齿状顺势而下，当他收拢手指，阿斯特丽德·戴恩的石像在他的触碰之下碎裂了。

V

凯尔打了个寒战,奇异的平静再次降临。

这一次更加不可抗拒。有人喊他的名字,和刚才一样,他抬头望去,莱拉抓着肩膀,一瘸一拐地跑下台阶。她身上有瘀伤和血迹,但还活着。那张黑色面具提在沾满鲜血的手上。

"你还好吗?"莱拉走过来问道。

"好得不得了。"他说,光是在她身上集中视线和精神,就耗尽了全部的力气。

"你是怎么知道的?"她低头看着碎尸万段的女王,"你怎么知道她不是我?"

凯尔挤出一丝疲惫的笑容。"因为她说**拜托**。"

莱拉呆呆地瞪着他。"你在开玩笑吗?"

凯尔微微耸肩。费了好大气力。"我就是知道。"他说。

"你就是知道。"她重复了一遍。

凯尔点点头。莱拉仔细地端详着他,令他不禁对自己现在的模样感到好奇。

"你的气色好差,"她说,"你最好丢掉那块石头。"

凯尔点头。

"我可以跟你一起去。"

凯尔摇摇头。"不。别这样。我不想要你来。"这个回答是真心的。他不知道那边是什么在等着他,无论如何,他希望独自面对。

"好吧,"莱拉吞了吞口水,说道,"我就在这里等你。"

"你打算做什么?"他问。

莱拉勉强耸了耸肩。"码头上有些好船,在我们逃命的时候看到的。来一艘呗。"

"莱拉……"

"你放心,"她语气生硬。"快走吧,别等有人发现我们杀了他们的君主。"

凯尔想笑,却有什么东西击穿了他的身体,像是疼痛,但更加黑暗。他弯下腰,视野模糊。

"凯尔?"莱拉俯身问道。"怎么了?出什么事了?"

不,他恳求自己的身体。*不要,现在不行*。他已经接近了。近在咫尺。他需要做的就是——

又来了。他双手撑地,跪了下去。

"凯尔!"莱拉喊道,"跟我说话。"

他想要回答,想说些什么,什么都可以,然而下巴锁死,牙关紧咬。他对抗着黑暗,但黑暗也在反击。后者占尽上风。

莱拉的声音变得越来越遥远。"凯尔……能听见我说话吗?坚持住。坚持住。"

停止反抗,他脑子里的声音说。*你已经输了*。

不，凯尔心想。不。还没有输。他吃力地摸了摸腹部的伤口，在破损的地板上画了一个符号，但还来不及把绑定石头的手掌按下去，一股冲击力将他击翻。黑暗缠绕着他，压制着他。他极力反抗，但魔法已经在他体内，在血管里奔涌。他试图摆脱魔法的控制，将其推开，但为时已晚。

他吸了最后一口气，被魔法拽了下去。

★ ★ ★

凯尔动弹不得。

阴影纠缠着他的手脚，犹如坚硬的石头，牢牢地将他挟持。他越是反抗，它们缠得越紧，吸走他最后一丝力量。莱拉的声音仿佛远在天边，很快就听不见了，只剩凯尔孤身一人，身处一个乌漆墨黑的世界。

黑暗无处不在。

忽然，不知何故，黑暗发生了变化。它从四面八方汇集，在他面前盘旋萦绕，形成一个影子，又变作一个人。他的模样酷似凯尔，身高、头发和外套都一模一样，但无不是平滑的黑色，就像那块完整的石头。

"你好，凯尔。"黑暗说，不是英语，不是阿恩语，也不是马克特语，而是魔法的原始语言。凯尔终于明白了。是维塔芮。就是这家伙一直影响他、压迫他，使他变得强大，同时也削弱他的意志，啃噬他的生命。

"我们在哪里？"他声音沙哑。

"我们在你体内，"维塔芮说，"我们正在变成你。"

凯尔徒劳地对抗着阴影的束缚。"滚出去。"他咆哮道。

维塔芮露出阴沉沉的黑色笑容，走向凯尔。

"你打得很好，"他说，"但战斗已经结束了。"他站在面前，按着凯尔的胸口。"你是为我而生的，**安塔芮**，"他说，"一个完美的容器。我会永远披着你的外衣。"

凯尔拼命地扭动着。他必须反抗。他已经走到这一步。不能在此刻放弃。

"太晚了，"**维塔芮**说，"我已经拥有你的心脏。"说着，他的指尖压了下去，凯尔喘息着，任由**维塔芮**的手插进胸膛。他感到维塔芮握住了跳动的心脏，心脏猛地一颤，黑暗犹如鲜血，淹没了他胸口破烂的衬衫。

"结束了，凯尔，"魔法说，"你是我的了。"

★★★

凯尔躺在地上战栗不已。莱拉捧着他的脸。面颊滚烫。喉咙和太阳穴的血管已经黑化，腮帮紧绷，但他没有动，没有睁眼。

"不要认输，"她冲着浑身痉挛的凯尔喊道，"你都坚持到这里了。你不能就这样放弃。"

他的后背反弓起来，莱拉扯开凯尔的衬衫，看到黑色在胸口蔓延。

"见鬼。"她骂道，又试图把凯尔手里的石头夺过来。结果纹丝不动。

"如果你死了，"她厉声说道，"莱怎么办？"

凯尔的后背猛地撞在地上，他吃力地呼了一口气。

莱拉本已收回了武器，这时候却拔出了刀，握在手中掂量。她不希望在万不得已的情况下杀死凯尔，但又必须这样。她不想砍断他的手，但她一定要做。

他的嘴里吐出一声呻吟。

"你他妈的休想放弃，凯尔。听见了没？"

* * *

凯尔的心跳断断续续，漏了一拍。

"我好心好意地向你提议，"维塔芮说道，他的手依然插在凯尔的胸口，"我也给了你投降的机会。是你逼我动粗的。"

热浪席卷凯尔全身，随之而来的是奇异的寒冷。他听见莱拉的声音。遥远，隐约，仿佛回声的回声，抵达他耳畔时几不可闻。但他听到了一个名字。莱。

如果他死了，莱也活不成。他不能停止反抗。

"我不想杀死你，凯尔。一点儿也不想。"

凯尔使劲闭上眼睛，黑暗包围了他。

"没有什么词儿可以对付吗？"莱拉的声音在脑海里回响。"是什么？快啊，凯尔。念出那个该死的词。"

凯尔强行集中注意力。是的。莱拉说得对。确实有一个词儿。维塔芮是纯粹的魔法。所有魔法都受规则约束。遵循秩序。维塔芮是造物，既然可以被创造，那就能够被摧毁。驱散。

"As Anasae。"凯尔念道。他感到力量一闪而过。但什么都没有发生。

维塔芮的另一只手掐着他的喉咙。

"你真以为念咒语有用？"凯尔模样的魔法嘲弄道，但他的语气有些异样，正是凯尔紧张时的表现。恐惧。有用。肯定有用。必须有用。

然而，**安塔芮**的魔法是语言契约。施法不能单靠思想，而在这儿，在他脑子里，一切都是思想。凯尔非要亲口**念出**那个词儿不可。他聚精会神，寻找消失的知觉，最后感到了身体的存在，不是幻象，不是精神位面，而是现实，现实中的身体四仰八叉地躺在冰冷刺骨的破烂院子里，莱拉守在旁边。伏在他上面。他抓住那股寒意，注意力移向冰凉的后背。他拼命地感受手指的存在，它们因为使劲握着石头而酸痛无比。他又找到紧闭的嘴巴，强迫牙齿松开。强迫双唇分离。

念出那个词儿。"As An——"

维塔芮收拢手指，他的心脏在颤抖。

"不。"魔法咆哮道，恐惧暴露无遗，他终于失去耐心，恼羞成怒。凯尔理解他的恐惧。**维塔芮**不仅仅是魔法。他是石头全部力量的**源头**。驱散他，即是驱散符文石本身。一切都会结束。

凯尔挣扎着控制了身体。控制了自己。他使劲吸气到肺里，又从嘴里吐出来。

"As Anas——"他咳了几声，维塔芮松开心脏，转而捏着肺部，空气顿时跑光了。

"你不能这样，"魔法绝望地说，"是我在维系你兄弟的生命。"

凯尔犹豫了。他不知道此话的真假，不知道他和兄弟的纽带会不会断裂。但他知道，莱永远不会原谅他的所作所为，而除非两人都活下来，否则所谓的原谅也无关紧要了。

凯尔拼尽最后一丝力气，不去在意正在压榨他生命的**维塔芮**，以及如潮水般席卷的黑暗，而是听着莱拉的声音，感受冰冷的地面、酸痛的手指，与此同时，词语在他染血的嘴唇里成形。

"As Anasae。"

VI

远在红伦敦,无数人突然栽倒。

那些男男女女,被亲吻的,被伤害的,被纠缠的,被强取肉体的,那些向魔法敞开胸怀,以及为其灌注魔法的人,全部栽倒在地,他们体内的黑色火焰偃旗息鼓。纷纷遭到驱散。

每一个地方都有魔法遗弃的身体。

街上,他们踉跄着倒地。有的化为飞灰,燃烧殆尽,有的仅剩躯壳,内里空无一物;幸运的少数人趴在地上,喘息不止,虚弱无力,但至少保住了性命。

王宫里,披着吉恩皮囊的魔法刚刚抵达寝宫,焦黑的手掌刚刚扶在门上,黑暗就灭亡了,也带走了他。

而在远离城墙的圣堂,烛光照耀的房间里,一张空荡荡的床铺上,红伦敦的王子颤抖了一下,再次悄无声息。

Part fourteen

Shades of Magic
最后的门

I

凯尔睁开眼，看见星星。

它们高悬于城墙之上，闪烁着遥不可及的点点白光。

石头从他手里滚落，掉在地上，发出一声闷响。它如今什么也不是，没有嗡鸣，没有催促，没有许诺。只是一块普通的石头。

莱拉说了什么，但这一次听起来并不生气，不像平常的口吻，可惜他的心脏怦怦直跳，什么也听不清。他颤颤巍巍地摸向衣领。他不是真的想看。不是真的想知道。但他还是拉开衣领，看着胸口的皮肤，寻找将莱和他的生命相连的封印。

黑色的魔法印记消失了。

但伤疤没有消失。封印完好无损。看来维系它的不是**维塔芮**。是**他**。

凯尔轻轻地呜咽一声，如释重负。

终于，周遭的世界渐渐清晰可见。冰冷的石板，阿索斯的尸体，阿斯特丽德的碎块，还有莱拉，她突然抱了抱凯尔——来得快去得也快，他尚未反应过来，莱拉就放开了。

"想我吗？"凯尔的喉咙生疼，声如蚊蝇。

"当然。"她两眼通红，踢了踢符文石。"它死了吗？"她问。

凯尔捡起石头，除了本身的重量，再无别的感觉。

"魔法是无法杀死的，"凯尔慢慢地爬起来，"只能驱散。但它确实不在了。"

莱拉咬着嘴唇。"你还需要送它回去吗？"

凯尔注视着空洞的石头，缓缓点头。"安全起见。"他说。不过，他挣脱了魔法的束缚，或许已经不是送它回去的唯一人选了。凯尔举目四顾，看到了霍兰德。战斗期间，安塔芮从石头长凳上摔了下来，这时候躺在地上，好像睡着了，浸透鲜血的斗篷是唯一的反证。

凯尔好不容易站起来，浑身上下都在抗议。他走到霍兰德身边，拉着安塔芮的手。霍兰德的皮肤是冰凉的，脉搏极其微弱，而且越来越弱，心跳也越来越慢，随时可能停止。但他仍有最后一口气。

杀死安塔芮是极其困难的，他说过。这话没错。

凯尔感到莱拉在身后徘徊。他不知道这样行不行，一个安塔芮能不能控制另一个，但他仍然摸了摸霍兰德胸前的伤口，在地上画了一条线。他又用石头蘸了少许血，放在画好的线上，最后把霍兰德的手搁在上面。

"安息吧，"他向奄奄一息的霍兰德轻声道别，然后压着对方的手念道，"As Travars。"

安塔芮所接触的地面退开了，扭曲成一片阴影。凯尔收回手，任凭黑暗以及某种未知的力量吞没了霍兰德的身体和石头，最后仅剩血迹斑斑的地面。

凯尔盯着染血的石板，仍然不敢相信真的成功了。他不用亲自完成任务。他还活着。他可以回家。

他摇摇欲倒，好在莱拉扶稳了他。

"坚持住。"她说。

凯尔晕晕乎乎地点点头。石头曾经掩盖痛楚，没了它，他疼得视线都模糊了。更有莱所受的伤痛，简直是雪上加霜，他强忍着没有呻吟，嘴里却尝到了血腥味。

"我们得走了。"凯尔说。如今白伦敦缺少一位统治者——也许是两位——暴乱一触即发。必定有人杀出一条血路，直取王座。历史永远都在重演。

"我们回家吧。"莱拉说。他顿时觉得轻松了一大截，随后才意识到残酷的现实。

"莱拉，"他为难地说，"我不知道还能不能带你回去。"石头是她穿越不同世界的保障，为她开启本不该存在的大门。现在没了石头，她穿越回去的机会……

莱拉好像听懂了。她抱着胳膊，环顾四周。看她的样子，浑身青紫，流血不止，独自一人能在这里坚持多久？但她毕竟是莱拉。或许她在哪里都能生存。

"这样吧，"她说，"我们试试。"

凯尔吞了吞口水。

"最坏是什么情况？"当两人走向院子的墙壁时，她又问，"我会在世界之间被撕成无数碎片吗？"她扮了个鬼脸，但凯尔在她眼里看到了恐惧。"我做好了留下来的准备。但我想试一试，说不定能离开。"

"如果不成功——"

"那我就再想办法。"莱拉说。

凯尔点点头，领着她来到墙壁跟前。他在白墙上画了一个记号，

A Darker Shade of Magic

又从兜里掏出红伦敦的吊坠,然后拉着莱拉,两个伤痕累累的人儿抱在一起,额头抵着额头。

"嘿,莱拉。"他柔声说道。

"什么?"

他吻上了莱拉的嘴,不过很快就分开了,唇上的温暖转瞬即逝。她抬头望着凯尔,眉头紧蹙,但没有推开他。

"为什么?"她问。

"为好运,"凯尔说,"其实你也不是特别需要。"

然后他按着墙,回想家乡的模样。

II

红伦敦出现在凯尔眼前,夜色凝重,充满泥土和火焰的气息,盛开的花朵和调味茶的香气,所有一切混在一起,就是家的味道。凯尔从来没有哪次这么开心地回家。但当他发觉没人挽着他的胳膊,心里顿时一沉。

莱拉不在。

她没能回来。

凯尔吞了吞口水,低头看着手里的信物,然后狠狠地扔了出去。他闭上双眼,深吸一口气,试图保持平静。

这时候,他听见了一个声音。她的声音。

"真没想到,我闻着花香也会这么开心。"

凯尔眨了眨眼,扭头一看,是莱拉。活生生的,完好无缺。

"这不可能。"他说。

她挑起嘴角。"我也很高兴见到你。"

凯尔一把抱住她。此时此刻,唯有此时此刻,她没有退开,没有作势捅他。此时此刻,唯有此时此刻,她回抱了凯尔。

"你是什么人啊?"他震惊不已。

莱拉耸耸肩。"硬骨头。"

他们相偎相依,彼此支撑,就这样站在原地。他们不知道谁需要的扶持更多,只知道回家值得高兴,活着值得高兴。

然后,他听见了脚步声,以及刀剑碰撞的响动,看见了跳跃的火光。

"我们好像遇到麻烦了。"莱拉埋在他衣领里说。

凯尔抬起头,发现十来个皇家侍卫包围着他们,剑已出鞘。他们透过头盔的目窗盯着他,眼里充满恐惧和愤怒。他感到莱拉的绷紧了身体,强忍着掏枪或拔刀的冲动。

"别反抗,"他低声说着,慢慢放开莱拉的背部,然后拉着她的手,转身面对家人的卫兵,"我们投降。"

★ ★ ★

不管莱拉怎么抱怨,侍卫们强迫她和凯尔跪在国王和王后面前,死死地按着他们。他们的手腕被铐在背后,待遇和凯尔在莱的寝宫里一样。真的只过了几个小时吗?他有种度日如年的错觉。

"退下。"马克西姆国王命令道。

"先生,"一名皇家侍卫瞅了凯尔一眼,抗议道,"这不安全——"

"我说了退下。"他喝道。

侍卫们离开了,留下凯尔和莱拉跪在空荡荡的舞厅里,国王和王后俯视着他们。马克西姆国王气得两眼冒火,脸上生斑。一旁的艾迈娜王后面色煞白。

暗黑魔法

"你到底做了什么?"国王问。

凯尔不知道怎么回答,但最终还是说了实话。阿斯特丽德的附体咒符,孪生戴恩的邪恶计划,以及石头,包括他是怎么得到石头的(还有石头之前的劣迹)。他说到如何发现石头的阴谋,如何历经波折,将其送回唯一一个安全的地方。国王和王后默默地听着,恐惧远远多过怀疑,随着故事的进展,国王的脸色越来越红,而王后的脸色越来越白。

"石头已经送走了,"凯尔最后说,"魔法也没了。"

国王一拳砸在栏杆上。"孪生戴恩必须为他们的所作所为付出代价——"

"他们都死了,"凯尔说,"是我亲手杀死的。"

莱拉清了清嗓子。

凯尔的眼珠子往上一翻。"莱拉也帮了忙。"

国王似乎刚刚注意到莱拉。"你是谁?你又为这一连串阴谋诡计添了什么乱子?"

"我叫迪莱拉·巴德,"她没好气地说,"我们见过面,就在今晚早些时候。我当时正在拯救您的城市,您就站在那里,两眼无神,被某种咒语控制了。"

"莱拉。"凯尔惊恐不安,嘶声说道。

"你们的城市安然无恙,有一半功劳是我的。"

"我们的城市?"王后问道。"这么说,你不是本地人?"

凯尔紧张起来。莱拉张开嘴正要回答,他抢着说:"不是。她来自很远的地方。"

国王皱着眉头,"很远是*多远*?"

不等凯尔接茬,莱拉挺起胸膛。"我的船是几天前靠岸的。"她大

357

言不惭地说。"我来伦敦是因为我听说您儿子的庆典不容错过，还因为我和河边集市上一个叫卡拉的商人有生意往来。凯尔和我见过一两次面，听说他需要帮助，我就伸出了援手。"凯尔盯着莱拉。她扬起眉毛以示回应，接着说，"当然了，他答应过给我奖赏。"

国王和王后也盯着莱拉，似乎在判断她的故事里哪个部分不大可信（要么是她拥有一艘船，要么是作为一个外乡人竟然能说一口流利的英语），但不管怎么说，王后按捺不住了。

"我们的儿子在哪里？"她可怜兮兮地问道。听她的口气，好像他们只有一个儿子，凯尔心里很不是滋味。

"莱还活着吗？"国王问道。

"都因为凯尔，"莱拉抢着说，"我们昨天一直忙着拯救您的王国，您都不——"

"他还活着，"凯尔打断了她的话，"他不会死的，"他迎上国王的目光，又说。"我能活多久，他就能活多久。"话里隐隐带有挑衅的意味。

"你这是什么意思？"

"先生，"凯尔移开视线，"我也是迫不得已。如果我能够一命换一命，我愿意。但是，我只能与他同生共死。"他扭动着身子，衣领底下的伤疤若隐若现。王后倒吸一口凉气。国王脸色阴沉。

"他在哪里，凯尔？"国王的语气温和了些。

凯尔感到肩头一松，仿佛卸下了千斤重担。"放了我们，"他说，"我带他回家。"

III

"进来。"

听见兄弟的声音，凯尔从未像现在这么高兴过。他推开门，走进莱的房间，尽量不去回忆上次离开时的情景，地板上满是王子的血迹。

距离那晚过去了三天，暴乱残留的一切痕迹都已经清除干净。阳台修复如初，拼花地板上的血迹不见踪影，家具和织锦焕然一新。

莱撑着身子，半坐在床上。他仍有黑眼圈，但看样子无聊多过虚弱，证明情况有所好转。医师们竭尽全力地治疗他（也治疗凯尔和莱拉），但王子的恢复速度远远不如他。凯尔当然知道原因。莱不是受伤那么简单，那是对外的说法。他到**鬼门关**走了一遭。

两个仆人候在不远处的桌边，一名侍卫坐在门边的椅子上，凯尔进来时，三个人都盯着他。莱之所以情绪低落，一部分原因在于这名侍卫既不是帕里什，也不是吉恩。他们两人都死了——一个被剑捅死，另一个死于黑热病，这种症状在城里疯狂肆虐，很快就得到了命名——这件事令莱深感困扰，另一部分原因则是他的身体状况。

A Darker Shade of Magic

当凯尔靠近了王子的床，仆人和侍卫的眼神可谓前所未有的警惕。

"他们不让我起床，这帮兔崽子，"莱瞪着他们，抱怨道，"既然我不能出去，"他对他们说，"那就行行好，你们都出去吧。"失落，愧疚，外加受伤和禁足，导致莱的情绪跌到谷底。"我说真的，"等仆人们开始动身，他又说，"到外面站岗吧。我现在跟坐牢没两样，何不演得再逼真点儿。"

他们走后，莱叹了口气，靠回枕头。

"他们只是关心你，"凯尔说。

"也许不至于闹得这么不愉快，"他说，"如果他们看着养眼的话。"然而这句充满孩子气的挖苦听起来干巴巴的。他迎上凯尔的目光，神色阴郁。"告诉我一切，"他说，"但先说这个。"他摸着心口的位置，那儿的伤疤与凯尔的一模一样。"你干了什么蠢事，兄弟？"

凯尔低头盯着大红色的床单，扯开衣领，露出同样的伤疤。"换成你，也会做这件事。"

莱皱着眉头。"我爱你，凯尔，可我实在没兴趣跟你玩情侣文身。"

凯尔悲伤地笑笑。"你快死了，莱。我救了你的命。"

凯尔没有勇气把全部的真相告诉莱，说是石头救了他的命，而且使他复苏。

"怎么做的？"王子问，"有什么代价？"

"代价已经付了，"凯尔说，"再来一次也愿意。"

"别跟我兜圈子！"

"我把你的生命和我的生命绑在了一起，"凯尔说，"只要我活着，你就活着。"

莱瞪大了眼睛。"你做了什么？"他大为惊骇，轻声说道，"我应该从床上爬起来，拧断你的脖子。"

"换作我就不会,"凯尔提醒他,"你疼我也疼,我疼你也疼。"

莱双手握拳。"你怎么……"凯尔担心惹王子生气的是两人同生共死的事实,结果莱说,"你怎么承受得了那么大的压力?"

"事已至此,莱。没有后悔药。所以,请你道声谢,这事儿就放过去吧。"

"怎么可能说过去就过去?"莱恢复了些许幽默感,嘲弄道,"它刻在我胸口呢。"

"情人最爱男子汉的伤疤,"凯尔微微一笑,"我听说的。"

莱叹息着,仰起头,两人一时间沉默不语。刚开始是正常的安静,后来气氛逐渐凝重,凯尔正准备打破沉默,莱抢先了一步。

"我做了什么?"他低声说着,琥珀色的眼睛望向布满帷幔的天花板。"凯尔,我都做了什么啊?"他扭头看着兄弟。"霍兰德送给我那条项链。他说是礼物,我相信了他。说是我们伦敦的东西,我相信了他。"

"你犯了个错而已,莱。人人都会犯错。王子也不例外。我犯过不少错。你也犯一个才公平。"

"我应该知道才是。我也确实知道。"他突然提高嗓门说。

他试图坐起来,却异常吃力。凯尔叫他躺回去。"你为什么收下?"等王子安顿好了,凯尔问道。

这一次,莱没有与他对视。"霍兰德说它能带给我力量。"

凯尔的眉头拧成一团。"你已经很强了。"

"不如你强。我是说,我知道我永远不如你强。但我连魔法天赋都没有,这就很难接受了。有一天我会登基为王。我希望成为强大的国王。"

"魔法不能使人强大,莱。相信我。你拥有更宝贵的财富。你拥

A Darker Shade of Magic

有人民的爱戴。"

"受人爱戴很容易。我希望受人尊敬，而我觉得……"莱的声音几不可闻，"所以我接受了项链。无论如何，我接受了项链。"泪水终于决堤，流进他的深色发卷。"我差点毁了一切。我差点在戴上王冠之前就失去了它。我差点害我的城市陷入战争、混乱，甚至是崩溃。"

"我们是怎么做儿子的啊，"凯尔柔声说道，"两个人一来一回，把整个世界闹得天翻地覆。"

莱闷闷地笑了，带着哽咽声。"他们会原谅我们吗？"

凯尔勉强笑笑。"我现在没戴镣铐了。说明情况在好转。"

国王和王后已经通过侍卫和占卜板向全城宣布，撤销针对凯尔的所有指控。不过街上的人看他的眼神，在敬畏之外，依然带着警惕、恐惧和疑虑。也许等莱恢复了健康，可以直接与人民对话时，他们才会相信王子是真的安然无恙，相信王宫遇袭的那晚，凯尔是清白无辜的。也许吧，但凯尔怀疑，纯真的日子已经一去不返。

"我本想告诉你，"莱说，"提伦来看过我。他带了一些——"

一阵敲门声打断了他的话。莱和凯尔来不及回应，莱拉就冲进了房间。她仍然穿着那件外套——子弹、刀剑和石头造成的破损已经打上补丁——看样子洗过澡了，用金发卡别着头发，以免遮挡视线。她的形象仍然有点儿面黄肌瘦的影子，但她毕竟穿戴整洁，吃饱喝足，精神抖擞。

"我不喜欢那帮门卫盯着我的眼神。"她说道，一抬眼发现王子的金色眸子注视着她。"抱歉，"她赶紧说，"我没想闯进来的。"

"那你想怎样？"凯尔反问。

莱抬起手来。"你绝对不是闯进来的，"他说着，撑起了身子，"不过我担心，你早就见过我最狼狈的形象了。你有名字吗？"

"迪莱拉·巴德。"她说,"我们见过面。您那时候气色很差。"

莱无声地笑了。"我为当时做过的坏事道歉。我不是有意的。"

"我为开枪打您的腿道歉,"莱拉说,"我是存心的。"

完美无瑕的笑容绽放在莱的脸上。

"我喜欢她,"他对凯尔说,"我可以借她一用吗?"

"您可以试试,"莱拉扬起眉毛,说道,"不过您会成为没有手指的王子。"

凯尔脸色尴尬,莱却放声大笑。笑声很快停止,变成痛苦的表情,凯尔赶紧扶着兄弟,尽管他的胸口也同样难受。

"等你彻底好了再调戏人吧。"他说。

凯尔站起身来,准备带着莱拉出去。

"我还能见到你吗,迪莱拉·巴德?"王子问。

"也许我们的人生道路还会交叉。"

莱坏笑着说:"要我说的话,一定会的。"

凯尔翻了个白眼,但在带着莱拉出去时,发现她竟然脸颊绯红。他们关上房门,好让王子休息。

IV

"我可以试试把你送回去,"凯尔说,"回你的伦敦。"

他和莱拉沿着河岸漫步,经过夜间集市——人们异样的目光如影随形——朝码头走去。夕阳西下,在他们身前投射出长长的影子,犹如狭窄的小道。

莱拉摇摇头,从兜里掏出银怀表。"那边没什么值得我留恋的,"她把玩着怀表盖子,开了又关,"不再有了。"

"你也不属于这里。"他说。

她耸耸肩。"我会找到自己的路。"然后她扬起下巴,看着他的眼睛。"你呢?"

胸口的伤疤隐隐作痛,若有若无。他揉了揉肩膀。"我尽力吧。"他把手伸进外套口袋里——黑色,带银纽扣的那件——取出一小包东西。"我送你的。"

他递给莱拉,看着她拆掉盒子的包装,然后揭开盖子。礼物袒露无遗,是一小块棋盘和几种自然元素。"练习用的,"他说,"提伦说你体内有魔法。最好找出来。"

他们坐在河边的长凳上,凯尔向她展示如何使用,莱拉批评他卖弄技艺,然后她把盒子放到一边,说了谢谢。道谢对她而言似乎很不容易,但她做到了。他们站起来,依依不舍,凯尔低头注视着迪莱拉·巴德,她是杀手,是飞贼,也是一位勇敢的搭档,一个古怪而又可怕的姑娘。

他还会见到她的。他知道。魔法扭曲世界。使之成形。世界存在定点。大多数时候,定点是地方。但有的时候,极少数情况下,定点是人。虽然有的人永不止步,但莱拉在凯尔的世界里就像一枚大头针。他一定不会错过。

他不知道该说什么,千言万语化作一句话:"别惹麻烦。"

她粲然一笑,说不会的,这个回答并不意外。

然后她竖起衣领,双手插进口袋,慢悠悠地走开了。

凯尔目不转睛。

她没有回头。

★ ★ ★

迪莱拉·巴德终于自由了。

她想起了留在伦敦——灰伦敦,她的伦敦,老旧的伦敦——的那张地图,留在比邻酒馆顶楼斗室里的羊皮纸。能去任何地方的地图。那不正是她现在的生活吗?

她的全副身心都在歌唱着未来的日子。

提伦曾说她有力量。尚未培养的力量。她不知道那会是什么样子,但她很想搞清楚。不管是在凯尔体内流淌的那种魔法,还是别的

东西,完全不同的东西,反正莱拉确信一件事:

世界是她的。

所有的世界都是她的。

她要去拥有全部。

她的目光在远处的船上逡巡,船身闪闪发亮,高高的桅杆刺穿了低矮的云层。旗子和船帆在微风中飘扬,有红色和金色,也有绿色、紫色和蓝色。

有的船打的是皇家锦旗,有的不是。有的船漂洋过海,有的来自近邻,有的来自远邦,天南地北,四面八方。

在那儿,在所有的船当中,她看到一艘骄傲的黑船,锃亮的船身,银色的旗子,漆黑如夜的船帆,遇上光时,黑里透蓝。

就那艘吧,莱拉想着,面露微笑。

那艘挺合适。

鸣　谢

　　在我们的印象里，作者们都是身居斗室、伏案疾书的孤独隐士，当然写作在大多数时候都是独立完成的工作，但一本书的出版绝不是一个头脑和一双巧手的成果，而是很多人辛劳和智慧的结晶。篇幅有限，我无法在此逐一致谢，但有几个名字**不能不提**。他们对这本书的贡献和我一样大。

　　感谢我的编辑、我的伙伴米里亚姆，感谢你和我一样喜爱凯尔、莱拉和莱，感谢你帮助我设定这个系列的基调，包括血、影子和时髦的道具。一个伟大的编辑不能回答所有的问题，但他们会提出正确的问题，而你就是*真正伟大的编辑*。

　　感谢我的代理人霍莉，超级支持我写这部怪模怪样的奇幻小说，即便我写的是*海盗、窃贼、虐待成性的国王和狂暴的魔法*。感谢我的电影代理人乔恩，热情丝毫不逊于霍莉。有这么斗志昂扬的伙伴，夫复何求。

　　感谢我的母亲，陪我在伦敦街头试走凯尔的路线，感谢我的父亲，认真对待我写的书，尽管主角是女扮男装的小贼和身穿神奇外套的魔法师。真的，我说想当作家时，父母从未取笑过我。

感谢霍金斯女士，与我一同漫步爱丁堡街头，感谢爱丁堡，充满魔力的城市。我的身心属于你。

感谢帕特里夏对这本书的熟悉程度不亚于我，始终愿意而且义无反顾地翻阅，无论有多么不堪卒读。

感谢卡拉和考特尼，最棒的拉拉队——也是最好的**朋友**——对于一个神经过敏、咖啡因成瘾的作者来说别无所求。

感谢纳什维尔创作社区——鲁塔、戴维、劳伦、萨拉、沙伦、雷·安、道恩、佩奇，等等——以爱和魔力，还有玛格丽特饼干接纳我。

感谢托尔，感谢艾琳·加洛、威尔·斯戴赫、利亚·威瑟斯、贝姬·耶格尔、希瑟·桑德斯，是你们每个人的努力，使得这本书能和全世界的读者见面。

感谢我的读者，忠诚的老读者和新读者，如果没有你们，我只是一个自说自话的姑娘。

献给你们。